国家的计算

西闪 著

SPM
南方出版传媒
广东人民出版社
·广州·

图书在版编目（CIP）数据

国家的计算 / 西闪著. —广州：广东人民出版社，2018.7（2020.1 重印）

ISBN 978-7-218-12650-0

Ⅰ. ①国…　Ⅱ. ①西…　Ⅲ. ①随笔—作品集—中国—当代　Ⅳ. ① I267.1

中国版本图书馆 CIP 数据核字（2018）第 046375 号

GUOJIA DE JISUAN

国家的计算

西　闪　著

出 版 人：肖风华

策　　划：肖风华　向继东
责任编辑：向路安　季　东　姜懂懂
封面设计：西门媚　梁淑怡
责任技编：周　杰　吴彦斌

出版发行：广东人民出版社
地　　址：广州市海珠区新港西路204号2号楼（邮政编码：510300）
电　　话：（020）85716809（总编室）
传　　真：（020）85716872
网　　址：http：//www.gdpph.com
印　　刷：阳谷毕升印务有限公司
开　　本：787毫米×1092毫米　1/32
印　　张：11.5　**字　　数：**212千
版　　次：2018年7月第1版
印　　次：2020年1月第2次
定　　价：48.00元

如发现印装质量问题，影响阅读，请与出版社(020-85716849)联系调换。

售书热线：（020）85716826

自序

尽管鲜少提及，但这是一本关于身心自由的书，也延续了我一贯的思考。

仔细想来，我们每个人真正能控制的，唯有自己的一副身体。身体的自我管理，正是自由的底线。然而现实是，就像疏于防范的国境，自由的底线不时遭到侵袭，且有全面突破的危险。因此认识自己的身体，认清身体在生命中的意义，理解身体与社会的关系，无疑是加强防卫的明智之举。

同理，看清闯入者的面目也非常重要。他们的动机、手腕、趋势，想达到什么样的目的，都值得细加思量。如果说，传统的入侵者往往直接操控你我的身体，那么现在的情况大不一样。过去你我是材料或工具，而今我们更是资源，是一片片橡胶林，被修剪成主干粗壮树叶稀疏的规整模样，栽培在农药与化肥营造的单调环境中，身体被划开，汁液被收集。

在这样的过程中，入侵者也在演变。他们的面目变得模糊，不易辨识。侵袭也不再暴烈，趋于柔软，更富弹性。当侵袭绵密到了司空见惯的程度，很多人甚至误以为，这就是正当合法的统治。

绵密的侵袭往往建立在统计学的基础之上，就像蒲鲁东所说："被统治就是在每一项操作、每一次交易、每一个行动中都被记录、登记、计数、定价、警告、预防、改革、调整和纠正。"故而我将此类现代意义的侵袭称为"国家的计算"。

为了让读者觉悟这一处境，我反复论及两个关键概念："身体"与"计算"。它们一个微观，一个宏观，就像望远镜的两端，构成了一对看待自由的奇妙视角。当然我希望，即便大家没有注意到它们，本书的内容依然自有其价值及趣味。

同时我必须承认，《国家的计算》不是一本可以轻松翻阅的读物。它对读者的"挑剔"，对编辑的"挑衅"，在发表之时已经显露无遗。事实上细心的朋友会察觉到，书中有小部分内容有着戛然而止的痕迹，那是无奈的断裂，被终结的憾事。幸运的是，在纸质媒体濒临黄昏的背景下，仍有一些媒体没有自降标准，也没有自我设限，让我这些思索基本上保持了原有的颜色，在此我要感谢他们。

最后我要感谢西门媚一如既往的支持，她让我深切地理解，身心自由总是存在于人与人的关系中。

西闪

2018年5月29日，于成都、玉林

目 录

辑一：狂热的计算

辑二：自我的发明

辑一：狂热的计算

面向未来的计算

1576年9月20日，吉罗拉莫·卡尔达诺决定结束自己的生命。那一天，距他的75岁生日仅有三日。早在五年前，卡尔达诺就预言了自己准确的死亡时间。在当时的意大利，这是一位声名卓著的星占家应该做的事情。然而，当命中注定的这一天真的来临，他发现自己依然壮得像头牛。幸好，他懂得如何配制一剂“安然入睡”的良药。毕竟，他还是那个时代最著名的医学家，出版过一本名叫《论普通药物的不良用法》的畅销书。

如果不是因为晚年的惨痛，卡尔达诺大概不会为了践行诺言而放弃生命。他曾经给自己的人生贴上以下标签：狡猾、灵巧、爱挖苦人、勤奋、无理、忧郁、暴躁、不忠诚、可恶、好色、絮叨，但没有一个标签与信守承诺沾得上边。究其大半生，他都活得不拘一格，充满自信，保持着不达目的决不罢休的动力。可是，自从他最疼爱的大儿子因为谋杀出轨的妻子被处死刑，霉运就接踵而至。他花了大量的金钱，托付了不少有头有脸的人物，仍然没有救到爱子的命。节骨眼上，放荡不羁的女儿又染上了梅毒，不久一命呜呼。最小的儿子倒是健康，却是八进牢房的惯犯。为了攫取家产，他将胆敢替耶稣算命的父亲出卖给了宗教裁判所。等卡尔达诺获释出狱，他的财产、教职、出版权等尽皆失去。那一刻，他感到自己彻底输给了命运，不得不逃往罗马去寻求教皇的庇佑，像一个宫廷小丑那样讨主子的欢心。

没有任何人比卡尔达诺更能理解何谓命运。还没有出生，他已经尝到了运气的古怪味道，那是母亲喝下的药酒——他是私生子，一个堕胎失败的意外结果。母亲吉雅拉是一个脾气乖戾的寡妇，已经有了三个儿子。自从怀上他，她想尽了打掉胎儿的法子，换来的却是持续三天的分娩痛苦。出生时卡尔达诺不哭不闹，奄奄一息，几乎是一具死婴，产婆认为他活不过一个时辰。然而正当筋疲力尽的吉雅拉嘟囔着“解脱了”的时候，被奶妈用温酒泡洗全身的卡尔达诺苏醒过来，并且挺过了几个月后侵袭帕维亚的大瘟疫。疾病毁坏了卡尔达诺的面容，却没有夺走他的性命。而在这场肆虐欧洲多年的黑死病灾中，他的三个同母异父的兄弟，以及救过他一命的奶妈都没有活下来。

卡尔达诺的父亲法奇奥是一个典型的文艺复兴时期人物，多才多艺，博闻强记，还与达·芬奇过从甚密。他的正式职业是几何学家，却在大学里以教授法学和医学维持生计。顺带的，他又做起了法律和医学咨询。靠着给贵族们提供专业意见，他过上了不错的日子。到后来咨询业务越来越繁忙，他就把卡尔达诺母子从帕维亚接回米兰，让五岁的儿子来做助手。他把一个装着厚重法学和医学典籍的藤筐绑在儿子的背上，拉着儿子在米兰城内四处拜访主顾。

直到晚年，卡尔达诺对幼时的情景还记得清清楚楚。他在1562年写下的自传《我的生平》里说："有时候，当我们走在街上，父亲会忽然命令我站住，然后从筐里拿出一本书，用我的头当桌子，开始阅读那些长长的文字段落。当我因为承受不住那份沉重而身体摇晃时，他就用鞋尖踢我，叫我不要动来动去。"

耳濡目染，十几岁的卡尔达诺俨然已是法律、医学、数学，乃至星占学方面的行家。看到儿子颇具可塑之资，法奇奥相当满意。按照他的规划，他相信卡尔达诺有朝一日肯定能成为年薪超过100金克朗的律师。

然而，一个同龄挚友的遽然病亡，使得卡尔达诺有了自己的想法。他发现，仅仅过了几个月，活着的人们照常过着日子，朋友的名字却像沙滩上的涂画，被命运的潮水轻松卷走，几乎不留任何痕迹。这让他无比悲伤，也让他第一次认真思考自己的人生。他的结论是，既然生死乃是每个人都逃不脱的宿命，那么唯一可做的，就是塑造身后不朽的声名。于是在1516这一年，15岁的卡尔达诺下定决心，要离开米兰的家，去帕维亚学习医学。

父亲法奇奥大为光火，拒绝给儿子提供学费，但是卡尔达诺不为所动。他给人占星，教富人家的小孩学习几何和天文，想尽一切办法挣钱。有一天路过街边一个赌档，他忽然意识到，自己对赌博萌生了一些特别的理解。事实证明，这些理解足以助他更快地实现进医学院的目标。

刚进赌场，卡尔达诺什么游戏都想一试手气，结果输得很惨。不过很快他就发现，在那些主要依靠策略和规则，诸如国际象棋之类的对弈游戏上，他多半颗粒无收。而在另外一些游戏，譬如西洋双陆棋、十五子棋等需要掷骰子的赌博里，他的赢面就大了许多。卡尔达诺的结论是，相较于战略战术，这类掷骰子的赌博更需要运气。而恰好他呢，对运气确有独到的把握。多年后他在自传里还洋洋自得地回忆说，当骰子在手，“结果不到20场，我就赢回了我的衣服、戒指和领结”。

非但如此，没用多长时间，卡尔达诺就赢下了1000金克朗。这笔钱，十倍于律师的年薪，完全够他衣食无忧地从医学院毕业。就这样，赌桌上的战绩像一剂迷幻刺激的鸦片酊，彻底俘获了这个年轻人。他爱上了赌博，爱了一辈子。

1520年，19岁的卡尔达诺正式在帕维亚大学注册。就在这一年，这位年轻的医学生开始尝试写一本书。书中他用一套全新的方法来解释赌博。这本书花了卡尔达诺差不多20年的精力，时断时续，增增补补，直到1539年才基本停笔。

医学院毕业后，卡尔达诺过得很不如意。他申请加入米兰的医师协会，协会的那帮势利眼以其私生子的卑贱身份为由予以拒绝。不得已，他只好去米兰郊外的萨科隆戈小镇找工作。在那儿他用赌博攒下的积蓄开了一家小诊所，不仅与肆虐的瘟疫，也跟巫师和牧师争夺穷苦的病人。

不到五年，卡尔达诺就一贫如洗。到头来，他也开始求助于巫师。走投无路之际，他拖着疲惫不堪的身体，去拜访那些“算卦的和玩巫术的家伙，希望能为一个接一个的麻烦找到解决之道”。巫师们建议他在晚上阻挡月光照进房间，起床时则须连打三个喷嚏，同时敲打木头以驱除厄运。各种方法试尽，境况没有丝毫改变。那些年的每天夜里，他都会走近赌桌，拾起骰子——他需要靠赌博，从穷得叮当响的人身上刮取贴补家用的小钱。另一方面，就像他后来写到的那样，“在极度的不安和忧虑时，我通过不断地掷骰子，找到了莫大的慰藉”。

大概就在那个时期，他把那本关于赌博的书定名为《游戏机遇的学说》（*Liber De Ludo Aleae*）。在意大利语中，“aleae”原指的是骰子类的游戏，来自于“aleatorius”这个词，即机遇类游戏。而它们又都源于古老的拉丁文“aleatory”，意思是结果不确定的事件。在令人看来，不管有意无意，利用这个貌似平凡的书名，卡尔达诺达到了几个目的。首先，他用含义更加明确的“机遇”取代了意义模糊的“运气”。其次他暗示，在运气、偶然、意外或者他所说的机遇之中，不确定性（uncertainty）乃是这些日常用语的核心。最后，就像他在自传里宣称的那样，他要在《游戏机遇的学说》中重点展示的，乃是“用知识战胜运气”的过程与结果。

卡尔达诺朦胧地感觉到，他对机遇的研究正在开创一个全新的知识领域。晚年他表示，《游戏机遇的学说》是他一生最重要的著作之一，因为他“发现了一个千百年来令人惊异的事实的解释”。

他到底发现了什么呢？原来，卡尔达诺认为自己找到了一种用数学精确量度不确定性的方法，也就是他所说的那个令人惊异的关于机遇的解释。当然，作为一个痴狂的赌徒，他在书中更多用“胜负比”来代替“机遇”。

沿着这个赌徒所指引的思路，之后的100年，一个全新的数学分支——“概率论”（probability）诞生了。视不同的场合，“probability”也翻译成概率、可能性、或然率、机率等等。实际上，在这百年间，机遇与概率在基本含义上并无区分，都是“对一定程度的确定性的预期”。更恰当地说，概率是一套描绘机遇的语言。

有趣的是，和机遇一样，概率这个词也源自拉丁文，那是西塞罗留下的知识遗产，即“probabilis”，原意是值得证明的可能性。这位古罗马的哲学家很早就指出，运气或“probabilis”的主要特征就是不确定性。在他看来，人们用可能性、运气、偶然、意外之类的词汇用来形容的某个事件，严格来说，乃是在描述可能发生、可能不发生，又或者以另外的方式发生的事情。

所以从哲学的意义上讲，卡尔达诺对不确定性的看法未必比1600年前的西塞罗更高明。高明之处在于他注意到，在某些条件有明确限制的前提下，一个事件原本完全无法衡量的不确定性，也能够转化为可以测度的随机性（randomness）。在这样一个随机事件（random event）中，所有结果发生的可能性是相等的。就像掷出一粒有着均匀六面的骰子，每一面朝上的可能性都是均等的六分之一。同理，掷出两个骰子，每一面的可能性也是均等的。

从数学的角度看，卡尔达诺的这个方法技术含量也不高。要知道，除了医学、法律和星占，他还是那个时代最了不起的数学家之一，出版过近代代数学的开山之作《大术》（1545年）。而要正确地计算概率，哪怕是一个复合事件的概率，例如双骰序列的36个可能，又或者三骰序列的216个可能，用不了多少他在这方面的才华。实际上，要解答这些问题，只涉及一些简单的算术。然而古怪的是，在卡尔达诺之前，似乎从来没有人想到过，原来可能性可以用分数的形式，又或者以空间分布的直观方式表达出来。

是什么阻碍了前人对运气的研究，哪怕是粗浅的简单计算？又是什么让卡尔达诺成为一个全新知识领域的开拓者？要正确地回答这些问题，本身就得冒着不确定性带来的风险。

然而很容易想到的一个原因是必然性的信条：如果万事万物皆由必然性的链条所联结，运气就不在人们的掌控范围之列。例如古印度的那些信奉因果报应的哲学家，他们就对运气嗤之以鼻。很简单，在他们看来，一个人的命运，总是由他前世的作为所决定。而在希腊神话中，宇宙的开端就是一场利用偶然性来彰显必然性的赌局。在那场抽签游戏中，宙斯赢得天堂，波塞冬赢得海洋，输家哈得斯只有下地狱去做冥王。

很长一段历史时期，神灵是必然性的同义词。譬如中世纪的神学家就认为，必然性乃是上帝的化身，世间万物的主宰。人们以为的偶然，在上帝的眼中根本就是必然。所以，运气只是一种表象，上帝不愿显示身份时所用的某种托辞。人们常说："没有上帝的旨意，连一只麻雀都不能下落。"概莫能外。

古代的希腊人和中国人对运气的态度偶有含糊。但是，相较于真正的理解，他们更乐意满足于神谕、预言和占卜等对运气的解释。总之，天命不可违，一切结果最终有赖于必然性的操控。

换句话说，运气也是神圣的——它是必然性示下的神迹。古人在这个认识上的坚定程度与严肃程度，可能远远超出今人的想象。考古证明，人类很早就在利用运气做决策和玩游戏。公元前2700年，古巴比伦人就已经懂得赌博。至少在公元前1320年，六面体的骰子已经在埃及发明出来。《旧约》中记录了不少抽签活动，用蓍草占卜更是《易经》的主要内容。然而自古以来，运气本身决非玩弄的对象。恰恰相反，人们求助于此类活动的核心意图就一个：消除人为操纵的可能性，从而为神圣的必然性腾出仲裁的空间——这就是他们认为的随机性。

可是到了卡尔达诺生活的时代，神圣的必然性遭到了侵蚀。至少在意大利，人们看待偶然、运气、意外的态度变得前所未有的灵活。其中一个标志就是，探讨命运的话题和作品越来越多。从出生起就不断经受命运捉弄的卡尔达诺，对此当然也是有话必说。

在经历了百年战争和黑死病的施虐后，欧洲正从13世纪以来的僵死中苏醒过来。最先恢复元气的就是意大利，特别是威尼斯、米兰、佛罗伦萨等中北部地区。在这些地方，上层阶级不再躲在乡下的庄园里，而是住进了城市。他们靠商贸而非农业过上了丰裕的日子。社会的复兴催生了一批新型的知识人。这些人从市民阶级中脱颖而出，凭借着智识，成为城市生活最具活力的组成。他们收集整理古希腊罗马时代的典籍——往往是阿拉伯人的译本，通过模仿和研究的手法，力图使古代的文化与科学重焕生机。同时，他们以此为模板，重新去认识自然和人性。在这些人的冲击下，陈腐的经院哲学濒临崩溃，保守的大学也权威渐失，一种人文主义的思潮浸染开来，构成了时代的主色调——这就叫文艺复兴运动。在今人看来，它与世界地理大发现、宗教改革这三大事件，共同构成了欧洲近现代史的序幕。

这倒不是说，意大利人不再相信上帝。“rinascimento”（复兴）这个意大利单词，本身就有很强的宗教色彩——在《圣经》中，它的意思是更生。不过，就像卡尔达诺的同行——数学家兼星占家约翰·迪伊总结的那样，真正的科学，“就是与神灵保持一种真实而忠诚的联系”。那时候杰出的知识人认为，客观地认识自然和人性，才是亲近上帝的正确途径。

正是基于如此观念，卡尔达诺极其忠实地描述自我。在他的笔下，自己瘦削的身体连接着一个细长的脖子，厚厚的下嘴唇，一只眼睛的上眼皮上长着瘤子。他还患有心律不齐、肾病、疝气，感染了长期痢疾和乳头炎。即使描述最心爱的儿子，他也毫无虚饰：“右耳失聪，一双不安的眼睛，矮小，白皙，右脚只有两个脚趾，如果我说对了的话，本应是第三个和第四个的脚趾由一张薄膜连在一起，形成了最大的那个趾头；后背有一些弯曲……”这种坦然与直接，也是卡尔达诺看待运气的态度。只不过他认为，要客观地描述运气，计算比文字更合适。

当然，在卡尔达诺之前，西方人看待运气的眼光已经有些不敬了。古希腊神话中，命运三女神被一并称作“摩伊赖”，原意就是毋庸置疑的分配者。连她们的父亲宙斯，面对她们所展示的力量和抉择，也只能唯命是从。古罗马时代有多个神祇与命运有关。其中女神福尔图娜主掌运气。她以凡间的人生做轮盘赌，用掷出的骰子来决定每个人的生老病死。她性情多变，既不扬善，也不惩恶，毫无公平可言。众所周知，接下来的一千年，支配命运的权力牢牢抓在上帝的手里。直到中世纪的萧瑟晚期，命运才悄悄从他的圣殿溜走，成为那时候的艺术家描绘的瞎眼的老妪，或者蒙眼的怪人。到后来，命运的地位越来越卑贱，几乎成了有些人诅咒的对象。例如后来的威廉·布莱克，他在评论但丁作品的时候就说：“命运女神是魔鬼的仆人，随时准备吻任何人的屁股。”

比卡尔达诺的运气研究早了七八年，佛罗伦萨的马基雅维利的看法代表了那个时代知识精英对这一问题的基本态度。他在《君主论》里说：“我不是不知道，有许多人向来认为，而且现在仍然认为，世界上的事情是由命运和上帝支配的，以致人们运用智虑亦不能加以改变，并且丝毫不能加以补救。”但是，他笔锋一转，强调道：“命运只是我们行动的半个主宰，它留下其余一半或者几乎一半归我们支配。”命运犹如暴虐的河流无人可挡，然而这决不意味着人们不可以在天气好的时候修筑堤坝，做好防备。

尽管《君主论》没有任何数学公式，但是马基雅维利向世人暗示了一种对待运气的大胆方式，那就是计算。在他眼中，只要为了他“心爱的祖国”，或者“美第奇家族”，血亲、子嗣、权力、荣誉、金钱等等，都可以作为赌博的筹码，代入某种关于命运的公式。

如果说马基雅维利的计算观给了卡尔达诺思维上的启发，那么哥白尼的日心学说则给他带来了更强烈的观念震撼。

那是1533年发生的事情。此前一年，卡尔达诺从萨科回到了米兰。在那里，他仍旧没有摆脱困厄。他想出版《游戏机遇的学说》，根本找不到机会。他向医师协会再度提交了入会申请，再次遭到回绝。没有办法，他只能偷偷摸摸地行医。那段日子，通常在深夜，卡尔达诺裹着头巾，躲在小巷的暗处，直到四下无人，才蹑手蹑脚地敲开病人的家门。而那些病人之所以请他，要么是因为付不起执业医师的诊疗费，要么就是患有见不得人的暗疾。

困厄令卡尔达诺怀疑，自己用计算的方式捕捉运气的想法是不是过于荒唐了。他打消了出版的念头，在书稿中反反复复地涂改过去的观点。像一个迷信的赌徒那样，他开始认为，当命运女神悻悻不快，再漂亮的掷骰子手法都无济于事。在那样的情形下，他给赌徒们的建议与巫师别无二致——跺跺脚，吹吹气，出手时用点儿狠劲。他啰里啰唆地写道："当任何人屈服于厄运，他就必然习惯于战战兢兢地掷骰子；如果一直有厄运，他就必然失利。由于他掷骰子时胆怯，人们就会认为他是因为胆怯而失利；但是情况并非如此。因为运气不好，所以掷骰子的结果就不利。因为骰子的结果不利，所以他输了。因为他输了，所以才胆怯地掷骰子。"

然而在1533这一年，厄运似乎告一段落。这一年，在出版商的包装下，卡尔达诺的毕业论文改头换面，以《论普通药物的不良用法》的书名赢得了市场。借此一举，卡尔达诺成了畅销书作家。好事成双，在那些起死回生的秘密病人中间，一个奥斯定会修道院的院长成了热情的宣讲者，使得卡尔达诺作为医生的名声也迅速飙升。迫于外界的压力，米兰医师协会不得不接纳这个私生子，并让他一直做到了协会的会长。再后来，卡尔达诺成了享誉欧洲的名医。作为帕维亚大学医学院的主席，他甚至远赴英格兰，去给国王和大主教治病。

就在时来运转的1533年，卡尔达诺到罗马聆听了教廷为支持历法改革而举行的一系列演讲。演讲的主题是哥白尼的天文学理论。主讲者并非哥白尼本人，而是一位高级牧师。事实上，哥白尼只在意大利待了七年。他先是在博洛尼亚大学学习教会法。后来又在帕多瓦大学学习医学。1503年，30岁的哥白尼返回波兰故乡定居，再也没有到过意大利。但是，他与意大利的联系，包括和教廷的联系都非常紧密，并且从未中断过。

由于担心庸众的反对，哥白尼的伟大著作《天体运行论》迟至1543年，也就是他70岁临终前才予以出版。不过早在1512年，他在一篇名为《短论》的手稿里已经简要地阐述了日心学说。之后的十几年，在他的意大利朋友和罗马教廷的传播下，这一学说的核心思想已经被知识阶层普遍接受。他在天文学方面的杰出才华也为当时所公认。然而，至少对于卡尔达诺而言，1533年的讲座具有完全不同的意义。因为那一刻他意识到，哥白尼的理论使用了一种新工具。而这个有效的新工具，不仅是他参与锻造的，并且他已经用在了一个可与天文学相媲美的领域。这个工具就是数学。

多年后，卡尔达诺提起哥白尼还很激动。是哥白尼提醒了他，既然计算能够描绘宏大而遥远的宇宙，为何他不能坚持将其用于飘渺而多变的命运呢？他颇有远见地感觉到，利用数学这一必不可少的指南，他和同时代的知识人将引领世人，迈向一个更加确定的未来。回忆起1533年的哥白尼，卡尔达诺在自传里信心满满地写道："这仅仅是我们的光荣的起点。"

四百多年前的卡尔达诺显然没有想到过，后人会用"革命"这类激进的字眼来形容他所谓的光荣。但是，他关于光荣起点的话仍然能激起非同一般的回响。科学史家托马斯·库恩就认为，在那场以哥白尼的名字命名的科学革命中，哥白尼为此做出的唯一原创性的贡献就在于一项新技巧的引入，那就是计算。他说："哥白尼革命本质上不是自计算行星位置的数学技巧方面的一场革命，但它的起点就是如此。"他还说，哥白尼与他的先驱们不同之处就在于他的数学工作。正是部分地因为数学，一场前人未能发动的革命才爆发了。

哥白尼本人在《天体运行论》中也曾明言，有真才实学的数学家，只要按照科学的要求，深入而非肤浅地领会他的立论依据，就会毫不犹豫地赞同他的观点。他认为，追随他的理论的人，不应该是基于感觉器官的直觉，或者种种经验的积累，而是基于他们的数学论证。在他的书中，计算的精确度相当惊人。例如，他得到恒星年的时间为365天6小时9分40秒，比精确值约多30秒，误差只有百万分之一；他算出的月亮到地球的平均距离是地球半径的60.30倍，和精确的60.27倍相比，误差只有万分之五。

相形之下，卡尔达诺在机遇研究方面所取得的成就似乎逊色不少。数学家约翰·塔巴克认为，考虑到卡尔达诺作为伟大数学家的身份，这项数学成就简直可以用"沮丧"或"滑稽可笑"来形容。有时候，他已经非常接近那些深刻的结果，本该得出更伟大的结论，遗憾的是他没有。

这样的评价显然缺少历史的同情。哥白尼固然伟大，但是日心说古已有之。他所做的，乃是一种体系化的综合。卡尔达诺不一样。在他之前，几乎没有“用知识战胜运气”的观念基础。更没有人想到过，原来运气可以用定量的方法来研究。再说，相对于哥白尼对可观测的空间的描述，卡尔达诺对不确定性——包含时间因素的描述，在那个时代所遇到的技术困难可想而知。须知道，直到1540年，加减符号“+”和“–”才出现。而等号“=”，又过了17年才被发明。至于乘法符号“×”，17世纪才由一个英国牧师发明出来。

或许让人懊恼的是，相较于哥白尼的恒心，卡尔达诺的兴趣过于广泛了。他在世之时已经出版了131种著作，内容涉及数学、天文、医学、道德、音乐、神话、星占、解梦等等。他发明了组合锁、万向接头，命名了卡丹环。在自杀之前，他还焚毁了170篇文章，另有111卷手稿幸免于难。直到1663年，卡尔达诺逝世80多年后，《游戏机遇的学说》才被人整理出来，在巴西首次出版。而在此之前的1654年，对机遇问题感兴趣的几个法国人已经重新拉开了概率论的序幕。有意思的是，在他们中间，除了法官费马，其余几个都是卡尔达诺式的赌徒，包括数学天才帕斯卡，以及梅雷爵士——他们以通信的方式重新勾勒了概率论的轮廓。三年后，到法国旅游的荷兰数学家惠更斯听说了这些通信的要点，决定用一篇文章将这个轮廓固定下来。文章的题名比卡尔达诺还要坦率，就叫《论赌博中的计算》。至此，在几个赌徒的主导下，作为数学的一个分支，概率论正式出现在世人面前。

从复杂程度上看，帕斯卡等人再造的概率论，决非卡尔达诺的简单还原。当年，卡尔达诺哀叹："这些解释对于理解事实有很大的帮助，但是对于实际操作来说却几乎没有任何用处。"他所说的实际操作，其实就是赌博。因为他发现，这套计算运气的方法对赌徒的意义不大。任何一个赌徒，都不可能依据这样的计算，确切地判断下一回掷出的骰子究竟是几点。可是，后人的想法已然不同。

最典型的就是帕斯卡。当他甫一接触运气的计算，就立刻意识到，这种方法可以推广到更加深阔的领域。他在《思想录》里说，既然赌徒都想用确定性的赌注赢得不确定性，那么一个人在赌上帝存不存在的赌局中，究竟该如何下注呢？他写道："你有两样可输：真与善；你有两样可赌：你的理智和你的意志，以及你的知识和你的福祉；而你的天性又有两样东西要躲避：即错误与悲惨。……让我们计算一下赌上帝存在这件事的得失吧。假如你赢了，你就赢得了一切；假如你输了，你却一无所失。因此，你就不必迟疑赌得太多了吧。"的确，当一个人不得不加入这样的赌局，假如这个赌局中的赌注明确而有限，例如世俗的生活，假如输赢的概率均为50%，假如赢得的奖品乃是永恒的生命，他有什么理由不把赌注押在上帝存在的一边呢？

对于那些不愿坐到信仰赌局前的人，帕斯卡的建议是，要利用习惯。通过外在的、程式化的行为去压制任性的情感，从而使自己在上帝面前驯服，“如同一只受过训练的动物”。

在现实世界的“赌局”中，帕斯卡的上帝已经隐退，取而代之的，是作为信仰的“未来”。它像一个永恒的奖杯，在时间的尽头闪闪发光。而计算则取代了程式化的行为训练，演变成为一种新的思维习惯。如同马克斯·韦伯所说，“理性的计算”，乃是近现代的过程最主要的特征。这个习惯的过程，是概率论而非其他数学分支，用了差不多四百多年的时间，逐渐培养出来的。

不少杰出的知识人为这个过程的培养做出了贡献。事实上，许多新兴的应用数学，如信息论、博弈论、排队论、控制论等，都得以概率论作为基础。同时，它还是社会应用最广泛、最具现实意义的数学学科，在人类的各个领域起作用。

简单回顾一下就明白——除了将其用于信仰的帕斯卡，1705年，瑞士数学家雅各布·伯努利在《猜度术》里考虑了如何把概率论应用到司法审判；1765年，法国数学家棣莫弗在《机会的学说》中用概率的观点研究了人口和道德问题；18世纪中叶，英国牧师贝叶斯提出了新方法，帮助人们判断一个特殊事件出现的可能性——譬如某人患上某种疾病的概率，或者2050年以前人类首次登上火星的概率，等等；而雅各布·伯努利的侄儿丹尼尔·伯努利则想到了用概率来计算一项政府的公共政策存在多大的风险——例如种牛痘的好处与坏处。到了19世纪，法国天文学家拉普拉斯用概率的语言估算了土星和木星的质量；他的学生泊松计算了无辜者被法官投进监狱的可能。

今天，从明天下雨的概率到本周发生恐怖袭击的可能、从瘟疫席卷全国的传播速度到核反应堆的风险评估等等，几乎所有涉及"未来"这个字眼的事情，人们都求助于概率。尤其当概率论与统计学有机地结合在一起，计算就成了一种文化，渗透到每个人的肌肤之中。它包含着某种实用主义的哲学，一如统计学家C.R.劳概括的那样，可以做如下表述——"不确定的知识+所含不确定性量度的知识=可用的知识"。它甚至成为公众信念的一部分，促使人们拒绝相信一个完全由决定论支配的世界，也排斥一个彻底由偶然、意外和运气支配的未来。就像拉普拉斯所说："生活中最重要的问题，其实绝大多数实质上只是概率问题。"

此刻，回望起点之处的卡尔达诺，就更能明白他对永恒的渴求，以及他的孤独与荣耀。是他，而不是别人预示了人类在观念上即将发生的一场颠覆。如果说哥伦布改变了人们对地理的看法，哥白尼改变了人们对天堂的看法，那么他——赌徒卡尔达诺，则通过机遇的研究，改变了人类对未来的看法。自此，未来不再是一个深不可测的黑洞，而是透出希望、期许和寄托的微光。

文明，不正是向那微光的行进吗？

谁来研究运气?

一个西班牙人凭借一张尾数为“48”的彩票赢得了千万元乐透大奖。面对蜂拥而至的记者，他眉飞色舞地解释了自己的好运气：“接连七个晚上，我都梦见了‘7’这个数。我想，7乘7等于48，说不定……”

如果你觉得这个关于好运的故事太像段子，那么请看下面的新闻：美国佛罗里达州的一位八旬老太用两块钱买中5.9亿美元强力球大奖。她在接受采访时将自己的好运部分地归结于插队——一位好心的陌生男士让她先买了一张机选彩票。

把不成比例的收益归因于琐细的、不相关的、乃至荒唐的理由，只不过放大了我们对待运气的一贯态度。而事实上，运气作为一种对每个人的生活都至关重要的条件，我们祈求它，敬畏它，迷信它，却甚少研究它。

在《善的脆弱性》一书中，哲学家玛莎·努斯鲍姆试图唤起大家对运气的重视。她注意到，古人很早就意识到运气是人生中不可回避的要素。但是，这一事实分明与“善有善报”“好人好运”等一类道德说辞存在不小的冲突。那么，如何做到自圆其说呢？古希腊哲学家的办法是赋予运气某种情感上的价值判断，例如不可违背的天命，或者悲剧性的象征意义等等。然后，在此基础上承认，人是一种既有活力又很脆弱的生命。只有小心运用自身的能力，我们才有可能维系美好的生活。总之，在古希腊人的观念里，运气是决定性的力量之一。就像露天剧场之上的天空，时而和风丽日，时而雷电交加，既可成就剧目的演出，也随时可以中断之。

在中国的传统观念里，古老的决定论有一个身段更灵活的版本，叫做“辩证法”。譬如老子说的“祸兮福之所倚，福兮祸之所伏”，譬如“亡羊补牢”“塞翁失马”等谚语，它们都是这一版本的精妙诠释。按照这一因果大挪移的奇妙逻辑，世上的一切命题都可以循环论证。没有绝对的价值或意义，也没有绝对的善恶好坏。在这种思维的浸淫下，中国人养成了利于存活的乐天知命，却丧失了脆弱而宝贵的悲剧意识。

即使到了今天，相信事物环环相扣的决定论，仍然是我们看待事物的基本模式。当一个赌徒下意识地在掷骰子前朝手心吹口气的时候，当奥巴马认为他的胜出得益于自己在投票日打了一场篮球，当纳达尔把一场胜负与矿泉水瓶的摆放位置挂上钩之际，我们就会明白，决定论植根于人心的至深处，无时无刻不在左右每个人的生活。

想一想，我们绝非傻瓜，为何偏偏有各种可笑的迷信之举？归根结底，那是因为我们都是决定论的信徒。我们不自觉地相信，这个世界是由因果、规律和必然性统治的。慢待了任何一个原因，就肯定会结出苦涩之果。

所以，前法国队的主教练多梅内克要依据球员的星座来决定首发阵容。因此，前阿根廷队的门将戈耶切亚在关键的点球决胜前一定要在球场上小便。后者还颇有条理地总结道："1990年世界杯我这么做，点球淘汰了南斯拉夫；半决赛我又这么做，点球淘汰了意大利；这就是我的幸运魔法，从没被人发现。"就在几天前，纳达尔也坦率地承认，他有很多迷信的习惯，比如拉扯内裤、摆弄场边的水瓶、比赛前的蹦蹦跳跳等等。他说他也知道那些举动未必能主导比赛，只是"不自觉地"，他就这么做了。

一句"不自觉"，道出了我们看待运气的心理真相。人类就是这样，擅长将经验到的各种事物进行有意义的连接，然后装进一个特定的认知模式里，却很不擅长大量的数据统计与逻辑分析。我们可以轻松地将夜空中的万千繁星纳入狮子座、仙女座之类的具体图像中，却甚少反思这些模式本身是否真实可信。发现和创造模式，这种能力可以帮助牛顿提出万有引力，也能让纳达尔坚持认为，矿泉水瓶的标签是否正对球场很关键——它神秘地影响着自己的胜率。

很多“不自觉”的认知模式，其实就是我们通常说的直觉。从演化论的角度看，直觉是动物极其重要的生存能力之一。一只麋鹿发现附近的草丛有异响，凭借直觉撒腿就跑的代价远远低于驻足原地俯首思索。我们人类也一样，依靠直觉逃脱了演化道路上的众多险境，从而活到了现在——当然，这也完全称得上“运气”。可是，当人类不再仅限于生存这一基本目标而渴求更多东西时，我们眼中的世界就变得越来越复杂。这时候，直觉就不那么可靠了。用它来处理运气问题就会出错。

以抛硬币游戏为例。假如一个赌徒抛出的硬币连续9次的结果都是正面，那么他会怎么看待接下来的第10次呢？极有可能，他会认为，自己正在“走运”，因此下一次应该还是正面。即便结果完全相反，他也会安慰自己说：“好运刚刚离开。”实际上，如果他稍微懂一点概率就明白，每一次抛硬币都是一个独立的事件，其结果不受上一次，以及之前的无数次结果的影响，正反出现的概率均为50%。

现实中的直觉错误远比抛硬币代价高昂。1999年2月4日零点40分，正在值勤的四名白人警察在巡逻到纽约市区的一座公寓楼时，朝站在大楼前的黑人迪亚洛连开41枪，将其击毙。迪亚洛的惨死以及法院对开枪警察的无罪判决都曾引发大规模的游行抗议。可是，这真是一场种族歧视的杀戮吗？像马尔科姆·格拉德威尔这样的社会学者不这么看。他认为，那是一场由一系列直觉错误导致的致命悲剧。当迪亚洛出楼呼吸几口新鲜空气时，警察的直觉反应是："那家伙站在那儿到底想做什么？"当他们把车倒回来时，惊讶地发现那家伙看见警车竟然不走开，"太可疑了！"最后一个直觉错误来自前面错误的叠加——当迪亚洛略微转身在衣兜里掏钱包时，警察们立刻认定他是一个持枪的危险分子，立刻开了枪。

很显然，迪亚洛的运气实在太糟糕了，几个警察虽然无罪开释，但是也很难说交上了好运。然而，悲剧能够避免吗？在看待运气的态度上，今人比古人到底进步了几许？

运气研究的春雷惊蛰

无论私人生活还是国家历史，只要我们将其视为由一系列事件构成的连续整体，就回避不了运气这一重大因素。

运气仿佛神秘的混合，暧昧的渊薮，因而传统的态度是存而不论。一个人哪怕再倒霉，一个国家再怎么多灾多难，运气都不是详加辨析的对象。“每一个发生的事件均由一条必然的因果链所决定。”这种决定论的信念造就了我们极其矛盾的宿命心理：既承认运气诡谲多变难以捉摸，同时又坚信，它是冥冥之中难以更改的定数。

好玩的是，决定论的内在矛盾驱使着传统的态度也一直在缓慢地变迁。直觉当然是处理运气问题的基本认知模式，其满意的结果常被称之为“侥幸”。但是，从历史的维度来看，在这个基础之上，终将产生不少决定论的变体。比如三千年前的古人，无论东西方，大多认为运气其实就是天命，或者神谕，完全没有人类置喙的余地。然而历史之书没有翻几页，刚性的决定论——命定论就发生了微妙的松动，尤其当俗世之乐越来越吸引人，而来世之说越发不可信的时候。

松动之所以发生，关键在于人们意识到，有很大一部分所谓的运气，和我们自身的选择密不可分。打个比方，一个人出门突遭大雨，与他在集市上碰见多年未见的亲人，涉及两种区别很大的运气。他遭遇怎样的天气，除了外出这一前提，几乎和自己的选择没什么关系；可是，一场邂逅却不同，这牵涉到他们各自一连串的行为选择：是在家修葺屋顶，还是到集市买菜？是先引渠水注满稻田，还是打算返回之时再说？自家后院的一次短暂停留，分叉小径前的灵机一动等等。众多细小的选择，串接起来，才可能成就幸运的那一刻。

于是大家发现，哦，原来自己的选择如此重要！

在漫长的远古时期，为生死贯注全部精力的人类未必意识得到选择与运气的关系。而一旦意识到了选择的重要，就标志着人类产生了第一缕了不起的自由精神：原来我不是这个世界不可更改的微小部分，相反，我的行为可以让事情略有不同。

正是凭借着这第一缕自由精神，人类为理解选择与运气展开了三个方向的思考。一个方向直接针对人的行为选择。古希腊先哲说："认识你自己"，就是这个意思。另一个方向侧重于运气，例如希伯来人强化了善恶对立的上帝信仰。第三个方向调和折中，这就是中国古人常说的"天命靡常，唯德是辅”——无常的运气虽由上天主宰，但顺应上天的行为选择，譬如德行，可以让事情变得有序一些。

可见，人类的哲学、宗教以及伦理，与这三个方向的思考大有关系。这些思考没有对决定论的基础造成多大的侵蚀，却使其显得更加合乎情理。它淡化了运气固有的宿命底色，增添了丰富的想象色彩，并且孕育出“偶然”“意外”“可能”“不确定”“复杂”以及“随机”等等更加新鲜更有活力的词汇。

不过这些思考也可能妨碍了人们对运气进行量化的分析。正如历史所显示，祈祷、占卜、说教、禳灾等一直是后世之人应对运气的主要行为选择。极端的情形下，中世纪的啤酒商人偷绞刑犯的衣物来增加销量，清帝国的术士对毛发衣物作法来害人性命——选择深化了运气的内涵，也使得运气变得更加琐细繁复。

倒是赌徒从中看到了要害。在他们眼中，以自身的行为选择为依据，运气可以轻易地划分为两大类。一类像掷骰子，一旦出手，运气就是“注定”。另一类要复杂得多，有点儿像玩扑克，一个牌手不仅要根据自己的牌，还要参照其他对手的出牌情况，相应地做出选择。

历史上对运气的量化做出突破性贡献的，正是一个名叫卡尔达诺的赌徒。此人是达·芬奇一位朋友的私生子，天资聪颖，生性好赌。虽然取得了医学博士的学位，做过医院的院长，还曾是英国国王的御医，但是跟当时的大多数人一样，卡尔达诺也是一个迷信运气的人。他坚信深夜犬吠暗示着亲人的死亡，几声鸦鸣意味着疾病将至，还用占星术推算过耶稣的生辰。不过在赌博时，卡尔达诺却有另外一套对待运气的方法。正是凭借自己对掷骰子游戏的独特理解，19岁的他就在赌博中挣到了1000克朗的大学学费，相当于一个小律师10年的薪水。差不多同时，他开始了《论赌博》的写作，一写就是数十年。

在这本书里，卡尔达诺把他对运气的看法和盘托出。他分析了纸牌、骰子、双陆、距骨等各种赌术，还讨论了赌博的哲学以及赌徒的性格，内容极其芜杂。但是在今人看来，这本书最重要的文字出自第14章《论点数的组合》。在这一章里，卡尔达诺提出了掷骰子的“普适规则”。这是一条关于可能性的规则，用赌徒的语言来描述的话，就是这样：一个均匀的六面体骰子，掷出任何一面的可能性为均等的1，总的可能性为6。如果对两个面下注，则获胜的可能性为六分之二。

卡尔达诺没有意识到，他成了对运气进行量化研究的先锋式人物。而他的普适规则，也成就了概率论的样本空间规则。在他去世后没多久，伽利略受命于另一个赌徒，写下了《骰子游戏之思考》一书。书中将卡尔达诺的研究浓缩成一句话：“一个事件发生的可能性，依赖于这个事件所有可能发生的方式的数量。”而这句话，对于运气的量化研究而言，犹如春雷惊蛰。

轮盘赌与垃圾袋

“一个事件发生的可能性，依赖于这个事件所有可能发生的方式的数量。”伽利略的这句话似乎很普通，没什么可琢磨的，其实不然。核心的问题在于，人类能够正确地估算一个事件发生的总体可能性吗？

这就好比掷硬币猜正反的游戏。有几个人会估计到，硬币抛出去不仅有正反，还存在竖立这一微乎其微的可能呢？事实上，如果我们考虑到硬币本身的平整程度，以及材质的均匀性等因素，这个游戏总体的可能性还将增加。

19世纪一个叫约瑟夫·贾格尔的英国人对这一问题可谓体会颇深，且获益匪浅。此人本是约克郡一家棉花厂的机修师，成天痴迷于轧棉机的结构与功能。1873年的某一天，他忽然决定用自己在机械方面的丰富知识和良好感觉，到蒙特卡罗的赌场去狠狠地赚上一笔。

贾格尔的决定建立在一个信念之上：无论是赌博机器的设计者、制造者、操作者还是拥有者，所有人对可能性的估算都不如自己。一句话，蒙特卡罗的轮盘赌并不完美。

轮盘赌是这样一个机械装置，一只大碗模样的圆盘，放射状地隔成均等的37个扇形浅槽，分别对应数字0至36。游戏开始时，要先把一个石弹子放到“碗沿”上，然后推动圆盘使其旋转。石弹子将沿着侧壁转圈，然后逐渐旋落到“碗底”，在浅槽上弹跳，最终随圆盘静止而停在某一个标有数字的浅槽中。玩家若是事先押中这一数字，就可以像彩票中奖那样赢钱——当然，也像中彩票一样困难：37个浅槽，意味着每玩一回，玩家的赢面为三十七分之一，庄家的赢面为三十七分之三十六。而“碗沿”上的不少小挡板，以及浅槽与浅槽之间凸出的棱线，也让石弹子的归宿在弹跳中变幻莫测。

就这样，坚信轮盘赌并不完美的贾格尔带着他的信念与全部积蓄来到了摩纳哥。不过他没有立刻站到轮盘之前，而是聘请了六名助手，让他们每人负责观察赌场里的一台轮盘，记录总计六台机器全天12小时内每次获胜的数字。赌场打烊后，助手们把所有的数据交回来，贾格尔就在旅馆里彻夜分析。六天下来，贾格尔发现，其中五台机器的数字没什么异样，但在第六台上，有九个数字明显比其他数字出现得更加频繁。于是第七天贾格尔开赴赌场，来到那台轮盘之前，对频繁出现的那九个数字下以重注：7、8、9、17、18、19、22、28和29。

当晚赌场关门之时，贾格尔赢到手的筹码已经合计七万美元。在那个年代，这一金额足以使大多数赌徒目瞪口呆。连续赌了四天，当贾格尔斩获40万美元成为名副其实的富翁时，坏运气突然降临。一下子，他就输掉了差不多20万。看来，为了赌场用十年建立起来的声誉（蒙特卡罗大赌场始建于1863年），赌场的经理和职员们没有用狠招阻止贾格尔的“好运”，但也没有完全袖手旁观。

贾格尔很快发现事有蹊跷。他仔细观察轮盘，结果发现他以前特别留意到的一丝划痕不见了。原来，赌场悄悄调换了六台轮盘的位置。当贾格尔耐心地找到原来那一台轮盘后，他的好运又回来了。

赌场的人也不是傻瓜。看见贾格尔的举动，他们颇有恍然大悟之感。接下来的几个晚上，打烊后他们都要把轮盘的数字与浅槽转离原有的对应位置。于是贾格尔又开始输钱了。当贾格尔把原来赢到手的50万输到32.5万时，他聪明地意识到，是该离开蒙特卡罗了。最终，他带着相当于今天580万美元的巨额财富回到了约克郡，并辞去了棉花厂的工作，转而投身房地产。

表面上看，贾格尔在蒙特卡罗所创造的，是一个与决定论的近现代版本——机械论有关的传奇。至少，有两个人应该这么坚持：一个是贾格尔本人，另一个是早已过世的伽利略。可是，雇请六个助手，利用六个日夜，搜集并处理六台轮盘赌的数据，就真的可以像贾格尔以为的那样，赢取决定性的胜利？这个传奇难道仅是一首决定论的颂歌？恐怕未必。贾格尔活了72岁，直到1892年去世，他再没有踏进过赌场的大门。这个传奇的尾声似乎微妙地暗示，他并非一个彻底不相信运气的机械论者。

在19世纪，机械论差一点就取代了上帝的位置。这是一种高度理论化的决定论，一种视世界如钟表般运转的机械式宇宙观。持有这种观念的人不仅认为“每一个发生的事件均由一条必然的因果链所决定”，而且认为自洪荒以来，所有发生过的事件，无论蚊蚋还是人类，细如一丝微风，巨若漫天星斗，都串联在唯一的、必然的因果链条之上。

历史上最著名的机械论者要算法国科学家皮埃尔·西蒙·拉普拉斯侯爵。此人作为18世纪至19世纪上半叶天体力学的集大成者，深受拿破仑一世敬重。1799年，拉普拉斯把他刚完成的《天体力学》头两卷献给伟大的法国皇帝。拿破仑读后问这位法兰西的“牛顿”：“拉普拉斯先生，我发现你的论述中没有提到上帝啊！”这时候拉普拉斯给出了一句惊人的回答：“陛下，我不需要这个假设。”

正是因为这句回答，机械论又被后世称为“拉普拉斯信条”。秉持这一信条的决定论者将上帝置于尴尬位置的同时，连带地也将运气彻底贬斥为垃圾。为此，拉普拉斯还发明了一个类似“垃圾袋”的小玩意儿，叫做“误差函数”。像他一样，后来的科学家们坚信，随着科学的日趋精确完备，“垃圾袋”将越变越小，最终彻底失去作用。然而事实证明，他们错了。运气，将改头换面再度降临。

孤注一掷，无损偶然

“偶然是所有知识的敌人”，在《测量世界》里，作家借19世纪最伟大的数学家高斯之口如此说，“它使人在过去面前拥有一种不恰当的优势，同时又让人成为未来的小丑。”小说中的高斯还向他那笨拙的儿子欧根解释，偶然根本就是一个测量的问题：当你站得足够近，你可以发现事物运转背后的精妙机制；当你站到足够远，你能够看见万物运行的整体轮廓。而所谓偶然，不过是因为你恰好站在了一个不远又不近的尴尬位置。

没有证据显示真实世界里的高斯讲过这番话。但毫无疑问，这就是19世纪智者的心声。经过17至18世纪的洗礼，19世纪最杰出的那一部分人开始用数学和科学来验证哲学家推崇的理性——高斯正是其中的一员。启蒙思想家把运气从高深莫测的云端踢下凡间，将其贬斥为偶然——一种迷惑平庸之辈的迷信，甚至连最具怀疑精神的大卫·休谟也不认为决定论有什么大问题。他只是怀疑，人类凭借知识未必能够真正地理解它。而19世纪的人们则高举“测量”的旗帜衡量一切：声、光、电、热、物质、能量等等。在他们眼中，通过测量，万物激发出了规律的光彩。

至于偶然，从拉普拉斯发明误差函数以来，理论上已经不再是问题。大家相信，随着科学的进步，误差肯定会越来越小，偶然断无容身之地。这种乐观的情绪笼罩着整个19世纪，催生出各种建基于“positive”（确定的、积极的、正面的、求实的）的“实证主义”。

偶然没有容身之所，上帝的宝座上盘踞着“拉普拉斯妖”——一只洞悉一切的决定论怪物。拉普拉斯在《概率的哲学导论》中是这样描绘它的：

> 比如说，已知存在一个神明，它能彻底领悟所有使自然界生机盎然的自然力，以及组成自然界诸生灵的每一种境遇，一个强大到足以将所有这些数据进行分析的智力，它也会以同样的公式包容所有的运动，无论是来自宇宙最巨大的躯体的，还是来自最细小原子的；之于这一神明，任何事物都不会是不确定的，未来如同过去，会呈现在它的眼前。

拉普拉斯敢于向世人推销如此强力的决定论观点，概因他认为偶然已经被误差解释了。不过确切地讲，他“发明”的误差函数早在1734年和1794年就分别被棣莫弗以及高斯发明过。在测量盛行的那个时代，一个数学定律以多种面目被多次发明乃是常事。道理很简单，一个测量者如果不能对偏离的数据做出正确的解释，他的测量就不可能称得上严肃。因此热衷测量的天体学家和物理学家必然也是应用数学家。当他们在处理数据时发现每一个测量值都是混杂着误差的复合物，他们就已经在概率论和统计学的发展史上扮演了或轻或重的角色。误差函数、正态分布、大数定律等，这些重要的概念就是如此诞生的。

不过，19世纪上半叶的生理学家和医学家没有对拉普拉斯妖表现出足够的尊敬，例如法国医学家毕夏很早就提出了抗议。他认为，“自然界有两类存在、两类性质、两类科学。存在或是有机的或是无机的，性质或是活力的或是非活力的，科学或是生理的或是物理的。”而生命作为有机的存在，具有活力的性质，所遵从的必是近似的、不确定的生理规则，而非彻头彻尾的决定论。即使是至高无上的神明，也不可能计算出生命体的未来状态。

在表哥达尔文的鼓励下，“测量狂人”弗朗西斯·高尔顿改变了生理学家和医学家的看法。此人痴迷于各种测量。他很快就接受了正态分布的观念，并把它运用到统计领域。他测量人的头颅尺寸、四肢长短、眼鼻大小和指纹特征，测量君主教士和普通人的寿命，还测量各个城市姑娘们的回头率。1875年，高尔顿把几包豌豆均分给七个朋友去播种，翌年回收后供他测量。结果他注意到，大体而言，个头大的种子结出的豆子比父代要小。反之，个头小的种子产出的豆子较父代大。他飞快地联想到人类自身，并用测量的方式证实，父代与子代之间也呈现类似的情形。他得出结论，在相关联的测量中，如果一个测量的结果远离平均值，那么另一个就会更接近平均值。他称这一现象叫“均值回归”。

无论从逻辑上讲还是就事实而言，高尔顿揭示的“均值回归”都很有意义——两个高个子生下的孩子普遍会比他们矮小一些，而两个小个子生的孩子通常会比他们高一点儿。如果不是这样，今天的人类与一万年前相比，要么将高得离谱，要么会矮得出奇。

那么，能不能就此认为，高个子的父母是生出矮个子儿女的原因呢？显然不是。因为影响一个人身高的因素太多了，有遗传的、环境的、营养的等等。所以高尔顿推出了他的另一发明“相关系数”，用来反映两个相关变量的关系密切程度。系数取值于–1和1之间，越趋近于–1或1，证明相关程度越高，越趋近于零则说明相关程度越低。

有了均值回归和相关系数这两个重要的工具，统计学在19世纪末迅速走向成熟。可是令人惊讶的是，它对决定论的侵蚀也相当迅速。因为人们发觉，没有严苛的因果关系，也能大致无误，甚而更加熨帖地理解世界。当误差律的重要性越来越显著，拉普拉斯妖就不得不将自己的宝座挪出一个位置。以至于高尔顿在1886年的演讲中宣布，如果希腊人知道误差律的话，他们一定会将其尊为神。

就这样，改头换面的偶然又回来了。难怪1897年的马拉美在诗中写道："骰子一掷，永远取消不了偶然。"

概率、信念和运气

从生理上讲，人类大脑的“版本”仍然停留在石器时代。这样的大脑，比较擅长处理那些古老而具体的问题，比如观察环境、体味人心，又或者权力争斗以及社会交往。而这样的大脑，最难兼容的程序就是概率。说到底，大脑的运转基本上是模式化的，受不了抽象的逻辑、海量的数据。假如有人因此认为，运气跟概率完全是两回事，那也并非没有道理。

美国人约翰·伍兹是一家大型法律咨询公司的资深合伙人。2001年9月11日那天，他刚离开位于纽约世贸中心的办公室不到30秒，第一架飞机就撞向了双子星塔。这样的好运不止一次地降临在他的身上。1993年2月26日，世贸中心遭到爆炸袭击，地下停车场被炸出一个长60米，宽30米的大坑，浓烟直冲云霄。当伍兹从39楼的电梯里走出来，很多人却在下一秒钟困在里头，上下不能，惊恐万分。更早的1988年12月21日，伍兹架不住同事的邀请，退掉了早就订好的泛美航空机票，去参加公司的一个聚会。结果那架飞机上的200多乘客全部成为洛克比空难中的牺牲品。

从概率的角度看，全球有60多亿人，像伍兹这样的幸运，完全可以解释。可是，这种解释，对于伍兹个人来说并没有多大的意思。

所以运气不可能仅仅是随机事件的结果。概率论者中有一派叫做贝叶斯主义者，他们把概率定义为“在给定所有相关信息的情况下，一个人相信某个事件会发生的程度”，其实就考虑到了运气可能涉及主观的部分——观察者的概率与当事人的概率不是一回事。

心理学家认为除了既定的概率，一个人的运气往往还与他的思维习惯和行为方式密切相关，也就是经常说到的“性格决定命运”。要不然，我们很难解释为什么幸运者好运不断，而不幸者厄运连连。理查德·怀斯曼和他的团队历时三年，对400余位志愿者进行了采访、调查和测试，对性格与运气有关的观点进行了验证，结果显示的确如此。他就人格的亲和性、尽责性、外向性、神经质和开放性等五个维度，对幸运者和不幸者做了量化对比，发现在亲和性和尽责性这两个维度上，运气好的人与运气差的人没什么区别，但是在余下的三个维度上，二者的差别相当大。

比如外向性，幸运者明显强于不幸者。幸运者通常更外向，更擅长和人打交道。他们乐意结识更多的人，愿意在社交中扮演“磁石”的角色，还尽量和相识的人保持持久的联系。

怀斯曼同时发现，那些相信直觉的人、轻松看待生活的人以及对新鲜事物持开放态度的人往往更加走运，因为这些人更容易创造、注意和把握机会。相反，过于神经质的人却受困于内心的焦虑，过度关注困难和不幸，结果失去了不少良机。

以上研究或许有心灵鸡汤的嫌疑。但是谁也不能否认，有些问题的答案既可以是肤浅的，同时还很正确。既然一个人的思维模式和行为方式必然对外部世界造成影响，那么它们塑造命运的能力再怎么强调也不过分。

其实，心理学家讨论的五个人格维度，综合起来看就是一个人特有的行为倾向。在行为倾向的背后，信念才是驱动力。也就是说，往深处挖掘，运气也好，概率也罢，信念的作用不可忽视。

在我们的生活中，多数情形下，信念都处于隐匿的状态。打个比方，你早上起来洗漱喝牛奶吃面包，拎起挎包出门上班，这一系列琐细的行为，几乎不包含一丝的怀疑。这就是信念隐蔽的作用。你不会疑心牙膏有毒面包生霉，或者出门遭遇雷击，除非你的信念遭遇事实的挑战。譬如有人告诉你某某品牌的牙膏氟超标，牛奶中含有三聚氰胺，或者面包里反式脂肪过多，否则你不会花精力去计算坏事发生的概率，来检验信念与事实的符合程度。

信念不仅隐匿，而且牢固。一个球迷可能在心里盘算过一场球赛的诸多胜负可能，但是到了现场，他就坚信自己热爱的那一方才会赢。一个光线昏暗的夜总会发生火灾，惊慌失措的人往往涌向人群最集中的通道，而置就近便利的无人小门于不顾，很可能也是源于“多数人总是对的”这样的信念。

英美的医学统计显示，除了晚期癌症、病毒细菌感染等严重的慢性疾病患者，心脏停搏的人假如救护及时，活过来的概率为16%到18%。在施救得法的情况下，这一概率甚至可以高达38%。死而复生的可能性如此之高，竟然远超想象，就是因为在我们的信念中，死亡乃是注定，所谓“人皆有一死”。

好莱坞明星安吉丽娜·朱莉为信念与概率的冲突提供了最鲜活的案例。2013年5月14日，朱莉在《纽约时报》网站上发表公开信，宣布为了降低罹患乳癌的风险，她做了双侧乳腺切除。她表示，选择进行这一手术是因为她有家族遗传的基因缺陷。医生预计她患乳腺癌的概率为87%，患卵巢癌的概率为50%——朱莉的母亲就是因乳腺癌在56岁时过早去世。

“当我知道这就是现实时，我决定‘先发制人’，尽可能降低这一风险，因此我决定接受预防性双乳切除术。”朱莉在公开信中写道，“我首先选择了乳房手术，因为患乳腺癌的风险更高，手术也更复杂。”她还说，整个手术治疗过程完成后，她的乳腺癌发病率已经降至5%。

尽管朱莉做了合理的解释，但这则新闻还是在全球范围引发热议，原因就在于大众对运气抱有的传统信念遭到了概率的冲击。事实上，朱莉的决断在西方，特别是美国已经不算新鲜事。早在十年前，我就写到过两位年轻的西方女孩在知晓家族遗传史的前提下，预防性地切除乳腺、卵巢和子宫的故事。与当年相比，我的观念可能有所变化。但现在想起来，那时候我已开始意识到，运气、信念与概率存在错综复杂的关系。

比随机更随机?

通过大脑，人类试着将不确定的世界加工成确定的模式，以此指导自身的行为。大多数情况下，事情进行得还算顺利。这说明我们虽然不擅长概率的计算，大体上却天然地符合统计的规律。在多年的研究过程中心理学家就发现，从未学过统计学的婴儿，仍然懂得注意那些偏离均值的意外现象。比如说眼前的奶瓶未经妈妈碰触就开始滚动，或者一只拴在床头的气球忽然飘到空中等等。相较于常规事物，非凡的现象会被宝宝盯上更长的时间。种种生理和心理的实验也表明，一出生，我们的大脑里已经预装了不少基础的知识系统。严格地讲，这类系统并非知识本身，而是神经机制，其目的是让人对环境的特定现象保持关注，从而提高自身的生存机会。它们不是概率与统计，却很可能在长期的演化过程中呈现出近似的色彩。

可是，靠简单的神经机制解决不了所有问题，特别是各种复杂局面。何况，大脑也有不可靠的时候。最典型的例子就是网球手，他们在发球时总是频繁地换边，试图用打破常规的方式扰乱敌手对球路的判断。然而这种行为在专家看来相当可笑，这不过出自大脑对偶然的误解，根本影响不了胜负。

那么，不确定的世界到底能不能兜进人类的认知范畴呢？这个问题的答案变得相当诡异。哲学家约翰·波洛克建议，要讨论这一问题，前提是必须重新对概率这一概念加以审视，例如物理概率与认识概率的区分，确定概率和不确定概率的差别。很显然，讨论的重点将更多地涉及认识概率，而非其他——如同拉普拉斯所言，“拉普拉斯妖”的眼里只有必然，没有概率。

然而，人类不得不在概率的阴影下生活。对于这一宿命，悲观的人牢骚满腹。他们觉得，由于固有的认知局限，人类根本无法把握不确定性。《黑天鹅》的作者、风险管理专家塔勒布就认为，在每时每刻都在发生的事情中，“你不知道的事情总是比你知道的意义更重大。”有人预测到了“9·11”吗？没有。那么2004年的南太平洋大海啸呢？也没有。2011年的日本大地震预测到了吗？还是没有。这些事件都在意料之外，却比千千万万琐碎日常的事情更有影响力。真实的世界和真正的生活都是由这些极端的、未知的和极其不可能发生却又发生了的事件所主宰的，这就是真相。可是，人类缺少认知上的想象力去掌控它们。我们荒唐得像在黑暗处掉了钥匙却去路灯下寻觅的醉汉，以为关注那些已知的、重复发生的、琐细的事情，就可以推演那些不可预测的事件。

塔勒布愤愤地总结道，人类对未来的预测简直就是后知后觉的自我欺骗，或者人类本性与社会“科学”的一场合谋。

心理学家似乎也能证明这一点。他们设计了一个实验来比较人类与其他动物预测概率的能力。实验者操控上下两列灯组，使上方一列的灯组在80%的时间里随机闪烁，下方的灯组在20%的时间内随机闪烁，然后让受试者猜测接下来哪一种情况更可能出现：上方闪烁还是下方闪烁。结果发现，老鼠比人类更擅长玩这个游戏。它们会迅速计算出上方的灯闪烁的次数多，故而永远只选上方灯组。也就是说，它们总是选择过去出现频率最高的选项。可是人类却会采取一种叫“频率匹配”的策略来猜测接下来会发生什么。这种思维方式使得人类受试者总是试图为随机闪烁的灯组找到某种理由、某种模式，结果导致他们猜对答案的成功率只有67%。

然而乐观者认为，人类从无序中寻找秩序的企图总体上还是可靠的，要不然我们活不到现在。究其原因，其根本在于，人类是以群居的方式生活的。在微观层面上充满偶然的个体，聚合成宏观层面的社会，就可以运用概率和统计的方式来描述。反之，透过这种宏观描述，个体就能够更好的顺应趋势，把握命运。

最近二三十年，一些学者将自然科学领域的“3C”理论（突变理论，Catastrophe Theory；混沌理论，Chaos Theory；复杂性理论，Complexity Theory）引入社会科学，使人类对自身的宏观描述进入了一个新境界。这些学者认为，不必考虑个人的信念、情感或意志，而是将其视作物理学意义上的原子，然后从原子与原子的相互作用、众多原子组成的体系等角度进行观察和研究，依然可以得出有价值的东西，有助于我们对世界的理解和解释，甚至可以对未来有所预知。比如群体在时空中如何运动、如何决断，人们如何参与政治、进行投票、举行选举，联盟怎么缔结、团体何以形成、公司怎样组建、市场如何运行，等等。

如今3C理论慢慢交融，正在建构一个名为“社会物理学”（这个字眼本身并不新颖）的新学问。综观这些理论，尽管复杂深奥，但其核心依然属于18世纪左右的科学家和思想家。就像法国启蒙思想家孔多塞所说：“一门研究人的科学，必定是一门统计性的科学。”

不过，世界既没有沉浸在悲观者的哀叹中，也未必停留在乐观者的预言里，现实主义者才是这个世界的主流。这些人并不在乎概率和统计的正确与否，或者偶然与必然的分野何在。他们只在乎一件事：利益的有无。就像苹果公司创始人史蒂夫·乔布斯的作为。当年，苹果公司推出了具有随机播放功能的iPod。结果消费者很不满意，因为有些歌曲会重复播放。他们不知道，真正的随机意味着信息无法压缩，重复不可排除。相反，他们认为这是有目的的推送。于是乔布斯说好吧，我们马上修改程序。他解释道："我们将算法变得不那么随机。这样，在消费者看来，播放就更随机了。"

一个意外的故事

有一天我去曾经供职的一家公司办完事情，小王说我开车送你。十几年前我在这家公司做办公室主任，分管车队。小王当时是我的下属，现在已经是车队的队长了。以前好多事两人都记得，一路上很愉快。行到半途我问小王，老冯去世了？小王叹口气说，唉，快六年了。

老冯也是车队的司机，差不多是元老了。那时我刚做主任，小王还在开东风拉煤渣，他就在开上下班的依维柯了。没多久，他调到小车班，常载我外出公差。老冯待人和善，长得却高大威武。浓黑的卷发，络腮胡，声如洪钟。每逢公司的春节联欢会，他都会献上一曲浑厚沉郁的俄罗斯民歌《三套车》，作为晚会的压轴。

有一次老冯好像感冒了，驾驶台上一盒盒纸巾飞快地用完。时间一长我觉得有些不对劲，他不咳嗽，也很少打喷嚏，清水一般的鼻涕却不断。凭以往的医科知识，我提醒他应该去医院做个检查。结果体检诊断证实了我的担心：鼻咽癌。在放疗化疗的折磨下，这个壮实的中年男子迅速变成了竹竿。很快，他就不在公司上班了。偶尔见到他牵着可爱的五岁女儿，到财务部报销一些医疗票据。我离开公司不久，听说老冯为了方便治病辞了职，跟他的哥哥合买了一个出租车牌照，除了雇人，自己也开。

鼻咽癌早期做放疗效果不错，但是老冯的病一发现就到了中晚期，当时我就明白，情况不乐观。如今听小王这么一说，我感慨老冯坚强，差不多硬撑了十年。小王一笑，说老冯没死于癌症，而是车祸。

这真是出乎意料。我印象中老冯开车仔细，难道是因为身体的缘故，才遭不测？小王说不是，出事的时候他哥开的车。估计那时候老冯也快到点儿了，家里人商量着一起去郊外打打麻将散散心。车速不快，在路上遭到擦挂，他哥一慌鬼使神差，把车翻到沟里。可能因为车慢，其他人有准备，屁事没有，唯独在后座打瞌睡的老冯撞了头。

“想不到结局竟是这样”，我对小王说，“也好，不受那份活罪。”小王又笑了，车队的兄弟们都这样安慰冯嫂，不曾想人家哭得更厉害。我问为什么？小王说，冯嫂的意思是，生生死死老冯和她原本都精心做了打算，这下子全乱了套，受不了。

这个故事我琢磨了很久，觉得它包含的意蕴不亚于任何讨论运气的专著。活着就是一场冒险，因此根本上讲，我们都是幸存者。但是，几乎没有人会这么看。相较于长期的幸运，譬如大多数人都可以获得食物和水，都可以颐养天年，偶尔或短暂的不幸仍会左右我们的情绪，继而左右我们的行为。“9·11”事件刚发生，有人就开始做统计。结果发现，自那以后的一年中，死在公路上的美国人比以前多出了1600人，约为劫机案里死亡乘客的六倍。直到两年后，美国的车祸死亡率才恢复到原来的平均水平。认知科学家吉仁泽的评价是，过度关注潜在的不幸，使得人们“从煎锅里跳进了火中。”

为什么人们会“过度”地关注潜在的不幸？说到底还是因为人类的信念中天然地嵌入了情绪机制。当人们体验到痛苦、面对陌生的情境，以及未经计划的未来，情绪机制就会自动切换到危险模式，促使人们不再对各种可能选项进行理性的权衡，而是只凭直觉迅速地作出反应。假如一个人竭力想依靠理智来应对这类局面，他必然在生理和心理上承受更大的痛苦。当年，以平和冷静著称的哲学家休谟就遇到了这种情况。他在法国隐居三年，写出的《人性论》被今天的学者一致公认为哲学史上的经典著作，但在当时收获的却是“一片死寂”。于是他对《人性论》进行了精心的改写和缩编，然后以匿名的方式出版了《人类理解研究》，结果这样的努力甚至连一句怨言都没有激起。这个天性乐观的苏格兰胖子深受打击，差一点精神错乱，在床上躺了好几个礼拜才恢复元气。

不过，就像老冯的故事所揭示的那样，复杂性才是世界的本质。我们之所以各有不同的情绪，不同的行为，很多时候是因为我们面对的，不是同一个事实。在很多情况下，也并不存在一个客观的、真实的或整体的故事。对于冯嫂来说的老冯之死，与小王乃至我而言的老冯之死，是一回事吗？老冯之病与老冯之死有因果关系吗？只有把支离破碎的情节组合成一个整体的东西，人们才开始模式化地解释：合情合理、出人意表、好运与厄运、幸和不幸。更致命的是，这些解释往往来自用倒叙的方式看待世界的“幸存者”。它导致人们倒果为因，误以为凡是可以解释的，必然就是事实，就像把指向月亮的食指当作月亮本身。

《黑天鹅》的作者塔勒布把人类比作冒险家卡萨诺瓦。这位18世纪的大情圣、“追求女色的风流才子”在自传《我的一生》里无数次地炫耀运气，仿佛自己得到了命运之神的格外垂青。而实际上呢？命运之神不过在闭着眼睛掷骰子。成千上万和卡萨诺瓦一样的冒险者，遵从着同样的行为方式，保持着同样的乐观自信，最终却无所畏惧地埋葬在乱坟岗里。

可见，生活的确是一场冒险，然而冒险的事情没有规定动作，没有固定模式。

这一概率的真理与幸存者的思维始终是矛盾的。人类是寻找原因的动物，这是本性，没法改变。我们习惯于认为一切事物都有确定的原因，并且把最明显的那一个当作最终解释。哪怕有些事情的发生只有概率，没有原因。

懂不懂得这一矛盾，能不能化解这一矛盾，或者擅不擅长利用这一矛盾，影响着我们对一个现代概念的根本看法，那就是“风险”。

让你的假设替你去死

当媒体隔三差五地报道“百年不遇”的洪水、“千年难遇”的地震时，任何人都会感觉到，肯定有什么不对劲。这都是推卸责任的托辞吗？或许不全是。正如我们看到的，出乎意料的事件时有发生，它们极大地左右着个人的命运，乃至历史的走向，社会的兴衰。但是，人类又天然地具备一种乐观，一种认为自己可以把握事物方向的感觉。这种有时候被哲学家冠名为“自由意志”的感觉，可能是人类存在的意义所在，却难免与事实相抵触。一旦这种抵牾过于剧烈，“N年一遇”的预测就显出它们的荒唐可笑了。

和大多数脊椎动物一样，预测是人类思维的一项基本技能。具有这一技能的动物懂得，不必拿实际的行动去冒险。通过预先选择的方式，把那些可能导致丧命的行为从计划中剔除掉，这才是明智之举。这样的动物，它们的大脑具有预演的能力，以及起码的想象力。大脑把预先设计的行为草图交给自己的身体来进行“裁判”，然后根据结果来决定实施还是放弃这一行为。而身体往往会以恶心、眩晕、恐惧或颤抖等生理反应来裁定。于是，我们会看到一只准备从墙上跳到地面的猫，竟会有些迟疑。一个刚开始学爬的婴儿，在透明的玻璃茶几上表现出畏惧。这些现象，都是预测机制运转良好的外在反映。

不过，像人类这样的灵长类具有升级版的预测机制。我们以及那些灵长类表亲们不仅能够用身体来进行测试和裁判，还能够吸取外部环境中各种设计好的东西，利用它们来改善自己的预先设计，并提高自己的决策准确度和行为效率。特别是人类，自从拥有了思想语言（心理学家往往称之为“表征”）这一有力工具，我们收集和提炼环境信息的能力，设计行为草图的能力，决定实施某一行为的能力都一一得以强化了。我们在大脑里对信息进行标注、记忆、使用、计算和卸载，把无序的世界简化成有序的对象，从而大大增强了我们自身的预测能力和行动能力。哲学家卡尔·波普尔曾经用一句名言概括了人类的智慧：“让我们的假设替我们去死。”

然而千万不要忘了，这种高级的预测机制乃是适应的结果。为此，人类起码花费了十万年时间。而在那漫长的进程中，人类群体规模变化不大，社会环境压力比较稳定，因此造就预测机制的主要动力来自气候、食物、天敌等自然环境的变化。当人类步入文明，社会环境的变化陡然提速，规模更大，联系更紧密，系统更复杂。在这相对短暂的数千年里，我们的预测机制就越来越不合时宜了。它导致我们越来越容易犯低估重大事件发生概率的毛病。谁预料得到塞尔维亚的一个穷学生会引发一场惨烈的世界大战？又有谁会想到在皇家花园里被猴子咬伤病亡的希腊国王会导致25万人战死？如果说那些事情太久远，那么问问自己，倒回去七年甚至五年你是否想过，市值达1100亿欧元的诺基亚如今将以72亿美元的贱价卖给微软？

难道是预测机制出了故障？当然不是。问题在于，人类的预测机制好比四倍的望远镜，用它来看绿茵场上球员的跑位还是不错的，要拿它来观察月球上的环形山就勉强了。当然，若是拿它去检测培养皿里的菌落形态，那更是缘木求鱼。然而这就是真相——我们试图用一把米尺衡量万事万物。

过度神化的自由意志（也有人把它叫做“自欺”）助长了乐观情绪，使得人类知道的总是比人类以为知道的少。无须调查，相信每个人都在犯同一个明显的逻辑错误：认为自己的智商、才貌、运气至少处于“中等偏上”的水平。类似错误在精英阶层里特别醒目：一组数据表明，94%的美国学者认为自己在专业领域的水平就是比别人高。

现代人喜欢滥用数字，喜欢用“计算”这个时髦的工具来对复杂世界进行“管理”和“控制”。然而我们未必清楚，数字带给我们以精确，而精确不等于正确。它会导致注意力的过分集中，使我们的眼球难以转动，视野狭隘，误判连连。就像画家卡拉瓦乔在他的名作《算命者》里表现的那样，当你被一套描述未来命运的话语所吸引，你不会察觉到那人正在偷你手上的戒指。那个动作在画面的正中，却又在注意的焦点之外，就算你是观众，也难保不会上当受骗。

今天，随便走进一个书店或者图书馆，我们都能发现《算命者》所讥讽的场景。以统计和概率为主题的书籍占满了一个书架，以风险（主要是金融风险）的管理与控制为主题的书籍占的书架更多，而讨论不确定性的书与人类认知能力的书少得可怜。这不禁让人怀疑，我们关注的风险可能只是确定性的影子，真正的风险根本不在那里，而在我们意识不到的地方。

那么怎么办？不信任数字和计算，不运用统计和概率，难道听任运气的继续摆布？不。这个疑问没有触及事实的核心。关键是，我们必须先搞清楚，什么才是自己最关心的价值，再选择趁手的工具。是生与死，是健康与疾病，是收益与亏损，还是爱情与仇恨。没有人会傻到想在任何时候都做一个概率论者，也没有一个人会在一切事情上甘愿接受偶然与命运。过去，蒙古人只要遵循捕猎不可设陷，必须以弓箭射杀的戒条，就能保证自己的族群不被鼠疫消灭。而逃难来的汉人没有这些清规戒律，他们设陷阱的技术炉火纯青，却成群成片地死去。比起古人，我们做得也许更差。因为很多时候我们连定义价值的权利都失去了，故而根本谈不上什么运气和概率。至于风险，那更像“花衣魔笛手”吹响的笛声，引着天真的人们走入幻境。

国家的算计

1662年，一个靠卖男装服饰起家的英国人约翰·格朗特以每周发布的死亡数字为主要资料，对伦敦地区将近60年的人口状况进行了抽查与推测，还出版了一本名叫《对死亡率表的自然与政治观察》的著作。读完这本书，英国国王查理二世力排众议，把服装商人格朗特选为皇家学会的院士，只因为书中提到了一个让任何权力者都会感兴趣的新奇术语：“政治算术”。1676年，格朗特在皇家学会的合作伙伴威廉·配第正式推出《政治算术》一书。书中配第宣称，他要用“数字、重量和尺度的词汇”来描述英国的社会经济状况。

当然，格朗特和配第提出的，仅是一种研究国家和社会的宏观思路。真正要完成这门政治算术，没有权力的运作是不可想象的。所以配第向查理二世建议，由国家来搭建一个具有多种行政功能的统计部门，包括军事的、警用的、民用的、矿藏的和林业的内容，还应该保存一份有关国民死亡、出生和婚姻的总记录。有了这些数目字，政府就可以衡量自身的国力，比较诸国的强弱。

然而配第的建议没有得到国王的热烈回应。原因是多方面的。首先存在技术上的局限，当时的英国缺少一个庞大的官僚体制。其次，广阔的殖民疆域也大大增加了统计的难度。对于帝国而言，仅仅针对英国本土的统计数字，其实意义不大。

但是对于像普鲁士那样的新兴国家来说，同样内容的建议却很有说服力。这一次，建议者是哲学家莱布尼茨。1700年，他把自己的想法写成了一份备忘录，交给了腓特烈亲王。到了1719年，这个奉行军国主义政策的国家开始了全国性的计数工作：把民众分为三六九等，将工匠划为24个细类，甚至连民居都按瓦顶、草顶、新盖、翻修以及有无粮仓等标准进行了详尽的区分。记录数字的官员们时刻将莱布尼茨的话挂在嘴边："确定国力"。政府还颁布法令，禁止民间出版人口记录等统计数据。因为在权力看来，这些都是国家机密，不容他人觊觎。到后来，德国人觉得政治算术这个词也显得太坦率。他们想出了财政学、时事学等不少名词，最终才将其确定为"统计学"。不过从它的拉丁词源"state"（国家）可以辨认出来，这仍是那个以"收集有关国家的重大事实"为主要任务的政治算术，完全可以直译为"国情学"。而统计学家，也应该直译为"处理国务的人"。因此当时的学者冯·比尔夫德给它下的定义是：一门科学，教给我们已知世界中一切现代国家的政治计划。

19世纪伊始，普鲁士王国设立了统计局，办起了统计学讲习班。到了19世纪的中叶，德国的大城市都建立了官方的统计机构。政府甚至考虑，成立一个更强大的中央统计委员会，来协调各部门的统计工作。统计局局长恩格尔（以“恩格尔系数”闻名）表示，这个国家诞生的每一个婴儿，从本质上讲，都应该是一个由1000个数据编织而成的“新人”。他的出生、洗礼、接种、教育，他的成功、失败、迟到和早退，他的体格、疾病、能力，他的职业、家庭、地址、婚姻和财富，都在统计学“照料”之列。就算他死了，统计学也不会立刻离去，它还要确认他去世的准确年龄，并记录下他的死因。

法国人对待统计学的态度介乎英德之间。他们没有英国人那样保守，也不像德国人那样专制。早在1800年，法国就创立了世界上第一个中央统计局。然而，除了直接服务于国家权力，法国人还想把统计学打造成改善社会的工具。因此他们怀有一种在数据中寻找规律、发现异常的极大热忱。这种热情不仅使统计学很快与概率论结成了紧密的联盟，还催生了各种统计学的实用新型，譬如医学统计学、犯罪统计学、自杀统计学、道德统计学、教育统计学以及比较统计学等等。毫不夸张地讲，把统计学的观念深植人心的，是法国人而非英国人或德国人。

就像我刚刚描述的那样，统计学甫一诞生就能够迅速地推而广之，得益于它先天的政治属性。没有权力的撑腰，它不可能发扬光大。可是，既然它是政府的可靠耳目，权术的有力工具，为何迟至17世纪才受权力重视呢？

其实，统计学出现得晚，并不意味着人类运用统计方法的历史短。一万年前的牧羊人，也自有计数羊群的法子。早在夏商时代的中国，统治者运用统计的例子就有了。据说公元前2198年，大禹在一个叫“茅山”的地方召集各部落首领，将他们的土地田产、珍宝财富登记在册，并将茅山改名为“会稽”，取的就是“会集统计”的意思。至于人口、田租、税赋等方面的统计，历朝历代都不曾放弃。最早的人口统计资料，甚至可上溯到周宣王时期。在世界的其他地方，无论是犹太人的圣书还是古印度的经典，也不管是罗马帝国的法典，还是伊斯兰王朝的记载，都一再表明，凡是有权力的存在，就有统计的身影。

但是历史同样表明，假如计算的观念没有长足的进步，传统的统计就不可能发展为现代的统计学。只有把统计学的诞生与现代国家的出现，以及计算的观念进步三者联系起来，答案才会变得相对全面。

看看15世纪末至16世纪的欧洲，我们就会明白计算的观念引发了多么重大的社会变化：1492年，哥伦布首次远航；1513年，马基雅维利的《君主论》问世；1522年，麦哲伦的船队环游了地球；1543年，哥白尼的《天体运行论》出版，这一系列突破性的人类事件之所以集中发生，与国家权力的空前强大，与计算观念的突飞猛进都大有关系。无论这些事件呈现出多么大的差异，有一个共同点却是无可争议的：它们都是围绕权力开展的、经过计算的冒险行动。

且不说哥伦布、达伽马等航海家在权力资助下的冒险经历，也不说哥白尼、伽利略等人与权力相关的科学故事。单以马基雅维利为例，我们就不难发现，权力与计算存在着相互促进的有机联系。在这个人的著作里，看不到任何计算公式，也没有发现什么数理模型。但是，任何一个读过《君主论》的人都会感觉到，作者在强调权力斗争的同时，一直不忘强调计算的重要性。在他眼中，只要为了他“心爱的祖国”，血亲、子嗣、荣誉和金钱，都可以作为计算的筹码，代入某种公式。后世的思想家之所以把《君主论》看作现代政治哲学的起点，不是因为马基雅维利的冷酷与不择手段，而是因为他们看到了这部著作所揭示的，基于计算的时代精神。

马克斯·韦伯曾经总结道，以现代国家为基础的时代进程，最主要的特征之一就是“理性的算计”。“算计”是中国人略带贬义的翻译，其实就是计算。国家算计的目的，与你计算的目标，也许不一定是一回事。

权力热爱统计

统计学与概率论携手，改变了现代人看待命运的态度。然而，命运观的改变摆脱不了“观察者效应”——我们考察命运的行为本身也会对命运产生深刻的影响。

这一效应涉及各种要素各个层次之间的错综关系，譬如客观与主观，譬如观念与实践，譬如秩序与权力，譬如正态与异常，譬如宏阔与细节，等等。当然，更少不了自身命运与他人命运的复杂交织。

不过恰如政治算术这一名词暗示的那样，如果没有权力的驱动，统计学将更多地停留在数学家的草稿里，或者蒙特卡罗的轮盘赌局中，而不会成为渗透社会生活改变人类命运的重要力量。

早在1686年，法国元帅沃邦侯爵就想象过统计学在统治者眼中应有的魅力。他在上呈“太阳王”路易十四的一份人口统计报告里写道：

> 君主在每年一个固定的时刻能够知道全部臣民的数量，以及各地的资源，富裕和贫困的状况；不同地区的各级贵族，还有牧师、律师、天主教徒以及其他宗教信徒的数量及分布情况，这不是一种很大的满足吗？……对于国王来说，坐在自己的书桌前就可以用很短的时间了解他所统治的王国过去和现在的情形，确切地了解自己的权威、财富和力量是由什么构成的，难道不是一件既有意义又令人愉快的事情吗？

如今看来，沃邦元帅的想象力仍显不足。权力热爱统计，绝非仅仅为了满足和愉悦。因为统计（即韦伯所说的算计）已经成为现代国家的一个主要特征。

现代国家是什么？国家就是一个合法垄断暴力、控制特定人口、占有一定领土的集权组织。它是一种充分制度化、非个人化的政治实体。

有别于传统意义上的王国或帝国，版图基本固定的现代国家要巩固政权与扩张权力，不再可能单纯地依靠征伐、封建和等级，而必然依靠它在领土范围内实施的普遍与统一的管制。统治者意识到，国家一贯关注的事务，例如充足的财政、都城的规划、权威的仪式，以及强大的军事，都必须从这个国家的经济、社会、文化等土壤中稳定持久地汲取资源。然而前提是，国家能够系统地收集到跟资源相关的那些信息——土地、矿产、林业，人口规模、构成、年龄、职业、社会和经济地位，等等。一句话，没有统计学，国家就无法在社会中获得力量。

正因如此，统计学的社会应用总是以权力为中心慢慢扩展开来的。先是土地、人口与税赋，接着是国民的出生、寿命与死亡，再后来是士兵的身高、体重和胸围，再往后，则是疾病、疯癫、犯罪与自杀。最后，才扩展到天气预报、体育运动、商品销售等领域。明白了这个道理，我们就不难理解，为什么美国的国家气象局是由1870年的美国战备部创建的。还有一战期间的交战各方为何要统计应征入伍者的脖子粗细——因为不少新兵患有缺碘造成的甲状腺肿大，扣不上统一制服的领口。

权力把统计学打磨成了一种类似滤镜的工具。透过它，统治者不仅拥有了一个既广阔又简化的视野，同时功利而颟顸地以为世界本应如此。结果他们就像哲学家埃德蒙·柏克在《法国革命论》里嘲讽的那样，将一个国家划分为83个同样面积的四方形的大区，再把它们划分为1720个四方形的行政区，最终细分为6400个四方形的郡，以便他们更有效地治理。

另一方面，几乎是必然的，借助统治者视角的统计学不会满足于枯燥的数字。事实上，考察统计学的思想源头就会发现，那里从不缺乏出于功利目的的取舍，以及道德意义上的判断。18世纪的一位统计学家就说过，严格来讲统计学只提供事实，不负责解释因果。可是矛盾在于，只有经常利用这些结果，才能证明事实本身是重要的。再说了，如果不在恰当的时机引入一些生动有趣的东西，“比如渗入一些历史、原因和结果，那么统计学家的工作将完全枯燥无味。”

于是如同统计学的发展史所显示的那样，早在18世纪，以统计学的名义讨论排犹问题的文章就出现在公开的报纸上了。1769年，《通用犹太人表》《地区性犹太家庭一览表》等统计表格已经成为普鲁士人口统计的常规内容。时隔170年，1941年德占时期的荷兰统计部门仍在编制阿姆斯特丹的犹太人分布图。

不仅如此，统计学还迎合了现代国家的两大原则：统一与理性。一方面，统治者总是要求在他的领土范围内，所有人的所有活动都要在他所制定的单一框架内。另一方面，统治者还要求，所有人的所有活动都要符合他所指导的特定目标。而这两方面的要求，统计学都大有用武之地。

略带夸张地讲，国家权力梦想的社会控制或技术治理，缺了统计学根本不行。它拭亮了统治者的鹰眼，还按照权力的需求，修正着被统治者的社会认知与自我认知。19世纪的思想家蒲鲁东就说过，所谓“被统治”其实就是统计学意义上的。他说：“被统治就是在每一项操作、每一次交易、每一个行动中都被记录、登记、计数、定价、警告、预防、改革、调整和纠正。”而这一巨大的事实，难道不会左右我们大多数人的命运？

带着这一深切的困惑，人们对统计学产生了疑惧。大概就在蒲鲁东生活的那个时代，统计学开始遭受嘲弄。在当时的一部喜剧里，统计学家成为了观众的笑料。其中有一段对白是这样的：

统计学家：夫人，统计学是一门现代的和实证的科学。它能够把最艰涩的事实说清楚。多亏了最近下了大气力的研究，我们终于知道1860年走过巴黎第九桥的寡妇的精确人数了。

贵妇：啊，这可太妙了。究竟有多少呢？

统计学家：13498个……还有一个吃不太准。

掀起革命的“泥菩萨”

如今，缺少统计学和概率论的现代命运观已经是不可想象的了。在这种命运观里，隐含着如下思维逻辑：“既然世界注定是不确定的，而人类必须在这一前提下做出选择，那么错误就是不可避免的。既然错误不可避免，那么如果我们按照某一特定的方式行动，最好能知道犯错误的概率有多大。这样，我们就能找出相应的对策，从而减少犯错的次数，或者减少犯错带来的损失。”表面上看，这一逻辑很正确，很强大，以至于科学史家伊恩·哈金在考察了统计学的发展轨迹后声称，那些默默无闻的统计学家已经改变了世界——不是通过发现新的事实或技术，而是改变了人类推理和实验的方法，以及我们对这个世界的观念的形成方式。

但是，这个建立在归纳推理上的思维方式并非没有问题。一个不知道什么是错误，哪里会犯错的人，怎么可能减少错误，或者降低损失？就像哈金在另一个场合下所说的那样，归纳本身就是冒险。因为，确定的过去和现在，无法保证未来同样确定。再说了，就算这种思维方式像射向未来的光柱那样笔直，但在各种“引力场”的作用下，也难保它不会弯曲。事实上，时时刻刻，我们都需要用信念，而不是推理，将过去与未来紧紧地绑在一起。

难怪统计学家、美国统计学会的常务委员、普度大学的统计学教授戴维·穆尔在《统计学的世界》里开宗明义：尽管数字很重要，但是统计学绝非纯粹的计算，而属于文科的领域。因为它跟文学、历史、政治学分析和社会学研究一样，都带着主观的性质——其思维方式“都是用不确定的经验数据做推论”。

著名的统计学家C.R.劳是统计学的坚定捍卫者。他说：“在理性的基础上，一切判断都是统计学。”他还说：“对统计学的一知半解往往造成不必要的上当受骗，对统计学的一概排斥常常造成不必要的愚昧无知。”但在《统计与真理》一书中他也同意，在一定意义上，统计学是一门运用数字讲故事的艺术。

就效力而言，统计学与概率论各有所长。概率论者像预言家，他们往往以“研究随机性或不确定性的数学”的面目出现。统计学则不同，它更像历史学，标榜的是数据的收集、测量、归纳与分析。当然，就像通常所见的那样，历史学家最爱扮演预言家的角色——骨子里，现代人的思维总是统计学与概率论的合体。

如果说穆尔一语道破了统计学内在的价值取向，但是有意无意地，他还是忽视了这种倾向的主观程度。我曾经谈到过，统计学从诞生之初就有天然的政治属性。这几乎是这门学问的“原罪”。如今，在经历了数百年的变迁后，它真的已经摆脱了“政治算术”这个不名誉的称号了吗？穆尔没有回答。

即使权力不再是统计学的致命伤，政治仍是扭曲它的引力场。就以“普查”为例吧。在统计学中，这是最强调准确，也最耗财费力的方法。显然，只有国家或政府这一类政治权力才可能实施它。然而正因为权力的需求和介入，所谓普查总会带有政治性的偏差。比如美国人口普查局宣称，按照联邦宪法的规定，他们至少每十年进行一次的全国人口普查，目的只是“提供可靠的人口统计数据”。同时他们也不得不承认，每次统计总有一些人给“漏掉”了，且不是小数目。废奴之前的普查不必说，那时候一个奴隶只能按0.6个人计算。即便到了20世纪下半叶，一次普查中漏掉几百万人口的事情也属常态。1990年，他们漏掉的人口大概有447万人。2000年的人口普查曾被当时的美国人称作历史上和平年代最大的一次全民动员，漏计的人口至少也有300多万之多。要知道，在这漏掉的数目里，还不包括上千万的非法移民。

哪些人被漏掉了？答案显然是政治性的。黑人漏掉的最多，还有其他少数族裔。其次是居无定所的流浪者，以及失业人士。漏掉了这些人，有政治上的影响吗？答案同样分明。因为宪法规定，美国众议院的席位，总统大选中的选举人票数，还有数以千亿计的联邦救济金，都要与人口普查数据挂钩。在巨大的价值面前，统计学怎么做到真正的客观呢？难怪奥巴马打算把级别低微的人口普查局从商务部里独立出来，以减少各种政治因素的干扰——而这一打算迄今看不到前景。

政治当然不是影响统计学的唯一因素。利益、虚荣、心理和意识形态，只要对未来的期许足够强大，这些东西都可以让统计学发生变化。在它们的威逼利诱下，如今的统计学在真实与谎言的灰色地带上走钢丝，一不小心就会滑向虚无。

政治家格罗夫纳说："数据本身不会说谎，但说谎者需要数据。"从数据着手，乃是操纵统计学的捷径。手段说起来无非三种：修饰数据、加工数据和伪造数据。几年前，《纽约时报》的两位科学记者合著了一本书，揭露的就是那些与数据打交道最多的人群——科学家。他们本应是统计学的卫士，却不同程度地成了它的叛徒。那本书就叫《背叛真理的人们》。在书中作者一口气列举了好些个我们熟悉的名字：伽利略、牛顿、道尔顿、孟德尔等等。这些人在他们的科学生涯中都干过同一类事情：用数据撒谎。他们盗用他人已有的数据，篡改自己的实验数据，编造精确度高到超越当时测量技术水平的数据，添加一些高度拟合的、无法重复再现的数据。总之，用作者的话讲，他们把“高尚的原则与低劣的实践”结合到了令人瞠目的地步。

就像我引述的那样，似乎只有统计学家才真正理解统计学的局限与危险。比如萨尔斯伯格，他也是一位有名的统计学家。其主要观点体现在《女士品茶》一书的副标题上——“20世纪统计怎样变革了科学”。然而耐人寻味的是，他在这本书的结尾却写了一段大意如此的句子：

在我们进入21世纪的时候，统计革命已经取得了胜利。除了极少数角落，统计学已经征服了科学领域几乎所有的决定论观点，其看待事物的方式甚至成了西方通俗文化的一部分。然而，统计学就是“一尊泥菩萨”。它洋洋自得地立在那里，并不知道在未来的某个隐蔽的角落，另一场革命正在孕育。而发起那场革命的男男女女，可能正生活在我们中间。

反叛的统计学

从既定的宿命到莫测的运气，从必然的历史到偶然的未来，在考察了心智与计算，概率和统计之后，慢慢地我们将发现，眼前是一座令人目眩的旋转木马，我们仍然处在真相的外围。

隐然间，权力似乎是这场游戏的主轴。乍看起来的确如此——作为一种不可或缺的手段，权力对任何人类社会的维系作用都是不言而喻的。但是，如果我们认同社会学家赖特·米尔斯的意见，把视野放得更开一些，就会发现，权力——这种“在反对情况下依然能实现自我意志的能力”其实是复数形式的。它不是一根笔直的柱子，而像一棵盘根错节的巨树。这一事实，对于我们理解权力是至关重要的。

休谟曾经毫不遮掩地指出：“在那些以哲学眼光看待人类事务的人们眼中，最令人惊讶的莫过于多数人竟轻易被少数人统治；而且，人们毫无保留地听任他们的情感和激情顺从统治者。”他说很明显，力量总是在多数人那里，在被统治者一边。可是，作为少数的一方，统治者偏偏却拥有权力。这难道不是一个奇迹吗？

所以休谟对那种权力源于力量的传统说法颇多保留。他的看法是，就算权力来自刀剑，但要持续维系它，靠的还是民意，或者说公众信念。这种信念可以分为两类：一类是关于利益的，民众必须看得到，这种统治对自身究竟有无好处；另一类与权利有关，其中最重要的，是民众有无清晰明确的财产权。

信念从来不是理性的产物，而是具有强烈行为倾向的情感。它是经验，是习惯，也是期望。在休谟看来，统治者要保有自己的权力，就不能蔑视公众信念，这是首要的原则。

然而长期以来民众没有明白这一点，反倒是那些聪明的统治者一直在这么做。这套统治方法究竟包含哪些要素，在此一言难尽。不过，统治者相信，用计算的方式去把握、调整乃至操控公众的信念，效果定然明显。

看看1066年的诺曼底公爵威廉入侵并统治英格兰是怎么做的吧。先是烧杀掳掠，再是鏖战于野，接着教堂加冕，成为英格兰国王。然后是镇压叛乱，荡平岛内。当时局渐稳，这位“征服者威廉”就开始着手进行一场前所未有的全国普查。主要目的当然是为了金钱——找出谁拥有什么并让拥有者缴税。而一旦达到了这一目的，其他目的也就随之达成了——这就是统治的精义。

普查于1086年完成，共记录了13000个英格兰的居住点，还包括苏格兰的部分地区。调查表明，当时英格兰约有125万人口，其中90%以上是农民。调查是如此详细，有如统治者亲见。例如记录中写道："温洛克地区的教堂，有20海德的土地。其中，4海德在卡纽特国王统治时期免交税赋。教堂有15个农奴，两座供养修道士的磨坊，一个渔场，300头散养在林地里的猪，还有两处围栏，现价值12英镑。"另一处记录则记载了东海岸最大的港口登维克有3000多人居住，向国王缴纳了68000条鲱鱼以充税赋。但是在1066至1086的20年间，那里的农田有一半毁于潮水。

征服者威廉要求他的调查官做到"没有一个人可以藏匿，没有一码土地未被记录"，以至于民众觉得自己像是在面对上帝之终审那样无可遮掩。因此，这本厚达913页，共分两卷的普查记录被形象地称为"Domesday Book"，意思是《末日审判书》。如此大规模的全国普查，一直到19世纪英国才进行第二次。而《末日审判书》从那时候起就被列为统治者的最高机密，具有极高的权威性。

历史学家认为，是《末日审判书》而不是统治者的征服缔结了一个新的英格兰。征服者威廉正是在统计的帮助下，重塑了英国的公众信念——经验、习惯以及期望。

当然，信念也绝非被动消极的塑材，它们也利用统计和概率的方法，对权力的统治进行反向的调节。在特定的条件下，这种作用甚至相当巨大，足以颠覆政权。例如法国大革命中的主要人物孔多塞，他既是法兰西第一共和国的奠基人之一，又是统计学和概率论最热情的鼓吹者，这两个身份之间，就存在着紧密的关联。特别是他的著作《人类精神进步史表纲要》，核心思想就是用统计学和概率论来论证人类进步的观念。他的这种观念在大革命前后逐渐融入西方的政治实践，从而对自由、平等、正义等公众信念添加了更加详实的内容。

关于统计学和概率论在人类进步中的作用，孔多塞的好友斯塔尔夫人的态度更加明确。她认为，唯有将概率的计算应用于各种偶然的情形，才能“为道德提供各种绝对可靠的方案”。她还热情洋溢地写道：“我们未来必然要达到这样一种高度：即根据统计学的规律，结合在每一国都可以见到的事实材料，建立起一个解决各种政治问题的总规划图。”

自那以后，像斯塔尔夫人预言的那样，统计学和概率论逐渐成为公众信念中不可缺少的一部分。当民众们慢慢意识到，这一套方法或视角不应该由统治者来垄断，事情就发生了戏剧性的变化。哲学家福柯就认为，当统治者运用统计和概率的各种工具控制民众时，其实就向社会垂范了这种包含着计算精神的价值观。而这种价值观反过来必然会促使统治者的角色发生转变，其权力的范围和内容也将有所不同，因为这时候，被统治者定然开始用计算的目光看待权力，从而不再将统治者视为天赋之物。

由此可见，统计学和概率论并非统治者永久的禁脔，条件改变了，它们也会露出叛逆的一面。

数据与真理

有人辩护说，抛开功利的目的，统计学其实就是一项任务明确的客观工作。要达成这一任务，无非是处理数据，从中寻找信息，继而得出结论。不过，假如你天真地问：“数据从哪里来？”一不小心，可能再度刺痛辩护者的敏感神经。

数据从来不是单纯的数字，它是关于事实的符号记录，构成信息或知识的基础材料。数字是抽象的符号，数据却包含着特定的意义。比方说“157”这个数字，本身没有任何主观的含意。可是，如果有人说，157是一个成年男子的身高，我们立刻就会明白，哦，它的单位肯定不是千克，也不是毫安，而是厘米。接着我们也许还会推断说，这个人的个头比较小，不太可能去打NBA。可见，数字必须嵌在经验、上下文联系、解释等主观判断里才可能成为数据。

换句话说，在统计学的范畴内，数据是“有内容的数字”。而所谓内容，其实大有玄机。

就拿自杀率这类统计数据来说吧。根据世界卫生组织发布的数字，2011年日本每十万人的年自杀数为23.8，相较于全球9.48的平均自杀数，绝对称得上“自杀大国”。不少人因此撰文，分析日本的自杀率与社会结构、宗教信仰以及传统习俗的因果关系。武士道精神、国民性格、资源匮乏、经济衰退、环境压抑，包括樱花的凄美象征，都被看成高自杀率的罪魁祸首。

对于这类貌似有理，逻辑上却不无荒谬的因果论，中国正好可以提供反例——无论从哪个角度看，这都是一个与日本有着极大差异的国家。但是就自杀率而言，中国并不比日本低。同样是来自世界卫生组织的数据，2010年中国每十万人的年自杀数为22.2，仅比日本低1.6。更重要的是，这一数据很可能被低估了，因为中国从来没有一个覆盖全国的死亡原因统计系统，而这样的工作日本警察厅一直在做，并且做得非常全面、细致。

在中国类似的统计工作由几个部门分担。国家卫生部有一个死亡登记系统，覆盖范围约为1亿人口。全国疾控中心有一个抽样系统，覆盖约1000万人口。不考虑重叠的部分，即使将两个机构的数据加起来，覆盖范围也只占全国总人口数的10%。

从统计学的常识来看，这些数据已经够多了，足以视为可信的抽样调查结果。然而抽样就是抽样，不可能等同于全覆盖的普查……

2008年，纳特·希尔弗在美国大选期间成功预测了49个州的选举结果。2012年，他更是惊人地准确预测了美国全部50个州的选举。但正是这个被誉为“神奇小子”的人提醒大家，在如今所谓“大数据”的时代，作为一门吃香的学问，统计学的第一戒条就是谦逊。一个好的统计学家必须认识到，哪些事情是统计学可以办到的，哪些不能。而这一点，往往是分辨好数据（信号）与坏数据（噪声）的前提。

希尔弗将气象预报和地震预测做了对比。在他看来，尽管极端天气越来越频繁，但是最近数十年，天气预测越来越准确，这是统计学取得显著成功的经典案例。相反，在地震预测这个领域，情况不容乐观。不时有人出来宣布，他准确地预言了某场地震的发生。但是，这就好比用键盘敲出莎士比亚作品的猴子，或者预测世界杯比赛的超级章鱼，纯属偶然。长期的地震预测的确可以做到，但是包括发生时间要素的“含时预测”迄今仍然非常困难。因为在这个领域里，坏数据（噪声）对好数据（信号）的干扰不仅谈不上排除，甚至根本难以分辨。当人们将噪声误以为信号，或者将信号误会成了噪声，造成的结果极可能是致命的。譬如2011年的日本大地震。回过头来看，这场地震之所以没有被任何人预测到，其中一个原因就在于数据的主观性——尽管这是一个地震频发的国度，尽管人们知道一场大地震必将带来灾难性的后果，但是所有人都下意识地认定，高达9.1级的大地震不在考虑之列，甚至不在想象范围之内。毕竟，日本东北部约有45年没有过8级以上的地震。毕竟，直到2004年为止，整个世界有记录的9级地震只发生了三次。在这里，以数据为基础的统计学遭遇了彻底的失败。

20世纪七八十年代，当计算机开始得到广泛运用时，人们乐观地以为，统计学可以解决经济预测问题。然而30年过去了，经济仍然是一个湍流难测的领域。很少有人预知到经济危机的发生，经济趋势的预测通常也充满了一个个互相矛盾的修正值。经济学家哈祖斯是少数准确预测到2007年全球金融危机的人。他认为，人们在下判断时，总是倾向于选择那些满足自身偏见的数据。不管这些偏见是经济动机还是政治信仰，它们都会使数据变得很不可靠。他说："我认为人们绝对有这样的倾向，急切地希望事情按照自己希望的方式发展下去。"正是这种一厢情愿的自以为是，使得数据、统计，以及它们描述的世界统统发生了扭曲。

相较而言，在硬科学的领域，统计学的方法保持了相对单纯的面目。例如在物理学家眼中，99.9%根本不能算作一个接近于100%的数字。1995年，当他们发现了顶夸克（一种基本粒子）后，就制定了一个不成文的规定：宣布一个发现，统计学意义上的置信度必须至少是

99.99994%，也就是说，出错的可能性不得高于千万分之六。但是我十分怀疑，这种严谨客观能够成为统计学方法应用者的普遍态度。

哲学家C. I. 刘易斯告诫人们：“不存在任何先验的理由足以证明，当我们发现真理的时候，它会是有趣的。”不仅是统计学，任何以真理为最终目标的知识，都应该以此为圭臬。

观念循环，或邻人疑斧

法国巴黎的亨利四世林荫大道上原有一座隶属本笃会的女修道院。18世纪本笃会式微，修道院凋敝，1789年彻底毁于革命。1847年林荫大道扩建时，工人们发现了修道院原址的古墓地藏有大量石棺，时间可追溯到12世纪。消息传到圣主医院，23岁的住院医师布罗卡立刻以学术理由提出申请，他要担任施工现场的监管之职。

原来布罗卡像当时不少科学家那样秉持一个信念，脑容量大小反映智力水平。而伴随着西方文明的兴起，经过几个世纪的发展，人类大脑的容量正在逐步增加。对修道院遗址中累积了七个世纪的颅骨进行测量，在布罗卡看来，无疑是确证这一信念的最佳途径。

经过15年的测量，1862年布罗卡提交了一份大规模的研究结果。报告中他测量了古墓地的118个颅骨，并与18世纪和19世纪的另两个墓地的颅骨进行了比对，结论的确就像他认为的那样，随着文明的进步，时间的推移，巴黎人的脑容量越来越大了。

即使用现在的标准来衡量，布罗卡的测量方法依然是高水平的。他设计了一台颅骨测量仪，叫做布罗卡立体像，原理类似于配钥匙的机器。机器钳住旋进两侧耳道的塞子，一个带铁笔的支架罩在颅骨之上，这样一个立体的颅骨型态就可以准确无误地绘制在后面的一张画纸上。不仅颅骨的周长，还包括头前部与后部之间的距离、前额的高度与斜度、下颚相对于前额的大小等等，都可以尽量在不受主观因素干扰的前提下测量出来。布罗卡认为，千百次的精细测量，远胜于一个宏大的理论。他坚信，自己的任何成功都得益于此。

布罗卡的方法带有鲜明的统计学色彩。他将定量技术引入了体质人类学，并把统计学的思维方式推到了前所未有的高度。在1888年出版的一本关于人类学的标准化手册里，罗列了40种测量工具和方法，其中19种都要归功于他。今天，除了神经学领域常见的布罗卡区，还有布罗卡角、布罗卡面等术语记录着他的荣誉。

直到1981年，有人才在布罗卡的研究中发现了问题。演化生物学家古尔德注意到，布罗卡的一组颅骨测量数据与他的结论明显不符。那组数据的脑容量平均值分别为1426CC（12世纪）、1409CC（18世纪）和1462CC（19世纪）。也就是说，脑容量大小并不依文明程度存在时间上的排序。布罗卡本人用一套巧妙的说辞解答了一系列难题。比如，他以19世纪社会等级较高者（单人墓穴，1484CC）与地位低下者（合葬墓穴，1403CC）的脑容量差异为据证明，12世纪的脑容量之所以高，乃是因为当时唯有精英才可葬入石棺。同样，18世纪的脑容量平均值高于19世纪的合葬墓穴，也是基于社会等级的原因。总之，在布罗卡看来，尽管表面的数据显得很矛盾，但是在对各种具体因素的干扰予以"矫正"之后，人脑越来越大的结论不容置疑。

一位人类学的同行通过测量发现，德国人的颅骨比法国人重约100克，并以此为据反驳布罗卡把脑的大小与智力高低相关联的理论。布罗卡就设计了一个更详尽的测量方案，对身高体重和年龄差异等具体因素进行"矫正"，再与德法两国的文明程度对照，结论依然是，人的大脑越来越大了。

如果说布罗卡是体质人类学的奠基者，那么龙勃罗梭就是犯罪人类学的创始人。差不多比布罗卡晚十年，这位意大利精神病学家也开始从事颅骨测量的工作。只不过，他的测量对象不是古墓里的尸骸，而是监狱中的囚徒。他做过军医、大学教授和精神病院的院长。1870年，他在佩萨罗监狱兼任狱医，收集了大量罪犯的人类学资料，并发表了犯罪人类学的奠基论文《对400名威尼斯犯罪人的人体测量》。1876年，他又在都灵一个专门关押未决犯的监狱兼任狱医，并修订出版了他的代表作《犯罪人论》。

在这本书里龙勃罗梭说，在对上千个意大利罪犯进行测量以后，他再度确证了颅骨与犯罪的关系。意大利成年男性的平均脑容量为1551CC，而据他的统计，罪犯的平均脑容量为1466CC，明显偏低。其中比较起来，盗窃犯的脑容量更低，谋杀犯的脑容量略高。就凶残指数而言，短头型高于长头型，长头型高于中头型。另有一类叫斜头型，他们的颧骨明显比正常人宽，脑容量也更高，往往是既凶残又狡诈的匪首。

龙勃罗梭还发现，几乎所有的罪犯颅骨都有异常的特征，大约有43%的罪犯具有五种乃至更多的异常。他把具有此类特征的人称为“天生犯罪人”。他非常“审慎”地指出，罪犯颅骨的异常特征，与有色人种或低级人种的头骨异常多有吻合。他还直接引用了布罗卡的研究，按照从高到低的次序，把欧洲人、印第安人、黑人、中国人、马来人、南太平洋人、波利尼西亚人以及霍屯督人的平均脑容量列了一个清单，用来证明智力水平与道德水平的因果关系。

不管是布罗卡还是龙勃罗梭，他们的视野都笼罩在颅相学的巨大阴影中。颅相学认为，大脑由一系列具有不同功能的器官组成，脑内部的大小形状与颅骨的大小形状直接相关。因此通过测量人的颅骨，就可以判断一个人的人格，包括智力水准和道德水平。尽管颅相学很快沦为炼金术式的伪科学，尽管布罗卡和龙勃罗梭都坚决否认自己的学问受此影响，但是在今天看来，他们的思维方式，包括运用统计学下结论的过程，都没有逃脱颅相学的引力场。

深究其中原因，还是在于人类普遍的心智模式——先有结论，它决定了我们对事实的解释，然后这些解释反过来又支撑着我们的结论。这种“邻人疑斧”式的观念循环鼓励我们忽略例外、矫正例外、合理化例外，最终导致偏见的长期孳生。在这种情况下，让统计学拎着自己的衣领从泥泞中超拔出来，几无可能。也许，是到了全面检讨认知结构的时候。

三个英国人与一段统计史

谷歌首席经济学家范里安说：“未来十年最性感的职业是统计学家。”这是一个非常保守的预言——要知道，没有统计学，就根本不会有像谷歌那样强大的搜索引擎。相形之下，反乌托邦小说的鼻祖威尔斯在1903年所做的预言又显得过于乐观了。他说，在未来社会中，统计学思维将像阅读一样，成为人类必不可少的能力。100多年过去了，他所设想的前景尚未出现。

在我看来，现实卡在保守与激进之间。统计学的力量基本上仍由统治者所垄断，而统计学的思维掌握在权力精英和知识精英的手里，留给被统治者的则是统计学投下的巨大阴影，掺和着各种意识形态的杂质。

要想了解现实何以如此，我们必须回到威尔斯做出预言的那个时代去瞧一瞧。

如果说17世纪的统计学仅是一门政治算术，那么随着国家权力的日益壮大，18世纪的统计学已经兼具社会算术的特征。到了19世纪中后期，直至20世纪初，统计学以水银泻地之势，将计算的观念全面带入公众思维。奠基体质人类学的卡罗尔、提出天生犯罪人论的龙勃罗梭，他们虽是那一时期的杰出代表，尚不算决定意义的人物。真正厉害的角色是三个有着密切关联的英国人。他们分别是高尔顿、皮尔逊以及费希尔。这三人共创了一门名叫“生物统计学”的学问，把统计学灌注到医学、公共卫生、农学、生态学、遗传学、犯罪学等领域。而这些研究领域，恰好涵盖着人类生活最基本的部分。

素有“测量狂人”之称的高尔顿是达尔文的表弟。他对待人类学的态度远比卡罗尔严谨，研究犯罪学的思路在当时比龙勃罗梭更新潮。1877年，他发明了“图像统计学”，利用当时的照相技术，按照谋杀、欺诈和性犯罪的三分法，对大量的罪犯照片进行统计学分析，以期找出罪犯天生的面部类型。

当高尔顿意识到纯粹的定量分析难以操作时，他又发明了一种计算“图像平均值”的方法：将同类罪犯的照片予以重叠复合，找出他们的共同点和差异度。不到两年时间，他的这套方法就推广到了结核病人、男女性别比较、家族成员识别等多种对象上，得出了不少新颖的结论。他甚至将马其顿国王亚历山大与埃及女王克娄巴特拉的肖像进行复合，从中寻找人类审美心理上的共通点。

精力过人的高尔顿成立了生物统计实验室，还创建了生物统计基金会。基金会的主要职责之一，就是给1901年创刊的学术期刊*Biometrika*（《生物统计》）提供资金。在他的学生皮尔逊的主持下，这本刊物把统计学的影响带往世界各地，真可谓无远弗届。直到今天，这本刊物仍然代表着当代统计学的最高水平。

当时的《生物统计》不仅探讨统计学最前沿的理论和实验，还在西方各国广泛吸纳义务统计员。这些统计员或深入非洲腹地测量土著的胫骨，或钻进美洲雨林测量石鸡的冠羽，或偷掘古墓，给死人的头骨灌铅，测量脑容量。凭着一股对统计学的热忱，当时维也纳的一个年轻女子，就敢于单枪匹马闯荡阿尔巴尼亚，去测量边疆新兵的胸围。

统计学的魅力如此之大，不仅引来各地雪片般的统计数据，还为《生物统计》带来十分丰厚的资金赞助。这让它成为当时最精美的出版物，全世界第一本印有全彩照片的学术期刊。例如1910年的一期，就是一个全裸的男性俾格米人的彩照。此人侧卧在地，生殖器旁放着一把直尺。

大约1912年，在统计学家威廉·戈赛的介绍下，剑桥大学的本科优等生费希尔首次在《生物统计》上发表了论文。但是不久，费希尔和皮尔逊出现了观念分歧，费希尔的名字几乎从那本刊物上消失。后来，费希尔拒绝了皮尔逊邀请，没有担任高尔顿生物统计实验室的首席统计师，而是去伦敦郊外的一个农场研究一种化肥的肥力问题。在那里，他用自创的一系列眼花缭乱的公式证明，该化肥的作用对收成的影响远不及变化的气候。今天看来，正是费希尔的这些数学公式，标志着统计学全面进入20世纪。

必须强调的是，我将高尔顿、皮尔逊和费希尔视为19世纪至20世纪初统计学发展的代表人物，并非仅仅因为他们在统计学上的贡献和影响，更不是因为他们之间明显的学术联系。我看重他们，是因为他们的学术旨趣，更易体现那一时期统计学最主要的任务——为达尔文的进化论提供辩护。

统计学与进化论的联盟关系，从统计学家交织的学术身份亦可知晓。高尔顿不必说了。皮尔逊不仅是生物统计实验室的主任，也是伦敦大学优生学系的主任。费希尔呢，他后来做了剑桥大学遗传学系的主任。如今，他被统计学家当成“一位几乎独自建立现代统计学的天才”，同时又被生物学家夸奖为“达尔文最伟大的继承者”。

就连我在文章开头提到的科幻作家威尔斯也不例外。在预言统计学远大前程的同时，他也在为进化论呼吁。在与J. 赫胥黎合著的《生命科学》里，他全面而通俗地阐述了达尔文的学说——这真是一种奇妙的观念组合。

“进步”的诱惑

自达尔文以来，生物学家忽然意识到，原来司空见惯的生命现象——亲缘的相似性，也就是常说的遗传与变异，有着一套既明显又巧妙的机制，这让他们非常兴奋。

在此之前，在医生、牧师、哲学家和博物学家还在承担生物学工作的时代，人们一直认为，遗传就是本质上的一成不变，而所谓变异，其实乃是环境影响的结果。比如气候变化，又比如用进废退。直到18世纪，一些著名的生物学家仍然坚信，白人长期生活在热带就成了黑人——强烈的阳光作用于白人的肝脏，胆汁就会变黑，进而色素沉着，黑人就是这么出现的。然而，当达尔文提出，变异和遗传一样，环境的影响必须通过内在的机制起作用，几乎所有关心生命现象的学者都被他吸引，并投身于这一场大讨论。其中活跃的身影，不乏统计学家们。

就最基本的哲学观而言，统计学家天然地与生物学家亲近。作为生物学研究的对象，生命是一种永远无法排除例外的现象。假如一个研究者说，产后的母猫为了躲避入侵者，会叼着幼崽寻找更秘密的隐匿。任何一个内行都懂得，这个说法只在概率意义上成立。因此有人总结，生物学只有一条普遍定律，那就是一切生物学定律都有例外。正是这样的例外，令一直梦想驯服偶然的统计学家感兴趣。

在生物进化的问题上，达尔文本人很谨慎。为了避免价值上的误判，他长期拒绝使用“进化”这个词汇。据说，他还拒绝了马克思将《资本论》第二卷题献予他的请求。但是，信徒总是狂热的，他们用各种方式表达自己对进化论的热忱。

统计学家试图用一种不同的方法来捍卫达尔文。特别是为遗传与变异的内在机制——自然选择提供数学证明。这一动机最直接的成果，就是高尔顿、皮尔逊和费希尔等人创立了生物统计学派。

这帮人的思路是，将不可观测的生命现象，例如某个物种长时段的遗传变异，转换成这个物种在不同环境下特定“表型”或“性状”的测量。然后，计算这些参数的概率分布，继而推断出自然选择与遗传变异之间的相关度。

这一思路在韦尔登那里形象化了。这位统计学家从河道的淤泥中抓了数百只螃蟹，一半封在装有淤泥水的广口瓶里，另一半封在装着干净河水的瓶子中。隔段时间他打开瓶子，测量两组螃蟹的存活数，以及蟹壳的大小，来计算它们的概率分布。

由于韦尔登死于一场滑雪事故，皮尔逊接替了他的工作。在后来的报告中皮尔逊表示，这个统计实验足以证明，在含有淤泥的水中，大螃蟹比小螃蟹更容易存活。并且，经过许多代后，选择的累积效应将对群体产生持续的影响。

总体而言，旧有的统计学是一门描述性的学问，生物统计学的思路改变了它，使之变得敢于预测和推断了。不仅如此，生物统计学也给现代科学的诸多领域带来革命性的启示。按照它的理念，各个领域都可以用概率统计的方法，来考察那些不可观测的事物。比如药物治疗的长期存活率、通胀情况下的经济走势，以及大量粒子的运动轨迹等等。

但是另一方面，生物统计学也将计算的狂热推到极致，造成的伤害迄今可见。他们的本意是见微知著，结果却往往是以偏概全。譬如当时就有生物学家质疑统计学家，凭什么就认定蟹壳的大小就一定跟死亡率相关。韦尔登辩解说，小螃蟹活不过大的，那是因为它们的鳃太小，很容易被淤泥堵塞。很显然，这个辩解在生物学家那里未必站得住脚。

那些容易辨识的表型或性状，不过是方便测量和计算的参数，却被他们认定为原因。可见，喜欢偶然的统计学家骨子里也挡不住因果律的诱惑。他们没有察觉，当未经检验的观念成为计算的前提，自己正在滑向倒果为因的泥淖。

倒果为因的危险还来自当时的意识形态。具体而言，就是哲学家斯宾塞鼓吹的社会达尔文主义。这种将进化论曲解成“适者生存”的进步哲学，迷惑的绝不只是那些相信成王败寇的普通民众。事实上，统计学家不但相信，而且强化了这种错误的进步观。今天看来，这种错误远远超出了知识的范围，毒害了人类生活的各个方面。

正是在这样的观念背景下，生物统计学的创始人高尔顿提出，文明社会限制了自然选择的作用。言下之意，这将使得品质不良者不会完全遭受社会的淘汰。他呼吁国家积极地行动起来，控制劣质人口的大量繁衍，提高优质人口的数量，用人工选择的手段避免整个族群的堕落。

1883年，高尔顿发明了“优生学”这个概念。1904年，他创建了优生学国家实验室。不久，他又创立了优生学教育协会，出版了杂志《优生学评论》。皮尔逊、韦尔登和费希尔都为优生学贡献了生物统计学的新知识新方法。在他们的推动下，德国很早就开始普遍施行对“不适者”的生育限制。1906年，美国优生学委员会成立。1910年，美国还建立了优生学统计局。到1912年，首届国际优生学大会召开。短短二三十年，在生物统计学的帮助下，优生学使人们普遍相信，对遗传变异的控制，是管理人类种族繁衍兴衰的科学方法。这种观念最丑陋的产物就是纳粹的“纯化”雅利安人的计划，以及最终的种族大屠杀。

社会学家鲍曼指出，优生学与大屠杀一脉相承，本质上都是国家对社会的管理与控制。即系统地利用应用科学的思维方式，将自然法则运用于人类的一种尝试。这是对优生学最严厉的指责。那么，作为优生学的基础，统计学应该接受怎样的审视呢?

至少有一个事实是清楚的：如果说17世纪的统计学是政治说了算，那么这一次，统计学是自己放弃了权利。

统计学的新疆域

进化论的土壤里，误长了进步主义的树。在这棵树上，统计学的花结出了优生学的果——几乎无人意识到其中包含着怎样的逻辑谬误与现实危险。直到最后，当纳粹以优生学的名义屠杀犹太人的事实大白于天下，人们才发现，未经审视的统计学有多么可怕。

实际上，统计学很早就在为所谓的犹太人问题提供解决工具。早在18世纪，以统计学的名义探讨排犹方案的文章已经出现在公开发行的报纸上。到了19世纪，“犹太人统计学”在方法上俨然成熟。《论犹太人问题：统计学讨论》《犹太人问题：统计误差》《论犹太人之命运：生物统计学研究》等等，在欧洲的大学里，诸如此类的论文标题并不罕见。进入20世纪，以德雷福斯事件为标志，欧美的反犹主义掀起空前的狂潮，统计学也为之推波助澜。《犹太人能力的比较分布》《论英国犹太人的比较人体测量》《现代犹太人的种族特征》《犹太种族统计学的内容》等等，而今看来，这些东西像一座座路标，指明了通往奥斯维辛集中营的道路。

一张1941年制作的犹太人分布图完备地体现了彼时统计学的旨趣。在这张地图上，阿姆斯特丹城市统计办公室按照详尽的人口统计量表，以每10人一个点的方式，将6.5万犹太人标注在地图上。毫无疑问，正是依据这张统计图，不少犹太人化为焚尸炉中的青烟。更荒唐的是，2011年有人发现，那时候的荷兰政府还依据统计图表，向身在集中营里的犹太人收取房屋税、燃气费和滞纳金。

这一切之所以发生，原因相当复杂，绝非一两个线索可以道明。然而，经由统计学改造过的进化论成了社会意识形态的巨大隐喻，这一背景无疑是深刻的，且不乏灾难的性质。在这个隐喻所设置的框架中，人们想当然地把社会进步与生物演化混为一谈，将“物竞天择，适者生存”视为天经地义的教条。这种褊狭与错乱的意识，偏偏被统计学家们，特别是生物统计学派的那些人，化约为简洁的公式。由此，统计学家宣称，人类不仅驯服了偶然，而且找到了总揽一切的普遍规律——世界正朝着一个恒定的更高目标前进。在这个世界中，在相互竞争的驱动下，所有生命形成了一个从简单到复杂、由低级到高级的层级金字塔，拥有最高智慧的人类处于更靠近目标的塔尖之上。

执着于偶然，最终臣服于规律，对于统计学而言，这真是一个不小的讽刺。

事实远远不止于此。由于基督教的背景，西方人将历史看成有着既定方向的进步，这样的观念古已有之。可是，用进步主义本身取代上帝信仰，把它打造成某种普世宗教的核心，却是启蒙运动的功劳。到了19世纪，生物统计学完成了这一工程里技术含量最高，也是最困难的部分。即如何证明，在持续不断的进程当中，个体与群体究竟有着怎样的关系。因为作为个体，无论你我，总是偶然的、暂时的、有限的存在。归根结底，乃是必死的。进步于如此的你我，本无多少实质的好处。而统计学运用进化论的逻辑，巧妙地将个体的利益置换成了群体的意义。他们用物种、族群、国家、社会、集体等等宏大的字眼，来激发、凝聚以及规范微观的个人。总体与样本、同质与差异、常量与变量、正态与异常、均值与峰值、多数与少数、整体与部分、因果与相关、中心与边缘，在统计学思维的指挥下，这些概念轻而易举地就从自然领域切入了社会领域。

20世纪初，统计学家中的一员，著名的群体遗传学家霍尔丹就曾在一篇题为《论适中的尺度》的论文里斩钉截铁地写道："每一种动物都有一个最适合于其生存的尺度，这一结论同样适于每一种人类制度。"要知道，这一结论确实有统计学的实验数据——霍尔丹按照体格的差异，将大大小小的哺乳动物，包括老鼠、兔子、马，以及人抛进矿井的深坑，来计算过他所谓的"生存的尺度"。

不过，达尔文不是达尔文主义者。社会达尔文主义这一最粗俗的进化论版本，更与达尔文没什么关系。这一点，我在前面《“进步”的诱惑》里已有说明。达尔文的核心思想始终是“适应”，而非“竞争”。他的进化论中并不蕴含任何诸如道德、社会和历史的人造目标。当年，斯宾塞将他的那套宣扬生存法则、残酷斗争和社会偏见的论文寄给达尔文，后者的答复足可表明一切。在那封写于1858年11月25日的回信里，达尔文客气地表示，他读了斯宾塞寄来的几篇文章，“很感兴趣”。话锋一转，他强调道：“我仅仅是作为一个博物学家而不是从更一般化的观点来处理这个主题的（指物种演化）；另外，在我看来，您的观点不可能得到改进，不过可能会方便我加以引用……”落款是“请允许我保留/亲爱的先生/真心感谢您的/达尔文”。难怪有学者认为，社会达尔文主义这一概念早就应该修正为社会斯宾塞主义，并应彻底与生物学思想划清界限。

遗憾的是，达尔文的传教士们早已越过自然的边界，贸然踏进了社会的领域。当今天的人随随便便地使用“进化”这个词来谈论生活方式、道德原则、绘画艺术、电影风格乃至整个宇宙的形成过程时，极少有人清醒地认识到，这些说法不过是经不起推敲的修辞。而且由于过于相信这类修辞，人类已经付出了不小的代价。

但是对于斯宾塞而言，统计学就是他所创立的“社会进化论”的修辞。在他眼中，“社会就好比有机体”，一个社会组织跟一个生命组织一样，都得符合进化的要求。而进化，无非是物理定律的表现形式，本质上就是物质的聚集、分化、整合与分解。表现在社会中，则是人口的规模与密度、组织结构的形成与变迁以及权力的集中和分散等等。要记录和分析如此复杂的现象，离不开统计学的描述。

斯宾塞认为，大量的数据乃是社会学研究的必要前提。为此，他聘请了不少人来收集资料。例如在《描述性社会学》的第一卷里，他就罗列了大量关于英国人的原始数据。包括无机环境、有机环境、社会环境、人的特征等等，时间跨度从公元78年，一直到1850年为止。他对统计的狂热程度绝不亚于“测量狂人”高尔顿。

在长达两千多页的《社会学原理》中，基于大量的统计数据，斯宾塞用了三分之二的篇幅来谈论进化和人类基本制度的关系。他认为，社会机构是社会组织的永恒模式，既可以满足社会的基本需求，又可以控制个人和团体的种种活动，并促使整个社会迈向进步。而作为社会机构中的管理系统，权力中心对社会资源的控制，乃是社会存废的重中之重。

一定程度上，斯宾塞对社会的理解很像一种军事理论——理清所有的社会要素，集中优势的社会资源，去投入一场场连续不断的生存斗争。在这一进程中，精兵强将得以发挥，后勤保障需要跟上，至于那些羸兵弱卒，除了供人马蹈藉，根本不值得怜恤，应予毫不留情地舍弃。这种社会控制的思想成了早期社会学理论的主要组成。即使到了今天，它也未必从现实中消殆散尽。而无论如何，事实证明，统计学再一次拓展了它的疆域。

通过统计的社会控制

当奥古斯都·孔德准备用“社会物理学”来命名他的新科学时却发现，这一概念已经有人用了。不得已，他只好改用了一个不大准确的词汇——“社会学”。因为在他的心目中，失去了“物理”这一定语，社会学很可能会忘掉它的根本——实证的精神。

有趣的是，“抢走”孔德心仪之概念的，恰是最符合所谓实证精神的人。这就是统计学家阿道夫·凯特勒。作为拉普拉斯的学生，凯特勒是第一个将概率论与统计学结合起来的人。而这一结合，意味着统计学在现代意义上的新生。因此，在统计学的发展史上，凯特勒的重要性绝不亚于后来公认的现代统计学之父K. 皮尔逊。而他将统计学引入社会研究的创举，则奠定了他在社会学发展史上的地位。科学哲学家伊恩·哈金认为，凯特勒的统计学既影响过进化论，又催生了统计物理学，不愧为19世纪“统计学运动的发电厂”。

1835年，凯特勒出版了代表作《论人类及其能力之发展，或社会物理学》，简称为《社会物理学》。他在这本书中提出，任何社会现象，其背后都隐藏着固有的物理规律。而这类规律，人们完全可以通过统计学，用量化计算的方式来揭示。他自信地宣布，统计学就是社会这一身体的解剖——事实上也的确如此。凡在凯特勒目力所及的范围内，无论道德、法律、政治、经济……社会领域的诸多方面，他都将其置于统计学的观照之下。

凯特勒尤其热衷他所谓的“高斯—拉普拉斯综合”，也就是正态分布的运用。在今天社会学的教材中，这一概率分布常常以钟形曲线的面目出现。作为比利时中央统计委员会的终身主席，凯特勒不仅将正态分布运用于人口统计，还用于犯罪统计、自杀统计、婚姻统计、疾病统计等各个方面。有人甚至因此把正态分布“把持”社会统计的思潮称为“凯特勒主义”。

正是基于全方位的社会统计，凯特勒在《社会物理学》里创造了一个叫“平均人”（average man，也译为“普通人”）的概念，来解释复杂多变的社会现实。在他看来，一群人的特性，无论是生理的、心理的、道德的还是文化的，只要经由大量的数据统计，都会呈现出围绕某个平均值上下波动的概率分布。他说：“在我们对于多数人进行观察的时候，人的意志就平均化起来，并且不留任何显著的痕迹。所有部分意志的作用，和纯粹受偶然原因所制约的各种现象一样，它们即被中和或抵消了。”因此一个统计学家，或者说社会学家，要研究社会上种种偏离“平均人”的差异性，找出其中的原因。他进一步推断说，假如一个社会上所有的人偏离“平均人”的程度越小，这个社会的矛盾肯定越缓和。所以，如何减少每一个人与“平均人”的偏差，从而降低他的社会危害性，应该成为社会学的研究方向。

必须强调的是，凯特勒认为他所说的“平均人”，不是一个空泛的抽象值，不能简单地做字面上的理解。并不存在结过1.6次婚的男人，也没有生出2.3个孩子的女人。凯特勒把“平均人”看作物体的重心，看不见摸不着，但却是恒定不变的“实在”。

然而问题在于，相对于社会的这一“实在”，有着丰富细节的众多个体反倒成了“表象”。就像凯特勒自认为的那样，致力于发现统计学规律的社会学，只需抓住“平均人”的特征，就能够抓住人类历史与社会的结构特征。他表示：“不应当注意个别的人，而应当把个别的人当作群体的一部分来考察。只有把人的个性去掉之后，我们才能把存在于人们中间的所有偶然的东西摒弃殆尽。这样，那种对于大量现象仅起极小作用的或完全不起作用的个别特殊性，就自然会平均化起来，从而我们就能把握住综合的结果。”从他的这句话里可以看出，社会学甫一诞生，就注定要像统计学一样，在服从于规律的谦逊与统摄一切事实的狂傲中反复煎熬。

在这一内在冲突中，早期的社会学既保守，又偏激。它钟爱秩序，却又渴望进步，力图用统计学来证明任何它希望证明的东西。这种矛盾的痕迹，从凯特勒的直接传人涂尔干一直延续到一个世纪之后的帕森斯。它导致社会学喊着走向物理学的口号，脚步却朝向管理学。更严重的是，它在统计学思维的浸淫下，也成了国家权力进行社会控制的潜在工具，其标志事件就是1896年在《美国社会学杂志》上出现的第一篇有关社会控制的文章，题目就叫《社会控制》。

不可否认，在发展的过程中，统计学逐渐建立了自身的学术独立性。然而就像“平均人”所启示的那样，统计学思维决非工具理性那么简单。它的触须已经深入社会实践的各个领域，从经济到历史，从政治操作到交通管理。它悄悄地改变着我们对于自身的理解，甚至成为我们自身的一部分。而通常与知识密不可分的权力，看到了其中的价值与空间，一直在借此违背乃至扭曲我们的意志。就像历史学家E.H.卡尔说的那样，权力可以通过利用知识，来“说服现代人为未来人做出牺牲。”权力也可以利用统计学，通过压制一部分人来维护另一部分人。

布莱洛克是一位当代的统计学家，他清楚地看到了这一历史景象。因此他提醒我们，要批判地看待知识，包括统计学。他说：“统计学最好先说明自己不是什么。”

（《社会统计学》）首先，统计学不能成为这样一种方法：用它来证明你想要证明的任何一个观点。统计学的确是基于数学理论建立起来的，但是一旦要将其运用到现实中，就必须通过假设，以及与假设相关的现实判断。而所谓的假设与判断，则根据应用领域的不同，分别受到哲学、目的、传统以及数据的意义等因素的影响。所以，检视这些因素，以防止统计学的滥用，是运用这一学问的首要原则。

在我看来，这也是统计学带给所有人类知识的启示。

职业生涯的运气问题

如果从16世纪的意大利赌徒吉罗拉莫·卡尔达诺算起，近500年来，人类一直试图用概率论和统计学编织的巨网一劳永逸地解决运气问题。然而，运气不是一条硕大无朋的蓝鲸，而是一团行踪诡谲的鱼群。它们在洋流中追逐自己的目标，时时变换方向，意向不明。再耐心地捕捞，再细密的巨网，仍有漏网之鱼。而那些脱网逃逸的鱼儿，在我们的日常生活中，可能才是最重要的运气。

譬如研究收入问题的社会学家詹克斯就认为，有些运气所起的作用，远远大于人们承认的程度。特别是那些富人，他们之所以有好工作，有高收入，未必是因为他们够聪明够努力，仅仅是因为他们交上了好运。

是的，从统计学的角度看，人们的收入水平有赖于他们的家庭背景、智力水平、教育层次乃至职业选择。这个判断大体没错。然而这样的宏观判断，并不能帮助一个人预测自己，或者推断特定某个人的收入高低。就像詹克斯所言，偶然的因素太重要了，尤其在职业生涯中。运气促成的成百上千个意外，往往会彻底改变一个人。碰巧，你选择了这个而不是那个工作；碰巧，一场台风摧毁了你的城市；碰巧，新地铁的出站口开在你的餐馆边上；碰巧，你所在的社区需要某些新工种，等等。总之，在你一夜暴富或永无出头的人生之间，难以测量的运气都在起着不可估量的作用。

有些学者认为詹克斯的看法太悲观了。在他们看来，找工作跟找旅店、找房子没什么两样。假如一个游客在深夜里寻找歇息的酒店，他只需抬头看看一幢幢大楼上的霓虹招牌，心中考虑两个因素就成：一个是成本（譬如时间和体力），另一个是收益（譬如卫生程度或者舒适度）。至于其他，对他来说并不那么重要。

经济学家就是这么认为的。按照理性选择的预设，他们将找工作看作一个搜寻信息的过程，只需考虑成本和收益。当求职者付出的搜寻成本与其期望的边际效益相等，他就会停止搜寻，或者说，算他找到了理想的工作——这就是工作搜寻理论。2010年的诺贝尔经济学奖，就颁给了这一领域的研究者。总体而言，在解决劳动力市场的匹配问题上，工作搜寻理论是成功的。它像一份随时更新的地图，在上面，求职者在合适的时间出现在恰当的位置，找到了称心的工作，获得了满意的收入。

但是，就像一个游客无法拿着世界地图去找酒店，一个求职者也休想通过工作搜寻理论得到好运。那是宏观的尺度，仅适用于市场分析或政策制定。它忽略的许多细节，对于具体而微的个人命运而言，极可能是最重要的。

首先，找工作与找旅店真不一样。在一张软硬适度的床上入梦，不大可能改变你的人生，一份工作却会。因为职业乃是人生的一部分，其意义有时候是决定性的。特别是一个人的第一份工作，往往对他的人生有着启示般的作用。

求职与旅游的另一个重大区别在于，信息的不对称性以及匮乏程度都更加显著。对于找工作的人来说，像酒店霓虹灯那样醒目的信息往往意义甚微，而价值不菲的信息偏偏藏在阴影当中。

恰巧在这个问题上，工作搜寻理论遇到了麻烦。依照成本—收益的道理，价值不菲的信息本应属于那些积极搜寻信息的人，可是一个经验现象却提醒人们，不少找工作最不主动的人，却出现在了高收入的职位上。有人做过这方面的统计，数据表明，相当一部分人在得到新工作之前并未积极地搜寻工作信息。更奇怪的是，相较于那些积极搜寻工作信息的人，那些不经搜寻就轻松获得新工作的人，往往收入更高，也更满意自己的职位。这真有点儿像传说中姜太公钓鱼的故事了。

怎么回事儿？除了裙带关系或者潜规则之类的可能，这里面还涉及信息传播的动力学假设。经济学家认为，信息流动的动力就是搜寻。这种假设妨碍了他们去理解上述现象。相较而言，社会学家的认识明显贴近事实。他们认为，信息传播的主要动力不是搜寻，它只是社会交往的附带效果。更准确地说，绝大多数的有用信息都是在相互认识的人之间，像细菌传播那样流动起来的。

社会学家格兰诺维特在他的经典著作《找工作》里探讨的就是这种信息传播现象。他认为，找工作——也就是经济学家说的“劳动力流动”，社会学家讲的“社会流动”，一般的研究方式都有缺陷。因为总体性的方式，比如利用统计学的手段进行宏观意义上的描述，或者微观层面上的、高度个人化的心理学和经济学的动机阐释都忽略了一个问题，那就是关于工作机会的信息究竟是如何获得和传播的。

格兰诺维特认为，实际上，即使是在一个将个人从特定社会环境中解放出来，置于普遍化、程式化的制度中的现代化社会，个人依然高度依赖他的社会关系来找工作。在找工作的过程中，大众媒介、招聘广告等提供的信息远不如个人的关系网络有用。别看58同城、赶集网或者智联招聘的广告铺天盖地，真正找到满意的工作，还得靠自己的社会关系。当然，此关系（Contacts）非彼关系（Guanxi）。前者指一个人的社会联系，而后者乃是其中特殊的一种：因功利目的而使用的社会联系。

在《找工作》里，格兰诺维特汇总了美国20世纪30

年代至70年代的数据。所有研究都表明，求职信息往往有赖于一个人的社会关系。蓝领工人的“职位配置的正式机制至多不超过全部配置的20%。与此相比，60%～90%的工作是通过非正式渠道找到的，主要是通过朋友、亲属和直接申请获得的。”专业技术人员，比如航天工程师、大学教授，他们的工作更少花费搜寻成本。在一项调查中，26%的大学教授表示，他们“什么也没有做就被录用了。”在格兰诺维特的调查里，有29%的专业管理者说，他们在获得现有职位之前，并未积极地找工作。只有普通白领，特别是女性文员，他们更经常地使用中介机构、广告方式以及直接申请等正式渠道求职。

从求职者的年龄划分也能看出社会关系的重要性。格兰诺维特注意到，随着年龄增长，一个找工作的人越不依赖搜寻。因为很明显，相对年轻人，年龄较大的人拥有更广泛的社会关系。

在《找工作》的后记里格兰诺维特说，在哪里工作，怎样工作，它们构成了大多数成年人生活的最大一部分。而这一部分的人生命运，往往取决于人们如何嵌入社会关系的网络之中。

这样的网，究竟能不能捕到那些从统计之网脱逃的运气呢？《找工作》里还有很多东西值得细说。

弱关系里寻好运

由于信息传播的主要动力之一乃是社会互动，因此一个人要找工作，他的社会关系往往比正式渠道更有用。格兰诺维特的这个见解看上去很像是对常识的理论包装，然而他所揭示的事实远多于此。

关键在于，格氏所谓的关系（Contacts）与我们理解的关系（Guanxi）不是一回事。前者指一个人的社会联系，而后者只是其中相当特殊的一种：因实际的功利目的而使用的社会联系。

根据彼此见面的频率高低，格兰诺维特将一个人的社会关系分为强关系与弱关系两种。照此划分，强关系很好理解。家庭关系显然属于此列，频频见面的朋友同事也是。可是弱关系就有些微妙了。它的特点就是广泛、多元和松散。弱关系可能是偶尔碰面的熟人，可能是工作中广泛接触的联系人，也可能是羽毛球馆里定期见面的对手、酒吧里常打招呼的熟客或者微博上相互点赞的彼此关注者。

正是在对弱关系的研究中，格兰诺维特以及之后的社会学家们发现了一些有悖于常识却非常有趣的事实。

在我看来，其中最有意思的一点就是，那些通过弱关系找到工作的人，往往比利用强关系找到工作的人收入更高，工作更好。换句话说，拥有更多社会关系的人，运气更好。

重点依然是信息。相对于强关系，在弱关系的网络中传播的信息，无论质量和数量，都要更多更好。仔细想想也是，一个刚出校门的大学生只得到招聘市场去找工作，其中一个主要原因就在于，他只有信息相对同质的家庭关系或者同学关系。只有当他步入社会多年，建立起一个联系更广泛信息更多元的社会关系，情况才会发生变化。

信息的数量自不必说，弱关系提供的信息质量也更高。一个并不常见的朋友提供的信息也远远多于条件明确的招聘简章——未来的同事是否好相处，老板是否有些神经质，公司处于上升还是停滞阶段，整个行业究竟面临何等前景等等。反过来，即使基于间接的弱关系，作为需求方的雇主对他的潜在雇员也能做出更可靠的评估。

在《找工作》一书中，格兰诺维特列举了不少他亲自做的调查案例来说明弱关系的强作用。譬如一家私立医院的儿科医生劳伦斯·F。他找工作的经历如下：

某医院决定设立儿科，想找一个医生来做领导。于是医院咨询一位曾经给他们提供意见的医生有无合适的推荐。那位医生表示不认识这样的人，不过他建议医院去咨询他的一位朋友。那个朋友在一所医科大学任教。结果那个朋友向医院推荐了曾经在他手下接受培训的劳伦斯。劳伦斯接受了这项工作。

还有下面这个案例：

> 诺尔曼·H即将获得土地经济学的博士学位。这时候波士顿的一所大学获得了一家基金会的资金，准备聘请几个大学教师。校方问这家基金会的一个到访代表，有没有可以推荐的候选者。这个代表建议他们联系他的一个熟人。此人是另一所大学的经济系主任，比较熟悉年轻毕业生的情况。系主任推荐了本系的诺尔曼。经过面试，那所大学聘请了他。

更好玩的是这个例子：

> 一个生物学专业的博士后向一家研究机构提交了求职申请。之后机构回信称："并无职位向具有你这种资格的个人开放"。然而当这位博士后的博士生导师在那里获得职位后，他就一并获得了一份研究助理的工作。研究机构还写了一封热情洋溢的信来表达他们对这个年轻人的满意之情。一个心理学的助教有类似的经历。当初他询问目前从事的职位时，校方甚至没有给出任何答复。没想到几个月后一个过去的同事

来电话，问他对那个职位有没有兴趣。而那个同事并不知道他以前就递过申请。

我想，将那些美国人的姓名换做中国人的名字，不会影响以上案例的可靠性。实际上，在我认识的人中间，这样的例子也不少。比如我的朋友Z，数年前他通过某旅行网与一群素未谋面的“驴友”去藏区登山，结识了一家银行的职员L。当时L正为自己的未来犯愁，Z了解情况后鼓励他报考某大学的人类学博士。L听从了Z的建议，顺利读完了博士。当L即将毕业找工作之际，另一位驴友S向内地某校推荐了L，帮助他找到一份助教的工作。两年后，L的硕士导师转到沿海某大学任教，推荐L在该校获得一份教职。如今，L已经是副教授。

与弱关系的强作用形成鲜明对比的，恰恰是强关系的“弱作用”。这种作用如此负面，以至于格兰诺维特用“令人震惊”来形容。例如这一则故事：

维克多·O是一位化学工程师。当他从军队退役后，一个大学同学帮他找到了某小公司的岗位。他在那里干了18年，直到公司被兼并，他的岗位被取消，他的大多数同事也失业了。之后，他通过亲戚朋友和招聘广告寻找工作。他向115家公司寄出了求职信，只收到过四五封面试的邀请函，并且一无所获。最后，他接到一个熟人的电话，请他帮忙写一份求职的推荐信。维克多发现，熟人想要的那个职位，自己也合适，于是他也提出申请。后来，他成功应聘，但长期的挫折感使他对现状感到不满。如今他一直在向其他公司投寄求职信。

很明显，从这个故事里我们可以看到，一个人在同一岗位上长期建立起来的强关系非但无益于他的职业生涯，反而阻碍了他培养更有价值的弱关系，并且直接导致他无法拥有更好的未来。格兰诺维特说，像维克多那样的人，在他的调查案卷中并不少。而在运气之鱼的眼中，这样的人，大概都是不擅长织网的人吧。

如果说工作是人生的一个重要组成，那么婚姻也是。在《找工作》里，格兰诺维特还提到了找工作与找对象在理论上的相似性。所以，在这两方面都有困扰的年轻人，读读这本书如何？

给孩子定价

人类固有的计算倾向正在发展成一种可以命名为“计算主义”的世界观。回顾过往，假如把这种计算的世界观比作远未成熟的细小果实，那么它的种子已经在历史中埋藏了数千年，它的萌芽、生长与开花用了大概三百年，而它的结果却相当晚近，只花去了两个世纪的时间。

更确切地说，计算主义的观念萌发于16世纪的欧洲，也就是我们通常所说的意大利文艺复兴时期。提出日心说的哥白尼，现代政治哲学的奠基人马基雅维利，还有概率论的开拓者卡尔达诺都生活在那个时代。如今看来，这不大像是一场偶然。他们共同持有的计算观，乃是整个人类世界迈入现代的先声。而这种观念很快转化成了资本主义的活水之源——资本需要计算，计算助力资本。以至于稍晚的霍布斯说，思维就是计算，“当一个人进行推理时，他所做的不过是在心中将各部分相加求得一个合数，或是在心中将一个数目减去另一个数目求得一个余数”。另一位哲学家莱布尼茨更是大胆预言，当人们找到一种方法，能够将语言转换为数字，任何问题都可迎刃而解。到那个时候，连哲学家之间都不需要争吵啦。他们将像两个会计对账一样提议："让我们算一算吧。"

从18世纪中后期一直延续到整个19世纪，欧洲经历了一场始于英国的工业革命。与以前的现实计算相比，这个时期的人更重视对未来的计算。原因很简单，一方面资本扩张的规模越来越大，预期的收益，以及随之增大的风险都需要算计。另一方面，资本流动的速度也越来越快，获利的可能以及失败的概率也都需要计算。这两方面的需求又推动了整个社会在计算观上的发展。概率论和统计学在这一时期成型，继而得以广泛应用，不是没有缘由的。概因于此，我认为计算主义就是在19世纪开始结果的，直到今日。

如果要为此提供一份历史证明，我认为再没有比"如何给孩子定价"这个问题更有说服力的了。这份证据出人意料，但是在我看来，围绕着儿童——这一未来的象征所进行的经济计算，无疑是计算主义在应用上的最佳体现。

首先要知道，在人类的观念中，儿童期作为生命的一个阶段相对独立地出现，其实是很晚的事情。它就像我们现在说的青春期或更年期，本质上乃是一种人为的划分。法国学者阿雷兹在《儿童的世纪》里就指出，至少在中世纪的西方，“童年”这个概念根本不存在。一个年纪幼小的成员诞生于家庭之中，主要是作为未来的劳动力以及父母养老的保险来看待的。他们大约在七岁左右就正式进入了成人生活世界，承担起相应的社会责任。比如我之前提到的卡尔达诺，他五岁的时候就做了父亲的工作助手。身为法律顾问的父亲把一个装着法学典籍的沉重藤筐绑在卡尔达诺的背上，拉着他在米兰城里四处拜访主顾。在其他社会中，例如过去的中国农村，五六岁的小孩帮着家里照看弟妹、喂养鸡鸭、扫地做饭等等，也属常事。只是这些“小大人”究竟有多大的经济价值，从来没有人会去计算。

然而，18世纪以来的小大人们不同以往。随着工业革命的到来，他们的价值可以用薪水来衡量了。凭借“敏捷的小手指”，他们操纵巨大且省力的自动机械，挣到足以养活自己乃至帮衬家庭的收入。对此，英格兰的纺织厂主们非常欢迎。美国也一样。1790年，罗得岛上的美国纺纱厂里工作的第一批工人就是9个孩子，年龄在7岁到12岁之间。到了1820年，这个厂55%的工人都是童工。

一个名叫威廉·赫顿的英格兰人回忆道，他7岁的时候就在德文特河边的一家磨坊里工作。由于个子太小，监工就做了一双很高的木底鞋，紧紧地绑在赫顿的腿上，让他好够着机器的操作台。有人甚至在听证会上作证，说他见过一个3岁的婴儿在劳作。据1851年的统计，5到14岁的童工占了当时英格兰劳动力总数的四分之一至三分之一。美国1900年的人口普查报告显示，约有175万10岁到15岁的孩子从事有报酬的工作。由于这一数字没有包括10岁以下的儿童，显然被低估了。即便如此，时隔十年，官方统计的数字还是上升到了199万。

可资定价的数字越来越详实：1850年的英国，一个纺织童工的工作时间在12小时至18小时之间，周薪每周1先令到9先令不等；1880年的美国，一个爱尔兰移民家庭，孩子的经济贡献占全家劳动收入的38%~46%，而本地出生者的这一比例为28%~32%。有了这些数字，要给孩子定一个价，不困难。在一份杂志上，一个专栏作家就热情洋溢地估算了孩子的价值。他预测，假如当地有200个7至16岁的孩子，在没有工厂的情况下，他们除了花销，毫无贡献可言。现在他们被雇佣了，情形立刻不同——他们为这个镇贡献了13500美元的生产价值！

社会的制度与文化都在为“有价”的孩子唱赞歌。社会学家泽利泽就指出，在那时的报纸和儿童读物上，“一个标准的恶棍就是游手好闲的儿童。”事实上，19世纪的儿童福利组织主要关注的，也是那些无所事事四处游荡的孩子，而不是众多童工。针对19世纪末出现的反对雇佣童工的声音，一位作家愤愤不平地写道，如果一个体制阻止儿童干任何苦差事，而是鼓励他们去街上踢球，那么林肯就根本不会出现。

考虑到居高不下的死亡率，孩子的价格中包含的现实价值远大于未来。17世纪的蒙田提到，他有两三个孩子夭折了，“在此，我没有过度的悲痛，也没有遗憾”。即使在18世纪的早期，也很少有人会为早夭的孩子花钱办丧事，或者出席葬礼。避免对没有未来的事物投入过多的期望，无疑是明智的——当时的人甚至用“它”这个词来指代自己的新生儿。唯一不同的可能是，计算的痕迹变得浓重了。就像一个刚失去孩子的父亲所说的那样，“这是我们必须交的税。”他大概懂得什么叫税率。

19世纪末，一对夫妇因两岁的孩子死于非命将一家公司告上法庭，要求对方按照每个月2美元的价格计算赔偿额。理由是他们的孩子已经能够到邻居家工作，比如照看更小的孩子。法官驳回了他们的诉求，并表示死去的孩子太小，根本没有任何获得经济收入的能力，故而“被告无需为这个悲剧作出赔偿”。这个判决并不违背当时美国法律对孩子的标准定价。标准是这样的：从孩子死亡到他成年之前的时间段内，他所能提供的劳务损失，减去他在这段时间内维持生活的费用。也就是说，一个孩子的现实价值取决于对他的未来价值的估计。然而，婴儿和2岁以下的儿童通常被视为没有未来，也没有价值的。在一系列的儿童死亡判例中，一个纽约男孩获赔6美分，一个内布拉斯加州女孩获赔10美元，而密苏里州的一个男孩只获得1

美分的赔偿。

未来的价值实在太低，连买卖儿童的黑市都不活跃。在1870年代，一个美国孩子的价格通常不到10美元，只有极缺人手的农场主才会买。有时候，他们的售价不到2美元，甚至低至25美分。

然而进入20世纪，局面发生了很大的转变。一方面，社会政策有所改善。另一方面，卫生条件也有很大提升。这导致儿童的死亡率迅速下降。如此，可能活得更久的孩子，有了更多可以计算的未来。当然，这里所说的“未来”，与其说是孩子的未来，不如说是成年人在孩子身上寄托的期许。有趣的是，随着计算观的深入人心，这种期许每时每刻都在被清楚地算计。泽利泽在《给无价的孩子定价》一书中就记录了这一有趣事实。比如她写道，1917年，报纸的广告上有写“花100美元买个婴儿比自己生一个更便宜更容易”。1930年代，孩子的黑市价格为1000美元；1940年代，黑市价约5000美元；1951年，这个价格飙升至10000美元。1975年，据美国国会的一场听证会估计，全国每年大概有5000个儿童被出售，价格在2.5万美元左右。据此，孩子们在“正规市场”里的价格如何，不难估计。实际上，领养费、抚养费，还有保险额等等，都是可以拿来做参数的。

2014年美国农业部估算，美国家庭供一个孩子到读大学，所花成本约为24万美元。2013年，中国媒体报道，北京家庭抚养一个孩子，成本高达276万人民币。有了成本核算，有了朝向未来的计算观念，每个孩子都能做到明码实价。可见，什么可以计算，什么不在计算之列，观念有决定性的意义。

国民性与统计学

2014年10月30日的凌晨，日本文科省下属的统计数理研究所公布了每五年实施一次的“国民性调查（2013）”的结果，从中我读到了不少有趣的东西。比如，关于日本人自认为的性格优点，选择“勤勉”和“彬彬有礼”的人高达77%，创历史新高。这颇符合像我这样的局外人的想象。不过令我意外的是，同样创纪录的还有“亲切”。它占到受访者总数的71%，比五年前增加了19%。老实说，由此我对什么叫做“亲切”，有了新颖的认识。

对于这个结果，统计数理研究所的解释是：“东日本大地震中人们目睹了东北地区的人们真诚踏实的应对，这可能反映在了调查结果里。”他们谨慎地选择了“可能”这一字眼，避免下武断的结论。这启发我注意到与“亲切”相关的另一些统计数据。它们似乎也能佐证研究所的解释。

例如，在“希望对他人有所帮助”还是“只关注自己的事”的单选题中，选择前者的比率较2008年增加了9%，升至45%，选择后者的则减少了9个百分点，跌至42%。研究所表示，从1978年设置该问题以来，这是首次出现前者超过后者的情形。

关系不那么密切，但并非毫不相干的，或许是对个人自由与理想的调查。从1958年开始设置“尊重自由”的题目以来，认可这个选项的日本人历来很少。这一次的结果是12%，依旧停滞不前。至于“追求理想”的选项，1958年时为32%，之后一直呈下降趋势，现在跌到了16%。我猜测，如果欧美国家做类似的国民性研究，结果肯定会大不一样。比如在20世纪80年代进行的国民性调查中，与尊重自由相关的种种选项，美国人的回答没有一项低于70%。

中国则是全方面地与日本形成了对照。从1953年起，日本就开始了国民性调查，到现在已经完成了13次。调查以全国3170名20岁以上的公民为样本，用面谈的方式，在两个月内完成。像这样基于统计学的可靠方法，权威性与连续性都能保持的国民性调查，中国似乎还没有机构来做。

“国民性”这个词本来就是“和制汉语”，日本人用它来对应“nationality”，或者“national character”。大概在清末民初，它传入了中国，肇始者据说是梁启超。不过，这个概念为中国人熟悉，却是因为另外两个人：一是鲁迅，二是柏杨。特别是鲁迅，于中国人的语境中，国民性这个词，几乎总是与他联系在一起。因为他的那些杂文，尤其是小说《阿Q正传》，在这大半个世纪里，中国人一说起国民性就会产生负面情绪，并且不自觉地将其与民族劣根性联系起来。

事实上“national character”也翻译成“民族性”。因为在现代政治的语境中，民族与国家本来就是可以互换的词汇。《中国大百科全书》就将国民性定义为“一个民族多数成员共有的反复起作用的文化精神、心理特质和性格特点，又称民族性格。”只不过，在汉语的感觉里，国民性比民族性更少一些歧义，毕竟我们是一个多民族国家。与之类似，国民心理、社会态度、大众心理等等，虽然不尽相同，却或多或少有与国民性相通的意思。

鉴于国民性这个概念容易流于印象，其含义往往随意而模糊，社会学家英格尔斯对它进行了一番严格的限定。在《国民性》一书中，他称之为“众数人格”。其定义是：“社会成年成员中具有众数特征的、相对持久的人格特征和模式。”很明显，英格尔斯认为，要想让“国民性”在学理上站得住脚，就得给它一个统计学的坚实基础。

所谓人格，就是心理特征，这一点不必多说了。而众数呢，则是统计学的基本概念。指的是一组数据中出现次数最多的数值。像均值（平均数）一样，它也能够代表数据的一般水平。不同于均值的是，它可以是一个，也可以是多个。

与均值相比，用众数来代表一组数据的一般水平有不少优点。均值需要用数据的总和除以数据的个数方能得出，也就是说，它不是原始数据，而是一个抽象值。众数则不一样，它是一组数据中出现最频繁的那一个或几个数据，无需计算，直观而真实。如果说均值代表一组数据的平均水平，那么众数还有一个优点，它不受极端值的影响，往往能够代表一组数据的多数水平。这时候我们用统计学的眼光去看日本的国民性调查，就会发现它遵从的，正是英格尔斯所说的“众数人格”原则。显然，这一原则比过去社会学家痴迷的“平均人”概念强了很多。

运用统计学之类的数理工具去研究国民性，大概也甚少人去考虑。这使得我们对于国民性的认识基本上还停留在鲁迅的时代——这还是最乐观的估计。比如有人认为国民性的概念太空洞，远不如制度、体系、组织那么实在，不值得多加重视。还有人为了捍卫所谓正统，根本不承认国民性的存在，或将其贬斥为“殖民者对土著的卑贱化建构、歧视性描述和否定性评价”。有人完全误解了国民性，把它与本性、本质或素质做胡乱的联系，以为这样就可以避免“中国例外论”或“国情特殊论”的泛滥。还有人从史籍中拣选一些偏向性极强的实例，以此证明国民性从古至今有着江河日下的大趋势。更有人喜欢把国民性与基因论挂上钩，张嘴文化基因，闭嘴红色基因，或者宣称自己没有称霸世界的基因等等，不一而足。这真是相当诡异的“国民性”——明明不当真，却又煞有介事。

所以我很喜欢英国学者凯特·福克斯的态度。她的《英国人的言行潜规则》就是一本研究国民性的著作。利用统计与实证的方法，福克斯将日常生活放大，观察和测试其中的细枝末节，找出英国人的共有习性——实际上，我认为，共有习性才是可以与国民性互换的一个词。福克斯甚至一连好多天去火车站做碰撞试验，装着不小心的样子碰到行人，看看他们是否说对不起，如何说对不起，将他们的反应记录下来，然后做统计学的分析。为了对比，她还专门去游客集散地，挑选美国人、德国人、西班牙人、澳大利亚人和斯堪的纳维亚人做实验。令她震惊的是，她发现只有日本人才具有与英国人相似的条件发射式的道歉特质。他们的身体还超级灵活，往往能够避免她精心设计的碰撞。

如果国民性研究都能像福克斯那样，做到既古怪有趣，又科学严谨，我们看待国民性的心态就没那么沉重了吧？

辑二：自我的发明

冰湖上的骑士

1935年冬天的一个黄昏，一个中年男子乘船渡过英吉利海峡，从伦敦港踏上了大不列颠的土地。寒风中，他跟随着人潮沉默前行，去往流亡犹太人基金会。无人能体味他当时的感受，甚至包括未来的自己。不过有件事今天看来可以肯定，这个人前半生的记忆将长久封存在海峡的另一边——没有人会对一个普通犹太难民的经历感兴趣，他也无暇沉湎过去。他得去找点儿资助，还要学一些口语，才可能应对现实的窘境。

几番周折，在朋友的帮助下，中年人以学者的身份从基金会拿到了一小笔奖学金。在证明文件里他写道：诺贝特·埃利亚斯（Nobert Elias），生于1897年6月22日，哲学博士，社会学家。除此之外，再无文字。

封存个人的记忆，然后转身离去，对于38岁的埃利亚斯来说，不是第一回了。1915年，刚满18岁的埃利亚斯投身一战，就不得不将一段安宁祥和的记忆埋进心里。他出生在德国东部的布雷斯劳（今波兰城市弗罗茨瓦夫），父母都是犹太人。身为纺织业厂主的独生子，埃利亚斯有一个几近完美的童年。玩具、保姆、家庭教师、网球、海滨度假，上层中产阶级应有的享受，他都拥有。虽说犹太人的择业仍有传统上的限制，例如不能担任官员，不能晋升某些教职等，彼时的德国尚闻不到浓烈的排犹气息。在父母的安排下，埃利亚斯打算从医，那是犹太人最理想的职业之一。可是待他从著名的约翰尼斯文法中学毕业，即将迈入布雷斯劳大学校门之际，第一次世界大战爆发了。第二年，埃利亚斯先在东线作战，后来调到西线战场。年轻的通讯兵背着笨重的电报机，肩扛大卷的电线，和部队一起向法国北部的佩罗讷挺进。密集的炮火撕开夜色，随处可见战马和士兵的尸体。一场战斗下来，远方还有隆隆的炮声，身边的战友已吹响口琴，唱起思乡的歌谣。

“那个场景我记得清清楚楚，”和一位访客谈起这段往事，埃利亚斯情绪激动。同时，他一再承认自己理解不了，“从家庭提供的彻底的安全感转向军队提供的彻底的不安全感”，他是怎么熬过那段日子的。因为，当他尝试去回忆去理解的时候，往事已经尘封70年。绝大多数记忆在时光中磨损、阻隔、变形，化为齑粉，就算重新唤起，往往也会显得不可思议。

被埃利亚斯封存的关键记忆实在太多了。比如他极少向人提及，德国在一战中的失败如何影响了他的学业和志趣。战争的硝烟散去，并不意味着和平的到来。左右两派的极端势力都企图用暴力推翻羸弱的魏玛共和国，建立他们心目中的秩序。失业的军官和士兵组成了暗杀团，刺杀政治人物，制造恐怖气氛。高昂的战争赔款导致恶性的通货膨胀，榨干了无数德国家庭的财产。迟迟没有拿到哲学博士学位的埃利亚斯只得选择辍学打工维持生计。他做过五金材料厂的营销经理，还短暂客串过报纸的新闻记者，辛苦了整整两年，才帮助陷入财务危机的父母渡过难关。

正是因为亲身经历了一战的残酷以及战后的失序，埃利亚斯的心中才浮现出一个重大的问题：暴力与秩序究竟有什么关系？然而当他带着这一疑问走上学术之路，却遭遇了更具体的困惑。

读大学的时候，埃利亚斯原本同时攻读医学和哲学，还取得了初级医学学位和实习医生资格。结果临床实习期间他才发现，自己不可能兼顾两个专业。为了更好地理解世界，他放弃医学专志于哲学。可是长期的医学训练却不断地提醒他，哲学传统中的“人”与生理学意义上的“人”很不一致。理性、精神、意志、心灵，哲学家讨论的这些东西，在肌肉、骨骼、神经和大脑中能找到对应的结构吗？或者，西方哲学传统中抽象出来的“人”根本不存在？这些困惑不仅驱使着埃利亚斯的脚步偏离了既定的学术坦途，还令他和导师之间产生了不小的冲突。他的博士导师洪尼希斯瓦德是著名的新康德主义哲学家，对学生的离经叛道大为不满。压力之下，埃利亚斯不得不在博士论文中做了大量的修改和删节。即便如此，本该于1922年拿到的博士学位拖到两年后才取得。

师生之间的这场冲突，在埃利亚斯的学术道路上投下了第一道难以抹去的黯淡阴影。表面上看，它只是稍微延误了一个学者的治学进程，事实上却造成埃利亚斯错过了一个个关键的时间节点。首先，他很难获得“特许任教资格”。因为要获得这个资格，他得写一篇比博士论文更高水准的东西，交由学术委员会答辩并通过。显然，在洪尼希斯瓦德的影响范围内，前景渺茫。可是没有这个任教资格，他就不可能拥有“编外讲师”这个身份。而没有这一身份，他就休想获得大学的聘任。也就是说，至少在当地，埃利亚斯失去了学术研究和传道授业的机会。

另一方面，埃利亚斯从这场冲突中看到了哲学的无能。特别是对新康德主义这一类剥离了历史维度的先验哲学，他产生了生理上的厌恶。他决定将布雷斯劳的大学记忆封存起来，告别家乡，告别哲学，前往海德堡学习新专业——社会学。自此以后，终其一生，埃利亚斯都用“哲学的”这个单词评价他认为最负面的学术作品。

怀着重获新生的兴奋，1924年秋天埃利亚斯来到了海德堡。很快他发觉，这里的现实同样残酷。大学时期他曾经参加过哲学家卡尔·雅斯贝尔斯的研讨班，对海德堡大学的学术氛围十分向往。时过境迁，社会学的主要创始人马克斯·韦伯已经去世，他的弟弟阿尔弗雷德像宗族继承者那样统治着整个学术领域。韦伯兄弟把同事和学生团结在一起，构成了一个旁人很难涉足的谱系。像埃利亚斯这类毫无根基的向往者，只能尴尬地出现在各种研讨会的后排，拼命地做笔记。偶尔，他也有机会和滕尼斯、桑巴特这些古典社会学的大家交谈几句。不过很难想象，那些人会记得他。

在那段日子里，埃利亚斯不得不靠给留学生补习德语赚取生活费。后来，他终于成为海德堡大学的正式学生，阿尔弗雷德·韦伯的博士候选人。但是，鉴于严格的进阶顺序，以及犹太人的微妙身份，他在学术上的前途可谓遥遥无期。

他最大的收获可能是结识了卡尔·曼海姆，一位来自匈牙利的犹太学者。此人仅比埃利亚斯大三岁，却已经是众人瞩目的学术新星。正是在他的引荐下，埃利亚斯才得以出入韦伯遗孀举办的学术沙龙，并且鼓起勇气在阳台上宣读自己的第一篇社会学论文。然而在1928年德国社会学协会的会议上，曼海姆与韦伯长期的竞争公开化了。这场学术冲突再一次改变了埃利亚斯的命运——在师生关系与朋友情谊之间，他选择了后者。翌年，曼海姆受聘为法兰克福大学社会学教授，埃利亚斯以学术助手的身份追随而去。曼海姆承诺，只要做三年助教，就帮助他取得特许任教资格。

再一次，埃利亚斯将过去封存，按照重新拟定的计划，展开新的学术探索。在法兰克福，他不仅拿到了学术生涯中第一份正式的薪水，并且顺利地在三年内完成了题为《宫廷社会》的任教资格论文。一切都表明，法兰克福的日子远比海德堡好过。可是，1933年的年初，就在埃利亚斯完成论文的时候，希特勒和纳粹夺权了。曼海姆兑现了承诺，在指导了论文答辩后，旋即被校方革去了教席，匆匆流亡英伦。而那篇《宫廷社会》的打印稿，就像埃利亚斯的记忆一样被封存起来，36年后才重见天日。

在法兰克福逗留期间，埃利亚斯再度体验到暴力与秩序的错综关系。他戴上圆猎帽，架着单片眼镜，装成贵族的样子混迹人群，去亲眼目睹希特勒的煽动能力。不久，一个党卫军中校开着敞篷吉普车冲进学校，咆哮着逼他交出社会学系的钥匙。埃利亚斯的结论是，所谓的理性根本压制不住暴力。在特定条件下，暴力甚至会利用理性，把自己组织得有条不紊。

1933年底，埃利亚斯怀揣父母倾尽所有的钱财逃到法国。他与在法兰克福认识的一个雕刻家和一个作家建起了一家小型的木制玩具厂。就像在布雷斯劳干过的那样，他又一次扮演营销经理的角色，奔走在巴黎大大小小的卖场。不到九个月，小厂就倒闭了，埃利亚斯陷入赤贫。数十年后他回忆道，虽然半生困顿，但唯有巴黎，让他真真切切尝到了饿肚子的滋味。

两年之后，希特勒撕毁《凡尔赛和约》，实行义务兵役法，开始扩充军备。同时纳粹德国还通过了《纽伦堡法案》，剥夺了犹太人的国民权利。在这种情况下，埃利亚斯接受一个移居剑桥的老朋友的建议，前往英国寻求庇护。于是1935年底，他登上了横渡英吉利海峡的客船。

在纳粹崛起的大背景下，像埃利亚斯那样流亡英国的犹太学者很多。那个时期，自然科学工作者尚好，人文社科类的学者很难找到工作，更别提教职了。比如早年成名的曼海姆就不得不屈就英国经济学院，做一名普通教师。在科学家圈子里颇有声誉的哲学家卡尔·波普尔在英国待了九个月，最终只好远赴南太平洋，到新西兰去任讲师。相形之下，埃利亚斯没有著作，少见文章，唯一像样的论文还躺在法兰克福大学资料室，其前景不言而喻。所以，流亡犹太人基金会的一小份奖学金，如同雪夜中的炭火，激起了他极大的生活热忱。

他像一个返乡的旅客，迅速地放下记忆的负累，一头扎进大英博物馆的图书室里。仅仅用了大半年的时间，埃利亚斯就完成了这个三年的研究计划，写出了厚达800余页的《文明的进程》。当然不难想象，这部被后人誉为皇皇巨著的作品在当时没有什么与公众见面的机会。直到1938年，在父亲的资助下，出版才略有可能。

那一年，年逾花甲的父母历尽艰辛，从布雷斯劳赶到伦敦来看望爱子。埃利亚斯劝父母留在英国，但是他们不肯。父亲说亲戚朋友全在家乡，不忍离弃。再说自己一生奉公守法，纳粹其奈我何？他们执意返回布雷斯劳，还帮《文明的进程》找到了出版商。

可是印刷工序做了一半，那个犹太裔的出版商就逃离了德国。埃利亚斯的父亲只好把半成品偷偷运到瑞士，在那里装订成册。1939年底，埃利亚斯收到父母的消息，说《文明的进程》在瑞士以猎鹰出版社的名义出版了。没过多久，1940年初，他收到母亲的信，说父亲已经去世。再后来，家乡的音讯全无。1941年，他又收到母亲的一封信，也是最后一封。那封信是通过红十字会转寄的，发自前往犹太人集中营的中转地。但是埃利亚斯不知道，当他收到信的时候，母亲已经死在了奥斯维辛。

《文明的进程》出版给埃利亚斯的命运带来了一线转机，然而战争立刻将其抹杀了。在曼海姆的帮助下，伦敦经济学院打算聘请埃利亚斯做高级研究员。不料纳粹德国对英国发起了大规模空袭，学院被迫从伦敦迁往剑桥，聘任也就不了了之。不仅如此，按照当时的政策，埃利亚斯埃像大多数敌对国的“可疑分子”那样，受到英国政府的严密看管。1940年，他先是被关押在利物浦附近的海顿敌侨营，后来又被转至马恩岛。

人类学家埃里克·沃尔夫当时只是一个犹太少年，也在关押之列。后来在回忆敌侨营的经历时，他还记得那个叫“埃利亚斯”的教授，在英国特有的阴雨之中，于满地泥泞的军用帐篷之下，“在一块充当黑板的脏兮兮的纸板上圈圈画画，讲什么一个人怎样来到人世间，不是作为素朴孤立的个体，而是作为一个社会网络上的节点”。沃尔夫说，埃利亚斯的这个想法看似简单，却改变了他思考社会现象的方式。

如果说《文明的进程》在刚出版时还有些许反响，那么数年的战争也将其彻底清除了。诺贝尔文学奖获得者托马斯·曼读过此书，对它颇有赞赏，如今他流亡美国，无暇他顾。美国著名历史学家比尔德很早也阅读过此书，并深受其影响，但是《文明的进程》一直没有英文版，妨碍了它的传播。还有两位著名的荷兰评论家，曾对《文明的进程》击节叹赏，可是他们在德国入侵荷兰时相继自杀了。就这样，《文明的进程》也像埃利亚斯的大多数经历，埋入记忆的深处。

二战结束后，生存的压力并没有减轻多少。英国的街头挤满了难民，各个大学的门口等候着更多的求职者。为了生计，埃利亚斯只得去社区学校或训练中心碰碰运气。他帮情报机构甄别过德国战俘里的纳粹分子，在工党附设的成人教育中心做过辅导老师，讲过一些社会学的课。同时，断断续续地，他在伦敦大学兼职，教些成人教育的内容。他还做过群体治疗的精神分析师，为战争心理创伤的患者提供帮助。这种没有稳定职业没有固定收入的日子，他一过就是十年。直到1954年，57岁的埃利亚斯才得到人生中第一个正式的学术职位：莱斯特大学的社会学讲师。

在规模不大，声名不彰的莱斯特大学，埃利亚斯和另一位犹太裔学者一起，用了数年时间把社会学系建成英国最有影响力的人才基地。著名的社会学家安东尼·吉登斯的第一个教席就是在那里取得的。然而直到1962年正式退休，65岁的埃利亚斯都没有在莱斯特大学取得教授之职。在同事和学生的印象中，他是一个和蔼的老教师，仅此而已。

造成这一印象的主要原因还是关乎记忆。就在埃利亚斯获得教职之际，他得悉了母亲死在奥斯维辛的消息。这一巨大的打击像一道铁闸，几乎彻底地封闭了他的记忆。无人可以倾诉，无人可以理解，对于埃利亚斯而言，连倾诉和理解这两个词都显得轻浮。他甚至不愿发表文章——从任教到退休，他几乎什么都没有写。

另一个主要原因在于埃利亚斯的不合时宜。历史的错位、时代的作弄、思想的独特，包括本人刻意的回避，都使得英国学界对他全然漠视。

这时候，遥远的加纳寄来了教授聘书，邀请他去建立社会学系。于是埃利亚斯再度转身，到加纳大学去待了两年，还成了非洲艺术品收藏方面的行家。

1965年，埃利亚斯返回英国，继续在莱斯特大学兼职授课。可能是因为非洲之行放松了身心，他开始尝试与年轻学者合作，发表了一系列文章。有些论文后来被学界视为体育社会学的奠基之作。他还与人合作出版了《局内人与局外人》等著作，探讨了体制、定居和迁徙等社会问题。然而，这些具有开创性的作品仍然没有改变英国社会学界对他长达40年的忽视。

到了1968年，情况发生了变化。再版的《文明的进程》在荷兰、德国和法国受到了学界的重视和公众的追捧。第二年，他的《宫廷社会》也从资料室里的打印稿变成了正式出版物，同样好评如潮。1977年，埃利亚斯获得法兰克福颁赠的杰出学术研究奖——阿多诺奖，象征着命运之神的正式垂青。

欧洲大陆慢慢熟悉了埃利亚斯的名字，要他去做访问学者的邀请函也多了起来。他待在英国的时间越来越少。埃利亚斯先是在德国比勒费尔德的跨学科研究中心住了几年，后来又移居阿姆斯特丹。

然而在英语世界，无论是英国还是美国，埃利亚斯大体上得到的仍是冷遇。可以说，他在英国的40年，完全过着局外人的生活。而在美国，他的影响也局限在极少数优秀学者的圈子之内。实际上，当埃利亚斯于1984年选择永久定居阿姆斯特丹时，英语世界并没有意识到他们的损失。直到1989年，英国社会学会才想起正式邀请埃利亚斯来举行作品研讨会，然而此时的大师已是风烛残年不良于行。

正是在这20年里，埃利亚斯进入了一生中最长的创作期，直至1990年去世。他重新开始用自己的母语进行创作，出版和发表了不少重要的作品，其影响也扩大到全球范围，并逐渐被人当作经典。

随着声名的确立，人们对埃利亚斯的个人经历也产生了兴趣。然而直到87岁高龄，他才谨慎地开启记忆之窗，允许他挑选的人从外部打量。可是记忆不是照片，经历了漫长的封存，它们早已模糊，变得相当不可靠。更多的个人生活根本没有机会再现，或者由埃利亚斯本人来述说。为什么从前线调回布雷斯劳做卫生员？为什么重返大学后会参加当地的犹太复国主义青年运动？为什么完成学业后迟迟无法获得哲学博士学位？为什么选择一辈子独身？甚至连这些疑问都须得后来者拼凑。以至于有学者抱怨，埃利亚斯身上存在“反自我”的倾向。一生之中，他不断刻意地压制自己的记忆，造成了一种特别健忘的性格。而这种性格最终报复了他：当一部新著的草稿被过于热心的清洁工从寓所送进垃圾焚化炉，衰老的埃利亚斯再也没有能力凭借记忆来恢复它大致的轮廓。

不过，对个人记忆的压制同时也磨砺出埃利亚斯性格中坚韧与独立的那一面。刻意的健忘不仅驱散了坎坷境遇中的沮丧和恐惧，还帮助他实现了情感上的克制。实际上，今天的心理学家都知道，没有情感的参与，记忆难以成型——短时记忆或许可以办到，长时记忆则几无可能。

埃利亚斯对个人记忆的种种压抑，本质上就是对个人情感进行的控制。在旁人看来，它使埃利亚斯具有一种超脱、甚至有些漠然的人生态度。

当这种态度反映到埃利亚斯的作品里，有人就质疑他不关注迫切的现实困境。为此他在《投入与超脱》中解释说，他想以超脱的态度去追求真理，“用充分客观的知识”取代形而上学的胡说八道，取代意识形态的各种神话，从而有助于人类对未来的有效把握。在另一个场合他悲痛地承认，母亲在毒气室里遇害的场景一直铭刻于心，“我过不了这道坎”。但是他又接着说：“我倒是很想写一本书，来讨论整个纳粹的暴行。可是有太多的东西需要我去做出阐释。”直到去世后，《德国人》一书才以遗著的方式释放了埃利亚斯的情感，讨论了他一直想讨论的问题：一个产生莫扎特、贝多芬、歌德和席勒的德国，为何堕落为充满暴力和压迫的地狱？即使这样，这本书的副标题依旧体现出埃利亚斯的克制：19世纪与20世纪的权力争夺与生存习惯的发展。

一位专家一语道破埃利亚斯的写作风格：“他用一种受控的语言书写。”而他的个人经历与学术作品之间的紧密关系表明，在他的心目中，“受控”绝非风格那么简单，而是至关重要的核心观念。这一点，在他的代表作《文明的进程》里体现得尤为突出。

以赛亚·伯林说，20世纪是有史以来最糟糕的世纪。

如前所述，对此埃利亚斯肯定深有体会。他在一个史无前例的残酷背景下来写作《文明的进程》，显然不是为文明—尤指过去四五百年来以“民族—国家”为中心的西欧文明唱赞歌。大致来说，埃利亚斯的目的是要帮助人们重新认清，到底什么是文明？文明是怎么起源、怎么成型的？从而深刻地理解文明的发展、曲折、倒退与崩坏。

在《文明的进程》中，埃利亚斯首先从社会起源的角度，对法国人所说的“文明”与德国人所谓的“文化”做了考察和区分。他指出，由于“文明”和“文化”都承载着十分广泛的价值意蕴，常被人们视为近义词。而实际上这两个差不多同时在18世纪中叶成形的现代概念，有着相当不同的历史起源，更有十分显著的意义差别。“文明”源自法语中的“礼仪”（civilit é），16世纪的廷臣们用它来描述优雅高贵的行为举止，以区别于“粗俗的”中世纪贵族将就使用的“礼貌”（courtoisie）。到了19世纪，文明已经成为一个具有普遍功能的概念，西方人用它来涵盖西方社会在整体上高于其他社会的诸多性质。除了行为方式，还泛指物质生活、技术含量、科学知识，乃至世界观水平等等。

但是德语中的“文化”不一样，它是作为“文明”的对立面发展起来。在德国人那里，文明是一个低于文化的次等观念，就像法国式的礼仪规范，充满了过度矫饰、繁文缛节和道德虚伪。而文化才是自然的、真诚的、浪漫的、无拘无束的、情感充沛的，它标志着德意志民族的自我意识与独特精神。

可见文明意味着普遍性，文化体现的是独特性。不过可以从埃利亚斯的分析里看出来，这种独特性其实类似一种对外界压力产生的应激反应。它使得德国人不仅对文明带有明显的误解和敌意，甚至到了以粗鲁、庸俗和野蛮的行为举止而骄傲的程度。

在进一步的分析中埃利亚斯认为，尽管到了19世纪西方人好像在随心所欲地使用“文明”这个概念，其实它在发展中一直没有偏离它的原初含义。从根本上讲，文明不是一个静态的结果，而是文明化的过程。它的核心就是“受控”——通过“习惯”（habitus）的养成而达成的对情感和行为的自我控制。

“habitus”这个词有时候也被翻译成“惯习”“生存心态”“个人特性”等等，好像很难懂，其实未必。它就是生物学家常讲的习性，即“第二天性”，指的是那些并非天生固有，却在经验中得以强化的行为方式或情感倾向。人类习性的特别之处仅在于，多数情况下它们不是在自然环境中习得的，而是在社会环境中塑造的。

埃利亚斯发现，表面上看，一个习惯的形成未必是有计划的——它既不是个别的人，也不是个别的团体高瞻远瞩精心策划的产物。但是从整体与长期的角度看，众多习惯的形成与改变并非没有目的和方向。实际上，这些习惯的变迁朝着一个大致的趋势，那就是使得一个人的情感和行为更稳定、更均衡、更可预期。一句话，就是更可控制。

在大趋势之下，是各种要素的交互作用。行为塑造情感，情感反过来塑造行为。外部的强制对人的行为和情感加以约束，而一旦强制内化成为习惯，它又会对外部环境做出主动的调节。在这个你来我往反反复复的过程中，个人与个人之间，个人与社会之间，相互依赖的机制得以细化和强化。越来越多的人被迫或主动地更加频繁地关注越来越多的人，在埃利亚斯看来，这就是文明化的本质。这一进程不乏反复、曲折和倒退，不过总体而言，它意味着暴力的减少，秩序的稳定。

为了解释这一交互并行的文明化进程，埃利亚斯罗列了大量的历史细节。他运用卓越的技巧，将宏观的历史与微观的个体结合起来，从两个层次细腻解读了文明的发生。一个层次是个体的社会化，比如儿童怎么通过受控，习得特定社会的情感表达与行为准则；另一个层次是对情感以及行为的社会习惯进行长期考察，以此来识别一个特定文明的主要特征。

例如埃利亚斯注意到，在中世纪的饮食习惯里，人们在同一个盆子里用手抓肉吃，用同一个锅或盘子喝汤乃是稀松平常的事。贪图享乐的王公贵族拥有昂贵的珠宝、华丽的餐具，却可能只有一把叉子。11世纪，一位希腊公主嫁给威尼斯王国的元首，用“有两个齿的金属长柄叉”将食物送进嘴里，在当时竟然是一个特大的丑闻。这些资料都说明，那个时代的社会情感与行为方式处于控制较弱的水平。直到16世纪，法国国王亨利三世用从威尼斯带回来的叉子就餐，他的侍从还被廷臣嘲笑。不过有趣的是，正是在16世纪那个过渡阶段，“礼貌”在法国上流社会逐渐废止，而“礼仪”使用得愈加频繁，最终在17世纪的西欧取得优势。

儿童的教育也反映出那一时期文明化的特征。譬如那时候有一本叫《男孩的礼貌教育》的礼仪手册，主要内容还保留着中世纪的传统习俗：应该用三个手指抓肉吃，莫像馋鬼或饿狼那样扑向食物，等等。可是另一些内容却表明，相较于14至15世纪的宫廷礼仪，社会习惯已经更加细腻。以往，啃过的骨头不可放回公用的盆子，不能用桌布擤鼻涕，不要把痰吐到餐桌对面去，等等，这些还是必要的明文规定。而到了《男孩的礼貌教育》里，盘子端上来不要急于伸手取食以免烫伤，与有身份的人同桌进餐要脱帽整理头发，等等，更加具体细致的规矩多了起来。手册中有一句话特别能说明埃利亚斯的观点：“最好稍等片刻，等这个男孩慢慢习惯于控制自己的情感。”

从启蒙时代到20世纪上半叶，出现过多种文明理论。经济因素、阶级斗争、生产力发展、社会结构等等，都被用来理解这一进程。但是没有哪一个理论像埃利亚斯的文明论那样，如此强调身心一致。这显然与埃利亚斯的医学基础分不开。他很早就意识到，人有着黑猩猩难以比拟的细微而丰富的面部表情。而由肌肉和神经控制的表情，与情感和行为都绝非单向的因果关系。读者从这一点上去理解《文明的进程》无疑是一条捷径。

福柯、布迪厄、戈夫曼等等，不少社会学名家都从埃利亚斯那里汲取营养，这并不奇怪。令人惊讶的是，科学家们的研究也深受埃利亚斯启发。随着艾克曼、特纳等人的研究，他在20世纪早期开辟的方向正成为心理学家、神经科学家和语言学家的共识。如今人们终于意识到，情感不仅是个体的自我评估体系，还是社会联系的重要工具——它们是“身体与社会的语言”。

像埃利亚斯分析的那样，科学家们逐步证实，在社会的压力下，恐惧、愤怒、高兴和悲伤等基本情感能够像颜料盒中的原色，按照不同的比例混合，生成次级情感。而次级情感还可以再度调和，生成好奇、希望、感激、自责、内疚、骄傲等一系列有利于社会化的复杂情感，并合成含有沟通意图的面部表情和身体姿势，它们在塑造自我和社会方面具有极其重大的意义。而这些东西，往往需要通过习惯来养成。

在心理学家斯蒂芬·平克的新书《人性中的善良天使》里，埃利亚斯乃是当之无愧的中心人物。在这本书中，平克以埃利亚斯的理论为基础，运用大量的统计数据证实，在一万年乃至更大的时间跨度里，外部约束与自我约束的确使情感越来越细化的人类更少暴力，更有秩序了。如今，越来越多的证据支持这一观点：埃利亚斯的文明论不仅在20世纪下半叶取得了社会学的经典地位，而且必将在21世纪的各个学科领域发挥更大的影响。

其实，“身心一致”不仅是文明论的概括，就像我们看到的，埃利亚斯的人生也可以以此来评价。在一个古老的西方传说中，一位骑士在寒夜里寻找美丽的博登湖，却在黑暗中迷了路。第二天浓雾消散，他发现自己身在一个小村庄中。于是他问村民，博登湖在哪里？村里人说，尊敬的先生，你肯定在昨夜里已经踏过了博登湖。只不过，那湖面上结了一层薄薄的冰。骑士吓得魂飞魄散，从马上栽下一命呜呼。回顾自己漫长的一生，埃利亚斯将自己也比喻为骑士，只是结局要幸运得多。他说：“我从不计划自己的生活。我就像博登湖上的骑士那样大胆前行，从不害怕会掉到冰冻的湖面之下。这就是我对生活最基本的感觉。”

也许埃利亚斯说得对，也许未必。他曾经说他“追随着自己的心灵”，可是至少从他曲折的人生来看，他的心灵从未放任不羁。在遗著《莫扎特的成败》里，埃利亚斯悄悄地将自己的人生与莫扎特做了一个对比。一个年少成名，一个郁不得志；一个天纵之才，一个大器晚成；一个桀骜不驯，一个隐忍克制；一个生活在承平年代，一个挣扎在乱世当中；一个英年早逝，一个颐养耄耋。在这一系列隐藏的对比中，埃利亚斯其实婉转地承认，他的人生是谨慎的，充满了自我约束的印记。实际上，如果他不是以身心一致的方式前行，危机四伏的博登湖怎能踏过？

从这个意义上看，在文明的进程之中，人类何尝不是冰湖上的骑士呢？

在场的身体

计算主义的观念促使人类的目光数字化了。在这一现代观念的笼罩下，自我、个体乃至社会都可以用数字来表征和计算。当这种思维发展到今天，互联网就取代了计算机，成为关于世界的完美隐喻。倒回去30年，这样的隐喻还显得过于前卫。那时候，预言家还在想象一个“硬联结”的未来世界——我们每个人都俨然是一台有着主机、显示器和数据线的电脑，按照某种规则，联结成一个庞大的社会网络。而今，当预言或多或少地变成现实，这样的想象就有些陈旧了。对于未来，最新的想象来自《黑客帝国》。在那部电影里，时空、物质、感觉、情感、意识、身体等等，一切都是“矩阵”（matrix）生产的数字化存在——这符合相当时髦的“赛博空间”（cyberspace）理论。显然，导演沃卓斯基兄弟想到了用计算主义作为整个故事的观念背景。因为矩阵正是概率论和统计学里一个非常重要的数学工具，常常用来描述样本或变量的分布。而

“cyberspace”也非胡编乱造的单词。它源自“控制论”（cybernetics）一词，意为一门控制和管理大型系统的应用科学。事实上，它的理论基础之一也是概率与统计。

在数学领域，矩阵也翻译成“母式”。这种翻译更能反映“matrix”一词的丰富和复杂。matrix的本意是“母亲的”，引申义为万物产生的基础，即母体。在医学或解剖学中，matrix指的是子宫。在细胞学中，它的意思是细胞间质。化学领域里，matrix指的是分析对象之外的一切组成，常常译成基，或者基质。铸造行业，它是铸模；冶金领域，它译作基体；牙科里的牙瓷片、型片是它，印刷行业的母版、纸质字模也是它。到了矿物学中，matrix就成了母岩、填质、脉石。地理学里的发源地或策源地，同样是matrix。

也有学者借“matrix”这个词来指代一个人或一个组织生长的大环境，一些哲学家还在《黑客帝国与哲学》一书中对此进行了深入的讨论。当然，这样的探讨不大可能得出什么结论。如果真有那么一天，人类抛却了血肉之躯，主动或被迫地将自己上载到赛博空间之中，以纯粹数字化的形态存在。对于这样的存在状态与“存在物”，现在的人类只能想象，却无法感受。因为那时候的世界不仅仅是一个“软联结”的社会网络。本质而言，那是一个死后的世界。我们对此的想象，造成的心理效果无异于阴曹地府或云中天堂。

不过，相对于matrix的复杂性，《黑客帝国》对它的拒斥却简单直接。这种拒斥，与其说是批判，不如说是偷懒。在这个问题上，沃卓斯基兄弟不假思索地迎合了一种现代观念——社会乃虚幻，个体才真实。

当然，个人主义的观念历来有着强弱不同的表述，在不同的社会中也有着各自不同的文化版本。社会学家孙隆基就曾在《美国的弑母文化》一书中指出，相较于欧洲，美国人具有更加强烈的个人主义。在如此强烈的观念作用下，自20世纪50年代以来，“母亲”逐渐从美国家庭中必不可少的成员，衍变成了一种阻碍个人成长的消极象征。用孙先生的话讲，现在的美国人似乎认为，母亲是有罪的。她的原罪就在于，“她试图用母爱将儿女锁闭在湿黑的子宫之中”。而一个人之所以未能达成独立健全的人格，往往就是因为某种类似于母爱的东西妨碍了他“成为自己的主人”。就像亨利·蒙泰朗所说：“阿喀琉斯身上致命的脆弱之处就是他母亲捉住的地方——脚踝。”

孙先生认为，与无限颂扬母爱，常将国家、社会或组织比拟为母亲的中国人相比，美国人简直有弑母情结。美国几乎没有颂扬母爱，也极少有正面描写母子关系的电影。相反，贬抑或负面渲染母亲的作品倒广受欢迎。孙先生特别以希区柯克的《惊魂记》为例，指出母爱恐惧症的“样板戏”在美国具有多么浓烈的心理魅力。我相信，他如果看过《指环王》的导演彼得·杰克逊的早期作品《群尸玩过界》，同样会引为案例。在那部小成本恐怖片的结尾，遭遇病毒感染的母亲变身硕大的怪物，肚腹裂开，欲把已经成人的儿子重新塞回去。

在如此防范母爱的社会里，matrix也就成了负面的东西。到后来，连“社会”都变得相当可疑。人们觉得，母体与社会足以互为喻体和本体。母亲吞噬儿女，母体压制个体，社会淹没个人，这一系列想象犹如危险到无可挽回的溶血反应，以至于当年心生恐惧的撒切尔夫人喊出这么一句话：“根本不存在什么社会！”

奇妙的是，赛博空间一词也在那个时代诞生了。它意味着恐惧的另一端——根本不存在什么个体。因为个体和社会一样，都可能成为数字化的幻象。1984年，作家威廉·吉布森在小说《神经漫游者》中创造了这个词——《黑客帝国》的基本构思即来自于此。吉布森将赛博空间描绘为一个感觉或幻觉的共同体——人们将自己的意识上载到这个矩阵当中，共感共时地享受着无所不能的自由。至于每个人的身体，仅用一种高水平的肾上腺素维持着就可以。而小说的主角，24岁的凯斯却中了一种毒，再也无法返回赛博空间，不得不依赖自己那沉重冗赘的身体活着。看来在吉布森预言的未来中，不单社会消失了，连个体也变得虚无。

这当然是一种以计算主义为基础的想象，但这个想象切切实实地限制着人的观念。既然一切都能通约为数字，那么真与假、好与坏、是与非、丑与美、灵与肉、黑与白等等，不都可以简化为二进制中的1和0吗？不都可以用某种算法予以呈现、复制、消除？从这个角度看，个体与社会还有什么确定无疑不可通约的性质呢？更进一步讲，世上所有的事物，还有没有物质意义上的存在？

因创造黑洞一词而闻名的物理学家约翰·惠勒道出了计算主义的世界观。他说："一切事物都源自数字。一切事物——每个粒子、每个力场，甚至时空的连续性本身，它们的功能、意义、存在都完全来自一个二元的选择，即比特。我们所称的现实的一切，都来自对'是/否'这种二元选择问题的最终分析。"

真那么简单？心理学家保罗·艾克曼讲的一个小故事，颇能揭示出这种计算主义的幼稚。那是他在巴布亚新几内亚进行情感研究的时候。有一天，他离开蹲点的村子，到很远的一个地方去洗澡，以及给摄影机充电。那个地方有几个现代设施，还有一所澳大利亚援助的医院。

在那里，艾克曼遇见一个土著妇女。她背着奄奄一息的孩子，从数公里外的某个村子到这里来看病。可惜，医院没有救回那个孩子。一个医生准备开车将她和孩子送回家，并邀请艾克曼顺道而回。一路上，那位母亲一声不吭，没有流露出丝毫情绪，只是一直将死去的孩子揽在怀里。直到回到村子，她看见自己的族人，才开始落泪，表现出极大的痛苦。后来那位医生认为她是在装模作样，只是为了打动亲族才表现出一种礼节性的情绪。他的理由是：假如那位妇女真的如此绝望和痛苦，这一路上早就表现出来了。

然而艾克曼不这么认为。他猜想，或许只有在能与自己分担痛苦的人面前，那位母亲才真正体会得到痛苦的存在。她从没有火柴没有自来水没有镜子，甚至除了草裙没有任何衣服的社会中走来，来到一个西式的现代医院，在那里，她所经历的一切仿佛都不是真实的，有如从火星来到地球。在这样一个陌生的环境里，她的痛苦没有意义。艾克曼认识到，我们每个个体的确能够清楚地意识到不幸的发生，“然而只有当我们向别人倾诉并且看到他们做出相应的反应时，痛苦才被赋予了更深刻的意义”。

我觉得，更深刻的乃是艾克曼的见解。他道出了个体与社会的实质——只有当这二者相互依存，它们才真实而有意义。所谓数字化的个体或社会，都是建构起来的神话。不仅如此，艾克曼还给所有人类研究一个重要的启示：时刻不忘我们存在的基础——在场（社会）的身体。

身体：阴阳之气，或灵魂容器

动作捕捉是一种记录或描绘人体以及其他物体动态的技术，广泛运用于体育、娱乐、影视、医疗、军事等领域。我们熟悉的电影，比如《阿凡达》之类的科幻大片，假如没有这一技术的协助，几乎不可能诞生。如今观众在银幕上看到的超时空鏖战，抑或星际异形的细微表情，往往都是通过这样的方式完成的：先将演员在表演中的身体数据记录下来，再借助一套特殊的算法，将其加工成三维的动态模型。换句话说，随着动作捕捉技术的进步，演员有可能蜕变成一类“数据供应商”，仅仅负责向制片方提供关键性的身体数据。至于其他的事，交给计算机去处理就可以了。今天的观众有几人能够看穿，《指环王》中的咕噜、《丁丁历险记》里的阿道克船长，以及《猩球崛起》中的凯撒，他们都是安迪·瑟金斯“扮演”的呢？

动作捕捉技术的思维方式，再次让我想起19世纪的“平均人”理论。发明这个概念的统计学家凯特勒，运用的正是同一思路——测量人的身体（当然也包括身体的行为），从中提取关键性的数据，继而在数据的基础上绘制出一个“新身体”。至于未被他们测量和提取，以及不能为他们的目标服务的身体的“剩余部分”，哪怕有血有肉，皆不在他们的视野之内。

毫无疑问，这种对待身体的态度已经进入我们的潜意识，超出了动作捕捉技术应用的范围。它相当的现代，相当的“计算主义”。倒回去五百年，无论东西方，这种态度（我们可以学究气地将其称为“身体观”）都相当罕见。

人的身体似乎是一个客观事实，维持着基本恒定的形态。我们知道，数万年来，人的心肺脾肾、四肢躯干，包括大脑，都没有多少变化。我们也知道，我们的身体在空间中的比例尺度。它可行可卧，能说会道，且脱离不了生老病死。用今天的话来讲，它就是一团碳水化合物，按照DNA的规则，组成的一类有别于其他生命的有机体。

可是，这样的客观事实如果无法被我们所感知，它的意义又何在呢？就像一个熟透了的番茄，泛出一种波长760纳米的光。如果这种光从来没有被我们的眼睛看到，那么我们能说番茄是红的吗？同样的道理，如果我的身体从未被我自己体验到，那么这个身体还是我吗？简而言之，存不存在一个脱离体验的身体呢？身体与身体观，有没有一个截然而分的界限？

哲学家弗雷格提出这样一个普遍原则：哪里有主体经验，哪里就必须得有一个主体。“说有某种疼痛、某种情绪、某个愿望可以不依附于某个载负者而独自在世界里飘来飘去，这种主张怎么看都是荒谬的。不可能有离开经验者而存在的经验。内心世界预设着一个拥有这内心世界的人。”一方面，必须先有经验者才能有经验；另一方面，内心世界的经验可以证明经验者的存在——这就是身体与身体观之间的互动关系。因此很大程度上，身体与身体观是重叠的，它们一起构成了浮雕般的图像。而这个图像，才是我们可见的身体，以及可谈论的身体观。

幸运的是，人类经验总是错综复杂的，无论它们源于自然或自我。只要我们愿意，身体的图像可以比浮雕更立体更浑圆。至少，我们能够让它不像平均人理论或动作捕捉技术表现的那么简单。我们甚至可以做出逻辑上的推演——由于每个人的经验总是独一无二，我们的身体观就必然有亿万个。因此，相对于抽象的平均值，众数意义上的描述才更加真实。起码，这种描述时刻不忘提醒我们，身体观定然是复数形式的。它随着经验的变化而变，在历史之中时而峻急，时而缓慢。

所以我们要明白，科学史家李约瑟认为中国人把自然看作有机体，西方人视自然为精密机械的说法，只是相对的正确。一旦人们对世界的经验有变，身体观念就随之而变。反过来，身体观有变，自然观也将有所不同。譬如古希腊人的身体观，乍一看与中国人的有机论区别很小。非但如此，他们似乎还格外崇尚身体——那些壮美的人体雕塑就是明证。可是到后来我们就会发现，希腊人的有机论不但为中世纪贬抑身体的神学论调埋下了伏笔，与16世纪之后成为西方身体观主流的机械论也不乏融通。

这是因为希腊人与中国人的思维方式有根本的区别。前者持二元对立的认识论，而后者的身体观在余英时的《中国思想传统的现代诠释》里有精炼的概括。余先生说，中国人讲“天地之大德曰生”，万物都不过是“气”的聚散生化。气有无穷变化，故而万物“生生不已”。人虽自诩为万物之灵，只不过因为他懂得“赞天地之化育”。除此之外，人与其他生命并无二致。

故而中国人常说的魂魄，不同于西方人所说的灵魂。魂魄就是天地之气，魂来自于天之阳气，魄来自地之阴气。前者主管人的精神知觉，后者主管人的形骸血肉。魂魄合则生，魂魄散则死。魂魄分散，一入天，一入地，最终融归天地，身体即不复存在。所以在古代中国的祭祀制度里，天子七庙，诸侯五庙，士民祭不过其祖，都是假定祖先的魂魄日久化气，身体随之湮灭，不再能享受子孙的祭祀。

然而希腊人却认为人是一个身心二元的有机体。心（灵魂）与物（肉体）乃是两种元素，或者两种力量。在这个结构中，灵魂决定着肉体。例如柏拉图就说：“灵魂在肉体的时候是生命之源，提供了呼吸和再生的力量，如果这种力量失败了，那么肉体就会衰亡，如果我没弄错的话，这种力量叫做灵魂。”亚里士多德也这么认为。他说，人的肉体跟别的动物区别不大，“当心脏区域一经冷却，全身就会坏死。”但是，塑造肉体的模具，也就是人的灵魂却与其他生命有本质上的不同。灵魂既不同于植物的生魂，也不同于动物的觉魂，它一旦被创造出来就不会改变——无生无死，有始无终。

希腊人的身心二元论到基督教那里就被改造成了灵与肉的主仆关系。而这种身体观，已经与中国人的传统观念格格不入。所以最初到中国的西方传教士首先面临的，往往就是身体观的难题。比如耶稣会教士艾儒略，他就一直在中国人中间普及，肉体不过是灵魂在尘世的暂居之所。他说人之初生，灵肉一时并具；及其死时，灵魂在上主面前受审，或升天堂或坠地狱，而肉体则如草木般腐朽，诸如此类。他还写道，灵魂虽只一个，却有三司。“曰明悟，曰记含，曰爱欲。明悟者，明物之体；记含者，记物之理；爱欲者，爱物之善。”而肉体受灵魂的驾驭，“用之行事，以定功罪”。

当然，分辨灵肉的主从并不意味着基督徒就彻底鄙视身体。比如十字军东征接近尾声的时候，不少骑士把战死的同伴煮沸，化掉脂肉，只将骨骸带回故土安葬。教皇卜尼法斯八世对此明确表示反对。在他看来，这种对尸体的肢解、破坏和分离，不仅破坏了身体的完整性，而且是对人的侮辱。他颁下教谕，要求骑士们基于对人的尊重，应该将死者就地安葬。

实际上基督教承认，和灵魂一样，人的身体也是上帝的造物。这一观点是明确的。譬如《新约》中有不少篇章都强调，身体必然会和灵魂一起获得新生，因此守护身体也是基督徒的义务。基于尊重身体的态度，基督教还长期反对火葬。当然，就像我们知道的，相较于灵魂的崇高地位，身体还是从属性质的，并不具有独立的价值。即使经过文艺复兴和启蒙运动的改造，身体依旧是心灵的仆人。只不过，关于它的比喻不再是缺了灵魂就无法竖立的“容器”，而是一台由心灵驱动的精密机械。

有人说，机械论标志着现代身体观的诞生。可是，假如我们留意到机器与心灵之间巨大的断裂，而这种断裂竟然用“我思故我在”的方法潦草填充着，一定会发觉这种身体观相当荒诞。至于它有多荒诞，容我留到以后再谈吧。

身体：一个自我的图书馆

相对于一元论的身体观，西方人特有的二元论明显有悖于直觉。“身体乃是从属于自我的一个物品”，这样的观念怎么想怎么别扭。然而到了今天，这种观念已经是覆盖意义的，或者说统摄性质的。里恩哈特曾经问一个美拉尼西亚老人，西方给这片土地带来了什么？老人说：“你们带给我们的，是身体。”这个回答完全出乎那位人类学家的意料。后来他明白了，原来在西方人到来之前，美拉尼西亚人没有个人或者自我之类的概念。他们所感知的存在，是作为一个群体的成员的存在。就像河里的水滴，虽有生命，却从未想过与波浪分离。只有当他们接受了西方特有的个人概念，从而意识到活着就是拥有一个身体，如同拥有一件物品、一类财产或一种属性一般，“身体”才成为他们审视的对象，“自我”才从混沌中浮现出来。

当然，在更复杂的社会，身体观的起源，以及它的涵义都更久远更丰富。比如日本学者中野美代子就注意到，古代的中国人看待身体的态度与西方人大不相同。她借数不胜数的化身故事指出，西方文学往往执着于人类变身为动植物，而中国文学则多有动植物化身人类的故事。人化为物，背后是个体人格丧失的恐惧；物化为人，却隐藏着众生平等的逻辑。身体以及身体观的对立，原本可以如此鲜明。

小说家奈保尔用一个短篇小说诠释了这种观念的转变。一个原本生活在孟买的印度佣人，忽然跟随调任美国的主人到了华盛顿。在短短的数个月里，他艰难地调整自己的心理和行为，以适应西方现代的生活观念。因咀嚼槟榔而生的痰液不能随意地吐，只好咽回肚子；站在马桶座上排泄，搞得洗手间污秽不堪；学会了如何赚钱，懂得用烟草跟嬉皮士做交易；习惯了天天照镜子；还跟住处的清洁女工发生了性关系；最后，他离开主人到一个餐馆去工作，并且娶了那个清洁女工，成为一个美国公民。在这个过程中，他最大的发现就是自己的身体。就像小说最后写到的那样，那个印度人在凝视镜中的自己时终于决定，他要做一个自由人。而自由的唯一好处就是，“让我发现自己拥有一个身体，发现我应当在许多年的时间里，为它提供衣食。随后，一切都将化为乌有”。

Soma这个词在含义上的历史演变也颇能说明问题。在古希腊人那里，这个词原本有一个极其广泛的外延。动植物的躯干、宇宙天体的结构、失去生命的尸体、构成世界的基本元素，包括水、火、土、空气等都可以称之为soma。而人的身体或肉体也蕴含其中，并不例外。实际上，古希腊人根本没有一个单独的字眼来特指人的身体。因为在他们眼里，人的身体毫不特殊。就像柏拉图在《法律篇》中解释的那样，soma同时具有时间性、空间性和感觉性这三个规定性的要素。因而至少，所有生命都能以此相称。

可是今天soma的外延已经缩小了很多。在生物学或细胞学的领域，它是躯体，是体细胞，其中仍然有身体的意思。在日常生活中，人们更愿意用body（身体）或flesh（肉体）之类的词。只有在强调身体与思想、灵魂、道德等精神属性相对的物质性的时候，soma才会派上用场。

因此我们可以认为，身体是一种随着历史变化而变化的客观实在，既包括物理事实，也包括社会观念。既是生物有机体，又是社会构成物。但是，直到原来那些多样化的社会被如今这种西方化的社会形态所覆盖，身体的所谓现代定义才真正确立。这时候，身体才像人类学家勒布雷东总结的那样，成为“社会领域个人主义化的结果”，成为“透过环环相扣的对应体系在身体与集体、宇宙之间建立起来的连带关系发生断裂的结果。”换句话说，借助于个人主义的离心力，身体才从原来的秩序中萃取出来，分离出来。

个人主义的现代身体观完全可以概括成一句流行语："我的身体我做主"。然而这句豪言终究是生硬的，隐含着悖论。一位哲学家说，人们往往分不清楚，"我"与"我的"有什么区别。可是至少在看待身体的这件事情上，他是错的。他显然没有理解传统的合理性——人对自我与身体的不区分，本是合乎情理，自然而然的。相反，对"我"与"我的"的分辨，过于刻意，且矛盾深沉。现代身体观就是如此。它在彰显自我崇高地位的同时，却贬抑了自我的天然属性。因为它暗示，除了"我的"身体，还存在一个高位的"我"在喂养着身体、控制着身体和统治着身体，一如奈保尔笔下那个印度人最后的感悟。

有意思的是，正是这个居于低位的、被贬抑的、与世界相隔离的身体，才更容易成为考察的对象。在身体仍受尊敬的时代，无论是东方还是西方，刽子手、剃头匠、屠夫、制革工，以及外科医生地位不高，受到普遍轻视，都是因为他们乃触及身体禁忌或直接破坏身体的人。然而到了文艺复兴时期，随着身体地位的下降，解剖学家们才敢于将人置于解剖台上。学者韦永（M.Veillon）就注意到，14世纪的人体解剖一般在大学里进行，解剖对象是罪犯，解剖者是外科医生和医学生，解剖过程由教会严格监控。至于米开朗基罗、达·芬奇翻找墓地，或从绞刑架上偷运尸体的故事，已为今人所熟知。

当时的一位医学家在他的著作中这样写道："我的家

中有一具尸体，是一个刑事官给我的。长官的名字叫谢吉尔，是拉维里埃的贵族。尸体属于一个死刑犯，我用它来解剖已经有27年了；我几乎切除了右侧所有的肌肉……左侧保留完好；为了更好地保存这具尸体，我用锥子为其多处穿孔，以便溶液渗透肌肉及其他部位。现在完整的肺部、心脏、横膈膜、胃胸腔纵隔、腹膜、双肾仍清晰可见。我发现好像尸体的胡须、毛发甚至指甲在我修剪过后有明显的生长迹象。”

我相信，读过这段文字的人都能理解机械论产生的逻辑——笛卡尔对解剖学情有独钟不是没有道理的。当一个访客问他在读什么书，他指着桌子上一头被解剖的小牛说：“这就是我的图书馆。”

岂止是图书馆。到了16世纪，日渐成熟的解剖学甚至演变成了满足大众好奇心的表演秀。1690年，在法国国王的花园里举行的一场人体解剖中，就有500名观众。他们中间，既有达官贵人，也有普通民众。在那个过程中，他们聚精会神地关注着一具与己无关的实实在在的身体，全然忘记了过去那些不可捉摸的字眼，譬如灵魂，譬如心灵，譬如自我。哪里是什么“我思故我在”？分明是“我思，思在我不在”。

这真是一个奇妙而尴尬的反转——当卑微的身体重新得到关注，尊贵的精神反倒无处安身了。

身体：痛并快乐着

要早期的机械论者理解先天痛觉缺失症几乎不可能。当年，机械论的旗手笛卡尔就碰到过类似的难题。一位颇有见识的贵族夫人问他，机械论如何解释幻肢现象——一些失去四肢的人不仅有肢体尚存的感觉，甚至会有剧烈的肢体疼痛。笛卡尔的回答是“伪信号”作祟。这真是一个绝妙的修辞，羚羊挂角，无迹可寻。可是，伪信号从何而来呢？他没有给出明确的答案。

表面上，高呼“动物都是机器”的人很像一元论者，然而一旦涉及感觉之类的心理现象，机械论者就露出二元论的面目，放下站累了的左脚，改用右脚站立。笛卡尔就是如此。一方面，他认为人和动物一样，皆有一个机械的身体；另一方面，他又认为，人与动物截然不同。除了身体，人还有一个非物质的灵魂。如果说人的身体是一艘船，那么灵魂则是船长。他甚至在人脑里给“船长”找到了指挥室——松果体。显然，在笛卡尔看来，引发幻肢现象的伪信号就出自船长的错误指令。可是假如我们再追问他，船长是基于何种事实做出如此错误的判断。相信他又会说：“嗯，那肯定得从船身上找原因。”

既然灵魂乃人类的专利，笛卡尔当然不承认其他动物有任何感觉。所以终其一生，他都在大力鼓吹动物实验，正如他将小牛的尸体比作图书馆一样。反正，那些动物不会觉得痛。他在给友人的一封信里说，只要意识到动物不过是毫无感觉的机器，“每当食用或捕杀它们之时，人们都能从这一观点中得到安慰，得以赦免”。

一个名叫亨利·卡文迪许的英国人写信提醒笛卡尔，说燕子每年春天都能回归老巢，可见它是有感觉的。笛卡尔对此很不屑。他认为，动物的行为完全取决于机器的设计和调整，跟感觉没有任何关系。鸟儿就是一种精心设计的自动装置，“燕子归巢，犹如钟表报时”。

笛卡尔不可能没有意识到，否认感觉之于身体的普遍意义，机械论就必然陷入二元论式的循环论证，无论这个身体属于人还是别的生命。不过他更明白，在一个神学势力依旧强盛的时代，放弃身心二元论的后果有多么危险。要知道，尽管他一再声称自己是虔诚的天主教徒，罗马和巴黎还是几度把他的著作列为禁书。这正是他将“Bene qui latuit, bene vixit..”镌刻在自己的墓碑之上的原因。这句话出自古罗马诗人奥维德，意思是“藏得够深，活得够好”。

即便如此，与他同时代的帕斯卡还是洞若观火。他写道："我不能原谅笛卡尔；他在其全部的哲学之中都想撇开上帝。可是他又不得不请上帝来轻轻碰一下，以便使世界运转起来；除此之外，他就再也用不着上帝了。"

大半个世纪过去，他的同胞拉美特利才算真正理解了笛卡尔的难处。他为其辩护说，笛卡尔证明了动物都是机器，这一证明足以彪炳史册。至于笛卡尔为何在看待人的问题上维持身心二元论的高调，他觉得不过是一种狡计。其目的是让那些神学家们吞下那包着糖衣的"毒药"。

毒药是什么？毒药就是不将人类排除在外的身心一元论。用拉美特利的话讲，一元论就是把人和动物列为一类，并且对人而言，"还是一种荣誉"。

至于人的身体是否真的与动物一样，也是一架自动运转的机器，作为一个颇有实践经验的医生，拉美特利的解释反倒没那么肯定。是的，他的代表作就题为《人是机器》。可是，在那本数十页的小册子中，真正有力的部分，不是他对机械的认识，而是对机械"制造者"的推理。因为在拉美特利看来，是自然而非上帝，创造了那些机械最基本的机括，即感觉。

人类是通过感觉，亦即他的本能，来获得精神的。最后又通过他的精神，来获得各种各样的知识。所有的动物都是如此。心灵是身体的一部分，人有人的心灵，毛虫有毛虫的心灵，每一个动物都有自己的心灵——大自然如此制造了生命。

人的心灵位于大脑的胼胝体，是由感觉机括构成的一组齿轮。“当感觉熄灭之时，思想也就熄灭了”，拉美特利写道，这就是身体的奥秘。他进一步写道，所以，“身体健全是人的首要美德，是一切美德的源泉……所有的道德家都不把我们从自然那里得来的品质视为可贵的品质，而只把那些经过不断反思和努力得来的才能看作有价值的东西。这样的做法是徒劳无益的。如果没有一种自然赋予的先天的品质，我们的学问、道德和才华从何而来呢？”

相比机械论，一元论更不见容于世人。拉美特利一直在荷兰行医，《人是机器》是他于1747年以匿名的方式出版的。没多久他的身份曝光，历来以宽容著称的荷兰也容不得他。逼不得已，拉美特利只好去投奔普鲁士国王腓特烈大帝——后者乐意收容那些“受愚人和神学家迫害的人”。

1751年，拉美特利去世，腓特烈大帝亲自写了悼词。文中写道：“他勇敢地擎起经验的火把，闯进了形而上学的黑夜。他用手术刀切开了人类理解能力的细薄肌理，别人从那里看到了一种高于物质的东西，他却只发现了机械装置。”

像笛卡尔一样，拉美特利也遇到了幻肢现象这个难题。他曾在法国军队中服役，见识过不少伤残截肢的士兵。在他看来，造成幻肢现象不是伪信号，而是大脑中映射那一肢体的特定位置重新受到刺激的结果。当然，他并没有使用“映射”或“脑区”这样的现代术语，而说的是“对于心灵平时联系的那些知觉的那个位置的记忆”，乃造成幻肢现象的原因。

今天，神经科学家拉马钱德朗证实了拉美特利的猜测。他在《寻找脑中幻影》一书中这样描述，当他触碰一个失去上肢的患者的脸颊，患者不仅感觉到自己的脸颊被触及，还感觉到原本失去的大拇指也被触动；当他将刺激用的棉棒移到患者的上唇和下颚，患者在感觉到这两个部位的同时，又清晰地感觉到了失去的食指和小指。

拉马钱德朗是这样解释的：身体各部位在大脑皮质上各有独立的感觉映射区。当身体某一部位接收到刺激，并将信号传达到大脑的特定映射区，人就产生了感觉。当两个映射区相邻，比如手区、脸区或躯干区，因截肢失去作用的手区就可能被脸区或躯干区的神经纤维“挤占”。换句话说，从脸和躯体传导而来的信号，除了到达大脑中的脸区或躯干区，也会到达手区，使得大脑产生上肢尚存的错觉。这就是为什么截肢的人打哈欠或大笑的时候容易产生幻肢感，而这种错觉往往在截肢后相当一段时间后才会产生。

奇怪的是，先天四肢不全的人也会有幻肢现象。拉马钱德朗就发现，一个生下来就没有胳膊的男子非常清楚其用途，而一个先天无手的女孩子经常用“手指”做简单的数学运算。也就是说，即使从未接收四肢传导的信号，大脑仍然想象了一个健全的身体，让他们相信自己四肢灵活。可见，感觉这个东西，既有它简单基本的一面，也有它系统复杂的一面。如果说感觉像拉美特利说的那样，乃是构成身体的“卑微尘土”。那么，这些尘土绝对不是依靠简单累积的方式来成就一个人的。

拉美特利的成败均在于此。他将机械论带到巅峰的同时，实际上也亲手终结了它。齿轮与齿轮，轴承和轴承，这些东西体现不了感觉的结构性，也呈现不了身体的完整态。

让我们看看下面这个病例吧，它充分体现了事实的复杂状况。

三叉神经是人体面部最粗大的混合神经，包括感觉神经和运动神经。一个年轻的病人，姑且称之为保罗吧，偏偏患上了一种严重而顽固的三叉神经痛。这种症状一旦扩展到给面部感觉提供信号的神经，就会引发剧烈的疼痛。哪怕是一阵微风，或者一次轻触，只要刺激到面部，保罗就会痛不欲生。没有任何药物可以救治，每当疼痛发生，保罗除了一动不动蹲坐在地，什么都干不了。他求助于神经外科医生阿尔梅达·利马。迫不得已，利马对保罗使用了最后一招——颅内手术。简单而言，这个手术就是在大脑皮质上，即前额叶的某个特定部位，制造一个细微创伤。有了这个创伤，保罗的疼痛可以缓解很多。

手术之后没几天，保罗就和同室的病友玩起了扑克，一副脱胎换骨轻松快乐的样子。当巡房的医生问他，疼痛有没有缓解？保罗抬起头来愉快地说："还是那么痛。不过，我现在感觉很好。"

利马非常惊讶，可是事实就是如此。手术很成功，但是在保罗的身上，由组织损伤造成的疼痛与疼痛引起的情绪（更确切的是痛苦）发生了截然的分离。

现在，我们应该明白身体有多么复杂了。

身体的边境

在医生眼中，苏珊不是麦吉尔大学的一名普通女生，而是一个非常特殊的病人。接触过她的人都被告知，自出生以来，苏珊就是医学研究的重要对象，时间长达20年。

表面上看，苏珊与正常人无异。身体健全，智力正常，虽然不大喜欢运动，但是跟大多数年轻人一样开朗，爱说爱笑。可是熟悉她的人都清楚，她的身体感觉有所欠缺。视觉嗅觉一类的感官感觉正常，触觉、触压觉、温觉、冷觉、运动觉等基本感觉也正常，唯独一项基本感觉——痛觉却丝毫没有。实际上，用医学术语来描述的话，苏珊是一个先天性痛觉缺失者。如果医生用力拧苏珊的脚，她不会有收缩反应，也不会疼。她会平静地告诉医生，就像被什么压着了，“我还知道，如果你再这么用力，就会弄伤我的脚”。

一个没有疼痛感觉的人怎么可能活下来呢？原来，苏珊的父亲就是医生，并且很早就发现了她的问题。在父母和兄弟姐妹的严密监护下，苏珊总算有一段比较正常的生活。他们帮助苏珊逃过了碰撞、刀伤、灼烫以及骨折。而她自己也凭借其他感觉，还有后天的知识，及时发现各种症状。她甚至运用从父亲那儿学到的东西，根据发烧、炎症和肠子蠕动的情况，成功地接受了阑尾炎手术。即便如此，她还是遭了不少的罪。比如她的双膝就有明显的疤痕，那是她小时候跪在暖气片上观望窗外雪景的后果。

就像苏珊那样，患有痛觉缺失症的人只能借助身体的社会化来躲避危险。比如听从他人的警告，加强自身的学习，强化羞愧、内疚等社会情感，等等。通过这些社会化的手段，将自己的身体约束起来，保护起来。一些儿童心理学家就指出，先天痛觉缺失的儿童在个体意识和社会意识方面都发展如常——他们能够察觉到，冒冒失失地行为会让父母很担心很生气。他们不得不管好自己，不去想那些令人羡慕却免不了肢体冲撞的童年游戏。

可是，身体的社会化终究作用有限，不可能完全替代感觉的生理功能。医学家沃尔就认识一个先天痛觉缺失的少女。她不顾家人的反对，执意从事蹦床运动，并获得了冠军。沃尔说，直到她后来决定放弃这一爱好，他才真正松了一口气。

遗憾的是，痛觉缺失者的结局通常没有那么平淡。他们中的不少人会随着年龄的增长逐步恢复痛觉。先是感觉到头痛、牙疼等深层疼痛，之后外伤造成的浅层疼痛也可能出现。但是到那个阶段，他们往往时日无多。由于没有痛觉的保护，无法知晓的身体伤害不断蓄积，最后必将决堤般爆发出来。

22岁的苏珊就是这样去世的。多年来轻微的伤害在关节和韧带处积累，导致脚踝、膝盖和手腕的组织坏死。细菌在坏死的组织中不断繁殖，最后侵入骨骼内部，在抗生素难以到达的骨髓深处引发骨髓炎。先天痛觉缺失者大多死于类似病变。

患者的悲剧带来的启示极其丰富，在此我很难做出简单的判断。不过至少现在我敢肯定，一些貌似深刻的思想其实错得离谱。比如社会学家约翰·奥尼尔，尽管他的《身体五态》颇有看头，然而他在导言中强调的那句“社会存在于我们的精神而非身体之中”，却犯了身心二元论的幼稚病。还有那些耳熟能详的说法，什么精神高于物质，灵魂高于肉体，理性高于感觉，在我看来全都是错的。我想，对于这些谬论，苏珊以及她的医生和亲友也都不会同意。

包括痛觉在内的感觉，是自我存在的支柱之一，诗人拜伦曾经给予它高度的评价。他在一封信里写道：“生命的最大目的是感觉。透过感觉（哪怕是痛楚）感知自己活着。”人生的目的究竟为何，暂可不谈。但是正如诗人所说，没有感觉，一个人就会怀疑生活不真实。在这一点上，柏拉图也是这么认为的。他在谈及soma一词的涵义时就特别指出，感觉乃是身体的原理性特征之一。的确，只有感觉健全的人，才可能与外在世界互动——先天失明者所理解的红色，永远不会是你我看到的红色。

神经心理学家尼古拉斯·汉弗莱在他那本智慧的小书《看见红色》里说，感觉给人以“此地感、此刻感和我感”。虽然他讨论的主要是视觉、听觉等感官感觉，但是我认为，更基本的感觉也能带给我们同样的感受。

感觉绝不仅仅是感受的基础。除了身体，感觉还让自我之外的事实存在——察觉事实、谈论事实，想象它，为它负责，用它作类比，等等，为此我们乐在其中，或者忧心忡忡。一个没有感觉的人注定是命运的输家。不管他多么努力，多么理性，多么渴望理解这个世界。

那么，感觉究竟是如何产生的呢？此刻，神经生理学家的口中大概会冒出一长串的专业术语。诸如内外感受器、神经中枢以及效应器之类的东西。更明智的方式或许是绕过这些带有机械论痕迹的概念，去回顾感觉的生物学起源。

假如我们想象一种原始的生物，比如一只变形虫，我们会怎么做呢？嗯，无论如何，它首先得有一个“身体”。或者更准确地说，在这个生物与它所处的环境（比如汪洋大海）之间，应该存在一个确定的边界。边界的有无意义重大。变形虫是生活在边界之内的——任何内在于边界的都是“自我”的一部分，任何外在于边界的都是“他者”。透过这个边界，变形虫与外界交换物质、能量和信息。

正是因为边界的意义重大，维护和改进它，都是极其必要的。阳光会照射边界，海水会挤压边界，化学物质会粘附边界，其他生物会碰撞、侵袭、破坏边界。发生在边界的这些事件，对于变形虫而言，都是事关生死的刺激，有好有坏。变形虫要存活下来，就得发展出一种能力，以区分有利于生存的好的刺激和不利于生存的坏的刺激，并且给予它们不同的反应。哪怕是最简单的区分和反应。相当于我们看球赛直播，对失球发出一声“喔哟！”对得分发出一声“哇！”

反应一开始是局部的，只是受到刺激的那一部分边界会作出扭动。经过一段时间的演化，变形虫会发展出一种类似反射弧的东西。所谓反射弧，就是先将外部刺激传到体内一个中央神经节或原脑，再作出反应。慢慢地，它还发展出了感应不同刺激的“专职”反射弧，根据不同的刺激，做出不同的反应，例如一种负责感应光线，另一种感应温度。

这就是感觉的起源与雏形。当然，就复杂程度而言，人类的感觉与变形虫不可同日而语。我们不仅有基本感觉与感官感觉，我们还会对虚拟的刺激作出虚拟的反应。我们甚至叠床架屋，有了对感觉的感觉，以及对感觉的感觉的感觉，继而发展出更精致的反应，例如判断与决策。这些东西，大可继续探索。不过现在，我们至少明白以下事实：感觉是生物应对环境的一种生理模式，对于生存而言，意义极其重大；尽管意义重大，但并不包含任何超生理的神秘成分。

当然，感觉之于变形虫的意义，与它之于人类的意义，内容全然不同。然而问题是，感觉之于苏珊的意义，外人又能理解多少呢？说到底，透过身体的边界，每一个“自我”都要面对无数的“他者”。令我惊讶的是，或者说一直让我着迷的，正是这个核心——千差万别的身体，何以组成一个社会。这样的社会，起点为何，牢固为何，衰朽为何，崩溃又为何？

要探寻如此宏大的问题，对感觉的探究只是第一步。但是我认为，这是方向正确的可靠一步——从身体的边境出发，迈向秘密的中心处。

时空错置的身体

越来越多到日本的游客会去一个古怪到无法命名的景点观光。那是位于涩谷109大厦旁，靠近火车站的一个全向十字路口。据说，它是全世界人流量最大的地方之一。每当示意行人通行的绿灯全部亮起，四方的车辆都得暂停，让道路两侧，以及对角线上的路人穿行。各方的行人交汇奔涌，时常有超过3000多人的庞大规模。每个人都匆匆忙忙，没有人停滞，没有人迟疑，像是一只看不见的大手撒下的几捧豌豆，在斑马线上相向而动。眼看彼此要撞在一起，结果他们纷纷侧起身体，非常默契地各走一边。当绿灯变为黄灯，人流愈加快速，有人开始小跑。红灯一亮，穿行戛然而止，路口的车辆一起奔驰。有人用交响乐来形容这壮观的场面，尤其是雨天，移动的数千雨伞令人眼花缭乱，却毫无滞碍之感，俨然一场高水平的音乐剧。有兴趣的朋友可以到网上去找找相关的照片和视频，那多半出自世界各地的游客之手。为了俯拍整个街景，他们时而在咖啡店靠窗的地方争执不休。

这让我忍不住联想起上海外滩的陈毅广场，一场悲剧刚刚在那里发生。我不敢看当时的视频，但是我能够想象那个场景。因为在如今的中国，那种拥挤到令人窒息的情状，我体验过，也见识过。我父母到今天还后怕地忆起年轻时遇到的一次踩踏事故。那年冬天，他们抱着襁褓中的我去看电影。突然影院像炸开了锅，观众们纷纷起身奔逃，我父母也被裹挟着一起夺门而出。逃出来惊魂稍定，才发现鞋子都掉了。黑夜里不少人受伤，哭喊声一片。后来他们听说，是有人在影院里惊呼了一声“麻风”。

我自己也经历过一场小型的踩踏事件。那是2014年6月7日，我从广州白云机场乘地铁回家，行了几站，忽然听见我所在车厢的左侧发出一声不大的闷响。响动处乘客忽然骚动，情形就像避让屋顶漏下的雨水一般。此时一个人从中挤出来，向我的右侧快速移动。瞬间，如同发令枪响，整节车厢的人都纷纷朝右侧快走。骚动飞快地传递，我听见右侧相邻的车厢发出杂乱的脚步声。很快从我的左侧跑过更多的人。奔行的人太多，尽管我用背包抵在胸前，好几个乘客还是将我压在椅子上动弹不得。好在他们支撑着爬了起来，继续逃跑。有人被跑得快的人撞倒，仍奋力向前爬行，有人被踩，往椅子下面躲藏。我所在的车厢旋即空无一人，地上手机背包行李箱凉鞋一片狼藉。车一到梅花园站，所有乘客如退潮一般涌往月台。有人焦急地哭喊，有人狂躁地痛骂地铁上的工作人员。我也赶紧出站，换乘公交车远离了那里。晚上我才看到新闻，说造成不少乘客受伤的地铁骚动，是因一个人的晕倒所起。

新闻里没有提及的是，在此之前的几个月里，广州已经人心生变。昆明火车站的惨剧发生后不到三天，广州地铁里就发生了因有人玩弄刺激性的防狼喷剂而引发的踩踏事件。5月6日，广州火车站又突现持刀砍人事件。坏事接二连三，社会心理似乎一直呈现着临界状态，稍有风吹草动，表面上行动如常的人群就会发生急剧的相变，甚至酿成意想不到的祸灾。

相变原本是一个物理学概念。比如冰（固态）、水（液态）、气（气态）三相（形态），同是由结构完全相同的水分子组成。可是由于宏观层面上组织方式的不同，它们的形态就完全不一样。固态之下水分子定点驻守、寸步不移；液态之中水分子熙熙攘攘你推我搡；气态呢，水分子彼此分开，做无规则的运动。三种形态之间的转变，既可以是连续的，也可能是突发的。而突发性的形态转变，就是物理学中通常所说的相变。例如几百年前人们就发现，把磁铁加热，磁性就会消失。并且，这个退磁的过程不是渐进的，而是在达到某个特定的温度时突然发生的。这就是相变，而相变发生的那个特定的点，叫做临界点。也因此，相变即将发生的那个状态，叫做临界状态。

其实人类的群体行为中也存在着类似的相变时刻，

以及临界点与临界状态。有良性的相变，例如从1986年世界杯比赛时兴起的墨西哥人浪。全场观众迅速地依次站起，手臂上扬，随后落座。这种即兴的大规模集体行动，早就有人分析它的变化、起因和模型。而恶性的相变，比如此次外滩踩踏事件，也有不少学者在做研究。20世纪80年代，德国社会学家黑尔宾就以气态分子的运动为理论起点，建立群体行为的基本模型。结果他发现，空间与心理是一组对群体行为有莫大影响的要素。一旦二者相互作用，问题就会变得更严重。

狭小的出入口会造成拥堵，这是我们都明白的道理。这就像装盐的细口瓶子，盐粒虽小，却极易在瓶口处堵塞。光线昏暗人数众多的夜总会失火，盲从的人挤在一个出口，就是同样的结果。

过度的兴奋或惊惧也会造成群体出现非正常的临界状态。一旦这个状态未能从临界点上消退，事情的发展就会失控。1979年，在美国辛辛那提的一场流行音乐会上，11个人为争抢前排的座位而踩踏致死；1989年英国足协杯的一场半决赛，开场前十分钟，警方打开了一扇太平门，试图缓解正常入口的拥挤，结果冲进来的人群将之前入场的观众挤到了防暴网上，导致96人身亡。这些灾难的发生，就与人们没有正确地理解群体的临界状态有关。反之，基于社会物理学的相变理论，智能监控手段的确帮助像沙特那样的国家大幅减少了朝圣活动中时有发生的踩踏事件。

然而，社会物理学能完全解决踩踏悲剧吗？我有些怀疑。如果我们放宽视野来看待人类群体生活的历史就不难理解，世人之所以将涩谷大十字路口视为一道景观，就是因为那种熙熙攘攘却能相安无事的群体状态乃是新近出现的事物。没有规则的制约，没有习惯的训练，终究难以复制。

成百上千的鸟儿在天空飞舞，无数的蝙蝠在黑暗的岩洞里穿行，它们之所以没有发生碰撞、受伤的悲剧，乃是千万年来适应环境的结果。而人类呢？形成如此大规模的群体，不过是几千年的事情。从生物进化的角度看，严格来讲我们每个人的身体，都处在时空错置的状态中。要生理和心理上生成与之相适应的机制，可能还有漫长的路要走。因此，有意识地不让自己处在某种临界状态，无疑是明智的。

当然，这绝不意味着社会治理者不能主动地做出调整，譬如这次外滩事件。为什么市民的公共空间如此之少？为什么人们在欢庆新年之际，或在群体里寻求认同之时，可供选择的方式少得如此可悲？很多问题，都值得深思，值得追问。

未来，请交出你的身体

尤金·古斯特曼是一个13岁的乌克兰男孩。大概几年前，他的家庭移民到了英国。他的父亲是一位妇产科大夫，母亲的情况则不为外人所知。尤金养了一只天竺鼠，他用它来锻炼自己的英语口语。偶尔，兴奋的时候，他也会向它叫嚷几句家乡话，夹杂着《星际迷航》里学来的克林贡语。

“就是一个普通的小男孩”，和尤金在电脑上聊过天的不少人这么认为。所以当有人告诉他们尤金其实是一款聊天软件，他们都将信将疑，然而真相就是这样。尤金是三个程序员共同研发的人机对话软件，他的“父亲”分别是俄罗斯的维希洛夫、谢尔盖，以及乌克兰的杰姆琴科——后者的名字就叫尤金。

尤金程序不是在2014年6月7日才开始“骗人”的。但是不管是对尤金，还是对那些上当的人来说，这一天都非常特别。因为这一天是数学家阿兰·图灵逝世60周年的纪念日。众所周知，图灵是人工智能这门跨界学科的奠基人之一。正是他第一次提出了一种操作上可行的办法，来测试某个对象是否具有与人类相当的智慧——这就是著名的图灵测试。

图灵测试背后的逻辑其实很简单：如果一个活物看上去像猫，叫起来像猫，种种习性也和猫别无二致，那它多半就是猫。同理，假如一个测试对象的种种表现很像人类的智力活动，那么它就多半会思考。早在启蒙时代，哲学家狄德罗就表达了类似的意见。他曾经说过："如果他们发现一只鹦鹉能够回答他们提出的一切问题，我就会毫不犹豫地宣布，那只鹦鹉具有智慧。"只不过，图灵测试的目的不是为了鉴识别的生物是否具有像人类那样高的智力，而是为了回答另一个问题——会不会终有一天，人类创造出来的机器能够像它的造物主那样去思考。

图灵于1950年提出了这个方案。他是这样设计的：假如一个人使用某种通用的语言去询问两个他不能亲见的对象任意问题。而这两个对象一个是正常智力的人，另一个是机器。如果经过若干询问之后，这个提问者无法对那两个对象作出实质上的区分，那么则说明对象中的那台机器通过了图灵测试——即它真的在思考了。据说图灵还进一步提出了量化的标准。他说如果在这样的测试中，如果有三成的人误将机器当作了人，那么这台机器就肯定越过了智慧的底线。

2014年6月7日的图灵测试大会就是按照图灵的标准来设计规则的。大会由英国雷丁大学系统工程学院组织，五个计算机程序参加了这场测评。按照规则，如果在一系列时长为五分钟的键盘对话中，某个计算机程序被评委们误认为人类的比例超过30%，那么它就将被宣布为通过了图灵测试。最终，尤金以33%的比例胜出。自从1960年首次开展图灵测试以来，还从未有任何机器达到30%的及格线。

然而当此次大会的主持人、考文垂大学副校长沃里克宣布："图灵测试在这周六才首次被通过。"质疑之声就此起彼伏。有人认为，尤金被设计成了拥有"高度可信度"的机器人。言下之意，从一开始，尤金的身份就不是对话者，而是欺骗者。其实在这点上，他的设计者没有异议。维希洛夫就承认，之所以将尤金设定为一个移民家庭的13岁男孩，就是为了让人们在应对这个"既不算太幼稚无知，也不会过于圆熟世故"的孩子时，能够原谅他在对话过程中出现的各种错误。

可是假如换个角度来看，这样的批评就不大站得住脚。因为在现实生活中，像尤金那样的男孩并不罕见。而对话者与欺骗者的双重身份，往往也并不矛盾。

还有人想从根本上质疑图灵测试的意义。他们认为，图灵在60年前提出的这个方法已经过时了。当人类对自身的理解变得更加充分，建构图灵测试的那些前提预设就显得过于简单粗陋。譬如，什么叫智能？它到底包括哪些要素，具备哪些特征？这些东西不做重新的界定，测试智力的方案就不可能有什么科学上的意义。

这一批评的确非常重要。但是，它并不具有颠覆性。这60年来，的确有不少科学家提出了批评意见，包括1980年哲学家塞尔最著名的批评——中文屋实验。然而如今看来，这些意见都未对图灵测试构成致命的威胁。相反，它们要么是这一规则的更新，要么是补充。

或许，人们在质疑图灵测试或者人工智能的同时，也应该反思一下，自己对所谓智力活动，抑或思考，究竟有多少了解。在这方面，心理学家看得很透。他们发现，尽管没有多少人不喜欢看科幻片，但是在内心深处，没有几个人乐意看到，机器在智力上取得与自己相提并论的地位。这是一种强烈的“预设偏见”。人们几乎下意识地认定，思考与人性这两个概念密不可分，因而从情感上很难接受机器可以思考这样的事情。

所以很多人根本不去正视人工智能取得的种种进展，反而试图用抬高智力门槛的方式拒绝接受事实。比如记忆力一度被人们列为智力的一大要素，可是当机器不费吹灰之力做到海量存储，就有人提出，计算能力比记忆力重要得多。当深蓝战胜了卡斯帕罗夫，有人又说，那不算什么，从经验中学习的能力才是要点。当一些人工智能的水平达到这个要求，他们又开始将标准修改为“思考的要素是创造力”了。诚实地讲，我估计有一半的人类都达不到这个标准。然而就在不久前，由哈萨比斯领衔的谷歌人工智能团队已经能让一个从未玩过电子游戏的计算机自己控制一台游戏机了。

2015年伊始，几乎不约而同地，物理学家霍金、发明家马斯克，还有比尔·盖茨，都纷纷表达了他们对人工智能的忧虑。他们认为，如果不以警惕和审视的目光去关注人工智能的发展，那么人类在未来将可能遭遇比核战争更可怕的命运。

在这一问题上，谷歌的工程总监库兹韦尔的表述非常乐观，却同样令人不安。他在1990年就预言，到1998年电脑将战胜棋王。在《灵魂机器的时代》一书中，他承认人工智能会使人类在某种意义上濒于灭绝。但是，他描述了一个人—机共生体的前景。在那幅图景中，人类舍弃肉身，通过与机器的融合而获得超越演化局限的大解放。

哪种预测更准确呢？我不知道。但我知道的是，如果大多数人还沉浸在人是万物之灵的预设偏见中，还试图用抬升标准——其实是回缩底线的方式，一次又一次地维系着这一幻梦，未来就永远不可能出现在人类视野的正前方。假如有一天，一个机器人出现在你的家门前，像一个真正的绅士那样，礼貌地请求你交出你的身体，再允诺你更高的智慧，以及永恒的生命，你会怎么办？但愿，那仅是对《浮士德》的一次戏仿吧。

动情的身体

在美国人看来，五月最后的一个星期一不仅是联邦法定节日——阵亡将士纪念日，还意味着一年夏季的真正开始。为了庆祝两天后的这个纪念日，1995年5月27日，克里斯托弗·里夫到弗吉尼亚的一个小镇，参加了一场马术比赛。

作为一个电影演员，里夫首度将一个超级英雄的形象嵌入了美国人的脑海。那一天，很多观众就是冲着“超人”而来。穿上马术服，戴上圆顶头盔，跨上快马，里夫娴熟而迅捷地跨越了两道障碍，奔向第三个栏杆。突然，他的伙伴，那匹东方纯种马奔至障碍前却刹住了脚步，巨大的惯性导致猝不及防的里夫从马鞍上飞了出去，脖子着地，顿时昏迷。

五天之后，当里夫醒来，才知道自己颈椎断裂，全身瘫痪。医生说，他没有当场死亡，已属万幸。接下来要做颅骨与脊椎的复合手术，能不能活着离开手术室，还是未知数。

里夫万念俱灰，唯愿一死了之。他无法说话，只能用眼神告诉妻子："请放我走。"妻子达娜明白他的意思，哭着说："无论如何，我都会永远和你在一起。"

手术临近，里夫愈加恐惧，也愈加沮丧。这时候，三岁的儿子威尔问达娜："妈妈，爸爸的手动不了？"达娜点点头。看着病床上的里夫，威尔又说："爸爸的腿也不能动。"妈妈说是的。威尔有些难过，过了片刻，像宽慰自己似的，他对妈妈说："但是爸爸还能笑呢。"

儿子的一句话给了里夫极大的勇气。手术很成功，他腰部以上的身体终于恢复了知觉。之后的里夫虽然离不开轮椅，却再没有丧失生活的热情。

如果说里夫的不幸昭示的是一个生命的脆弱性，那么他的孩子说出的，却是一个极易被人忽视的身体事实。"爸爸还能笑"，这说明，哪怕遭受大范围的损害，依靠残存的身体感觉，我们依然能够感受自己的情绪，并将它表达出来。

还记得电影《万有理论》里的情节吗？"渐冻人"史蒂芬·霍金因肺炎不能呼吸，不得不接受气管切开术。再也不能发声的他用眨眼和扬眉毛的方式来表达思想。随着病情发展，当这些方式也无力完成，他就用面部肌肉的运动来控制通讯设备，输出语音和文字。

恰是身有残疾的人，最能发掘身体的意义。感觉、情绪、感受，还有意识或思维，它们既是身体的基石，又是身体的要素。

让我们再次回顾一下何谓感觉吧，借此加深我们对身体的理解。

就像我之前说的那样，即使像变形虫一般原始的身体，也能对外界的刺激做出反应。这其中，已经蕴含着感觉的种子。但是，对于较复杂的身体而言，要产生一个“真正”的感觉没那么容易。为了适应更复杂的世界，这样的生命除了具备刺激—反应这一基本能力，还需要发展出更多应对环境的方式。

比如，它可能需要“回忆”，上一个刺激发生在哪儿，是什么样的刺激，是在什么情况下发生的，等等。最好，它还能把回顾的结果编码，变成一类指令，预先存放起来。当同样的刺激出现，就不必再去辨识，或者重新寻找对策，而只需用现成的指令去应对就行了。

另一方面，这个生命还可以通过观察不同指令的运行情况，来反推那个刺激所意味的诸多事实——不管这些事实发生在体外还是体内。这就像一个保安，他可以通过报警器来判断小区的安全状况，而不必时时刻刻到现场巡视。

感觉系统要达到以上目的，显然不能仅仅依靠信号的强弱变化。这一点，早在1920年，英国生理学家艾德里安（1932年获得诺贝尔医学奖）就已经证实了。利用实验他发现，一个生命体的不同感觉，是因为传导信号的不同渠道而被感应为不同的。也就是说，感觉的本质和特性与电信号的强度、时间无关。我们之前谈到的幻肢现象也从侧面佐证了这一点。

那么，感觉系统究竟如何才能达致目标呢？至少，这个生命体要发展出一种在体内再现体外的关键能力。学者们把这个能力称为“表征”，其实，就是一种生理上的符号化过程。

有了这个能力，身体就能对体表的刺激进行信息加工，将其抽象、编码、贴标签，以便识别、存储和提取。有了这个能力，身体就能区分什么叫触碰，什么叫光照，什么叫声音和气味。

要具备表征的能力，就像艾德里安发现的那样，传导信号的渠道就得增加，身体的复杂程度就得提高。更准确地说，身体的刺激端与动作端之间，就需要更多的神经元，更多的中间环节，继而实现更多的中间加工过程。

为了传递不同的信号，众多的神经元搭建起各种各样的桥梁。这些桥梁，用术语来讲，叫做神经回路。当它们高度集约化、专门化，就成了神经节、神经中枢、原脑、脑区，还有我们的整个大脑。

与这个复杂化的进程同步，过去原始的或基本的感觉就进一步扩展，分化出了视觉、听觉、嗅觉、味觉等感官感觉。

问题来了。显然，中间环节的增多必然降低感觉的速度，这难道不会降低生命的环境适应性吗？我们的身体为何不继续维系那种简单直接的刺激—反应呢？要知道，依靠这个能力，成千上万的微生物活了数亿年，并且看起来活得挺好。

如果真有一个造物主，说不定他会赞成这个极简主义的设计原则，然而大自然有它自己的思路。在这里，我无意将进化论的观点复述一遍。事实就是，地球上相当一部分生物“认为”，简单直接的反应未必能应对环境的变化，而更多的神经回路，可以带给它们更精确的感觉；更精确的感觉能够指导它们做出更复杂的反应，以及更丰富的行为。

20世纪60年代，神经科学家琼斯和鲍威尔就做过这方面的研究。最终他们发现，无论视觉、听觉、味觉、还是嗅觉，只要一个生命体具备这些官能，大自然就不允许它们之间直接交流，也不允许它们与运动控制直接联系。相反，它们所接收的信息，必须经过许多中间区域的连接，才能像潮汐一般，一浪接一浪地接近大脑中的海马体或前额叶。

可是，如此复杂多样的感觉，如何统一在一个身体里呢？换句话说，这样的一个生命，怎么能够维持一种整体感呢？一如尼古拉斯·汉弗莱所说，具有一种整全的此地感、此刻感和我感。难道每个拥有复杂感觉的生命，就根本而言都是“人格分裂”“精神错乱”的吗？

在《感受发生的一切》这本书里，神经科学家达马西奥提出了一个很有趣的观点。他认为，我们的情绪以及对情绪的感受，功能之一是引发我们对某种特定环境的特定反应。另一个功能则是为了整合或者隐藏众多身体感觉的碎片化与分裂感。准确地说，它是调节体内平衡的机制之一。身体依靠它来避免完整性的缺失——这种缺失往往是人格解体或死亡的预兆，甚至就是死亡本身。

从这个意义上讲，情绪不仅具有生物学上的意义，它还在调节体内平衡的过程中呈现出生存的“价值”：痛苦或愉悦，奖励或惩罚，有利或有害，前进或退缩，乃至美好或邪恶，如果没有情绪，我们都将无法辨识。

别忘了大脑是身体的一部分

“假如你不喜欢新英格兰的天气，那就等上十分钟。”住在美国东北部的人们经常说出这句俏皮话。

1848年的新英格兰就是如此。夏天清爽宜人，9月13日那天却异常闷热。即便习惯了户外工作的人，也打不起精神。

25岁的菲尼亚斯·盖奇倒像往常一样精力健旺。在施工组里，他的个头最小，只有1.66米，但体格健壮，性格开朗，身手灵活。眼下，作为一家铁路公司的小工头，他带领着十几号手下，正在铺设穿越佛蒙特州的火车轨道。过去的两个星期，工程进展相当顺利。他就像一个踢踏舞高手，活跃在枕木与钢轨之间。不料当铁轨延伸，接近卡文迪许小镇，进度受阻了。布莱克河的两岸裸露着坚硬的花岗岩。要对付它们，除了炸药，别无他法。

安装炸药的活儿，非得盖奇不可。不单因为他是头儿，又有灵活的身手。干这活儿，最需要专注力。而大家都知道，盖奇这方面的能力尤其出众。

要安装炸药，首先得在岩石上钻出一个爆破眼，把炸药填进去。待炸药填进一半，就放入导火索，然后用沙子盖住。沙子必须夯实，这样爆炸才会冲着岩石而去。要是没夯实，爆炸的方向就会完全相反，跟放焰火似的。

夯实沙子的工序既危险，又关键。为此盖奇找人特制了一个工具。那是一根约有110厘米的铁棒。铁棒重约6公斤，一头粗一头细，就像一根放大版的缝衣针。粗的那头直径3.04厘米，细的一头长约17.78厘米，最顶端直径为0.64厘米。

除了铁棒需要特制，夯实沙子的操作方式也很重要。事实上，前几次顺利的爆破证明，盖奇做得很小心，也很完美。

但是13日那天，出了意外。

那是下午四点半，河岸的石头被太阳晒得滚烫。盖奇把炸药填了一半，将导火索安放进爆破眼，叫助手帮着盖上沙子。这时候，他忽然听到有人在后面喊他的名字。他向右转过头去看是谁，手里的工作却忘了放下。助手还没有填好沙子，盖奇的铁棒直接撞击在岩石上，火花溅起，引爆了炸药。

巨大的爆炸声惊呆了所有人，包括盖奇本人。几秒钟后他醒过神来，发现自己蜷缩在炽烈的阳光下，工友们围住了他，神情各异。他不知道，爆炸让那根铁棒刺进了他的左脸颊，穿透了颅骨的底部，经由脑袋的前部，从头顶高速穿出，落在30米开外的地方。

稍后，他的身体一阵抽搐，那是濒死的现象。可是隔了几分钟，他竟然又能说话了。陷入悲伤的工友们赶紧将他抬上一架牛车，送他到最近的一家旅馆。三里多的车程，盖奇腰杆笔直地坐着。到了旅馆，他自己从牛车上下来，几乎没有让人扶一把。

旅馆的老板一边派人到镇上请医生，一边把盖奇领到门廊的阴凉处，给他倒了一杯冰镇的柠檬水。一个小时后，医生坐着马车来到了旅馆。坐在椅子上的盖奇说："大夫，这个活儿可够你忙活的。"

医生检查了盖奇的伤势。从头顶往下看，盖奇的伤口就像一个倒过来的漏斗。"漏斗"的颈口直径大约3.8厘米，边缘外翻，仿佛被一个锲形的物体从下而上穿过。听到盖奇平静地介绍自己受伤的情形，医生根本不信，铁棒穿颅而不死？肯定被爆炸吓傻了，说的尽是胡话。这时候，大概是因为颅压的变化，盖奇开始呕吐，并有半茶匙的脑组织从创口处溢出，医生方才意识到，一切都可能是真的。

限于能力，医生只对盖奇的伤口做了简单的处理，就将他托付给了约翰·哈洛。哈洛不仅医术高明，还在一家医学院任教。在接下来的日子里，盖奇的伤口不可避免地感染了，高烧、昏迷、脓肿，各种症状都可能要了他的命。幸好哈洛懂得如何消毒，在没有抗生素的时代里，这绝对是一门极高的学问。他让盖奇半躺在床，像理发店给顾客洗头那样，用酒精配制的酊剂给伤口做定期的细致清洗。一旦生出脓肿，哈洛立刻用手术刀予以切除，以免感染扩大。就这样，不到两个月的时间，盖奇就神奇地痊愈了。哈洛谦虚地对人说，我只是给盖奇清洗和包扎伤口，是上帝治愈了他。

由于铁棒刺断了神经，盖奇的左眼瞎了。那时没有颅骨修复的技术，漏斗状的创口，也仅仅被缝合的头皮遮住。如果仔细看，还能看到皮肤下的脑组织在随着脉搏而跳动。不过总体而言，盖奇恢复得非常好。他的右眼依然视力极佳，他的耳朵听觉灵敏，触觉正常，四肢和舌头也没有麻痹。他走路很稳，双手灵活，讲话也没有什么明显的困难。当他11月回家休养时，新罕布什尔的乡亲们觉得他简直跟以前没什么两样。

然而很快人们认识到，过去的盖奇不复存在了。他的遭遇的确称得上传奇，但决非童话。用哈洛的话讲，盖奇的“理智能力与动物本能之间的平衡状态”好像在那场事故中被摧毁了。变化在脑损伤的急性阶段结束后不久就出现了，他变化无常，对神灵不敬，经常会使用最粗俗最猥亵的语言。而这些，都不是盖奇以前的为人特点。哈洛说，盖奇讲的那些下流话太难听了，连妇女们都被告知不要在他面前停留太久，以免她们敏感的心灵受到伤害。在笔记里哈洛写到，最严厉的谴责和教导也没能让这位可怜的幸存者的行为举止变得好一些。

当盖奇返回岗位，同事们也发现，原来那个性情温和、头脑精明、执行计划很有恒心的盖奇不见了。以前欣赏他的雇主也认为他不再胜任以前的位置——变化太大了，随着身体的变化，他的人格也彻底改变了。

如今的盖奇对人缺乏丝毫的尊重，一旦有人与他的看法相左，他就变得格外不耐烦。他相当顽固，有时候却优柔寡断。他喜怒无常，总是首施两端。他设计了不少关于未来的计划，往往刚开始起步，就抛诸脑后。

无法胜任原来工作的盖奇只好到农场去找活儿干。但是就像人们预料的那样，他要么因心血来潮而辞职，要么因缺乏自我约束而被解雇。就这样流浪了一段日子，一个马戏团把他招了进去。当他的名字广为人知之时，他已经成为纽约巴纳姆博物馆的招牌人物。每天的工作就是向观众展示他的伤口，以及毁了他又再造了他的那根铁棒——他一直带着它，像一个收集癖那样依赖着它。

可是这样的日子也没有持续多久。四年后，盖奇去了南美，在圣地亚哥、瓦尔帕莱索一带流浪。他在农场打零工，也做过公共马车车夫。

1859年，盖奇的身体状况恶化了。第二年，他返回美国。他的母亲和过上了好日子的姐姐把他接到了旧金山，从此没再外出。1861年5月21日，生了一场小病的盖奇出现了大抽搐，旋即失去了意识。接下来，是一连串的抽搐，类似癫痫发作，自此再没有醒来。在医生的死亡证明书上，他享年38岁。

相较于当年轰动一时的事故，盖奇之死没有引起任何反响。直到六年后，学者们才如梦初醒，意识到盖奇的重大意义。他的头骨和那根铁棒从墓中取出，安置在哈佛医学院的华伦解剖馆中。1868年，哈洛发表论文，介绍了盖奇的创伤恢复过程。1870年，杰克逊对盖奇头骨的创伤位置做了精准的描述。

有人将盖奇的悲剧称为“上帝的实验”，它吸引着无数科学家的目光。在之后的 150多年里，直接研究盖奇的论文就超过500篇。而我只想指出隐藏在其中的一个既复杂又简单的事实：大脑是身体的一部分。

在身体的剧院里演出一场命运的戏

“大脑是身体的一部分，这就是你的结论？”有人愤愤地说，“简直是废话！这难道不是常识吗？让我来告诉你吧，无非是铁棒损害了产生理性的高级脑区，导致本能不受控制。”当我借盖奇的悲剧提醒读者这个既简单又复杂的事实，我就知道会激起诸如此类的抗议。

然而，“常识”捍卫者的反驳成立吗？我觉得有问题。我们喜欢中心思想胜过复杂观念，喜欢立场胜过事实，这是长期以来教育的失败。是的，很显然，脑部伤害无疑是盖奇人格突变的原因。但是，我们能粗暴地说，那是因为产生“理性”的脑区受损，故而“本能”失去了控制？如果真是这样，我们怎么解释受伤之初，盖奇表现出来的那种超乎寻常的冷静呢？当他坐在旅馆走廊的椅子上，对前来救治他的医生说：“大夫，这个活儿可够你忙活的。”那一份冷冷的幽默，又从何而来？

理性与本能之分，高级与低级之别，这种初中教科书式的思维，很容易把人带回身心二元论的泥淖。正因如此，我才会强调那个被人随口说起，却又熟视无睹的事实——大脑是身体的一部分。

神经科学家巴尔斯提出的全局工作空间理论很好地解释了理性、意识与大脑之间的关系。他将人脑比作一个剧场，意识是剧场里的聚光灯，而所谓理性，则是台上的演员。演员的角色并不固定，相反，他们是流动的。说到底，他们跟后台支持的那些工作人员，也就是所谓的本能没有区别。大家一视同仁，通过竞争，轮流上台，争夺意识之光照到自身的机会。

广而言之，大脑与身体其他部分的关系也应该用类似的“剧院模型”来看待——大脑是舞台，身体是剧场。回过头来，如果我们用这个思路来检视盖奇的悲剧，就明白所谓理性控制本能的说法有多么离谱。受伤的盖奇，有了一个不同的身体，也就有了一个不同的心理状态，或者说不同的人格。

心理学家证实，很多情况下，大脑（特别是被认为主管理性的新皮质）不是什么“指挥官”，而只是身体的忠实听众而已。保罗·艾克曼就做过身体“欺骗”大脑的著名研究。他发现，当人们模仿快乐、愤怒、悲伤、沮丧等表情的时候，他们就真的能体验到与这些表情相对应的感受。

从2002年开始，肉毒素注射成了一种新型的美容手段。这种能够阻断神经末梢乙酰胆碱释放的神经毒素足以让面部肌肉在数周或数月里麻痹，之后皱纹将消失一段时间。这给了心理学家格伦伯格等人一个绝妙的机会，来印证艾克曼的发现。

格伦伯格找了41个准备首次接受肉毒素注射的女性被试，测量她们在阅读令人生气的句子时所花的时间。从出现皱眉的表情——人在生气时，皱眉肌会将两边的眉毛挤到中间，到她们摁下表示读完句子的按钮为止。待这些女性接受注射之后，实验重复，结果格伦伯格发现，比起注射之前，无法做出皱眉表情的她们，读完同样的句子所花费的平均时间长了0.25秒。按照心理学对反应时间的测量标准，0.25秒简直就是一个天文数字。当身体出现故障，大脑的反应也会随之失灵，这个实验说明的道理还不够明确吗？

盖奇去世120年后，人们利用电脑技术重构了他的头骨。那不是简单的建模，而是精确的重构。他们不仅对盖奇的颅骨进行了实体测量，标记了受伤骨折处与各种标准骨点之间的距离，还重建了刺伤盖奇的铁棒的运动轨迹。最后他们确定，盖奇受损的脑区是前额叶皮层的一部分，即腹内侧区。他们认为，这个区域的损伤，破坏了他的决策机制，从而使他不再有计划未来的能力、遵循社会规则的能力以及根据自身利益进行最佳选择的能力。

这并不表示决策机制就存在于腹内侧这个特定脑区，

他们仅仅证明了这个脑区乃是机制正常运转所必需的一环。至于为什么腹内侧受损的盖奇会在情绪方面变得那么判若两人，他们依然感到很困惑。

不过，在我看来，身体不是精神的对立面，同样的，情绪也不是理性的干扰物。如果大家还记得我曾提及的神经科学家达马西奥，那么上述困惑就不难解答。在达马西奥看来，情绪本身就是决策机制的动力之一。也就是说，盖奇在情绪上的剧变，才是决策机制失灵的主要原因。而人的情绪，就像我们早已知道的那样，通常源于身体中化学物质对脑的影响。不单是各种激素，也包括烟草、酒精、药物等等的刺激。

请容我简要“抄袭”一下自己写过的一个小故事，因为在我看来，这个故事的主角简直就是盖奇的现代版，虽然出于医学伦理的考虑，他的真实名字被刻意隐去了。

姑且称他为奈特吧，故事发生在20世纪90年代的美国。

奈特是一个家境优渥的美国青年，自小就想成为一名律师。通过多年的努力，他如愿以偿进入哈佛法学院学习。在学校里他兴趣广泛，喜欢社交，还爱上了网球。当然，他从未忘记自己的学习，并最终以优异的成绩毕了业。

然而拿到学位以后，奈特的生活轨迹却发生了突变。他没有参加哪怕一次律师行业的考试，甚至没有找一个相关专业的工作，而是跑去一家网球俱乐部做了教练。他的家人都觉得奇怪，以为他可能是在经历某些心理上的危机。比如担心律师之间的激烈竞争，或者遭遇了情感上的不顺。所以他们希望奈特在网球教练的职业中找到满足，同时又盼望他某天回心转意，去从事法律工作。

可是随着时间流逝，亲人们对奈特的情况越来越担心。在他们看来，奈特纯粹在混日子。他非但无法养活自己，还频繁地向他们借钱。奈特本人对此也很困惑——他是一个智商很高的人，觉察到了自己的不对劲。他一再向家人表达，希望生活步入正轨，可是他就是做不到。渐渐的，他没办法努力工作，甚至连最喜欢的运动也不再有兴趣。和朋友打网球比赛的时候，他很快就变得很漠然，不是忘掉了比分，就是不记得该自己发球，搞得大家兴味全失。

哥哥还发现了奈特的另一大变化，他的这个弟弟已经多年没有和女人约会过了，跟他在学校里活跃的性生活形成了鲜明的反差。奈特自己也承认，他似乎彻底丧失了对性爱的兴趣，如果不是哥哥提及，他甚至从未考虑过这个问题。于是哥哥说服弟弟一起去看医生，说不定能找到问题的答案。

他们找到了神经科。医生听取了他俩的叙述，一开始觉得奈特应该先去精神科看看。不过，当他听说奈特在法学院准备毕业论文的时候，曾经因为大量饮用咖啡而发生过一次癫痫，就感到有些蹊跷。尽管那次癫痫发作后，奈特并没有检查出任何病因。出于保险，医生决定对奈特做一次CT检查，结果出现了医生最担心的情形：奈特患有一种名叫星形细胞瘤的怪病。肿瘤不仅很大，而且位置很特殊。它们沿着大脑胼胝体的神经发展，穿过并侵入左半脑的外侧前额皮质和右侧额叶的大部分区域。照此病情，医生判断奈特大约只有一年可活了。

奈特的哥哥深受打击，然而奈特听到这个消息却很淡定。他不是不明白，肿瘤就是改变自己生活的元凶，他也理解事情的严重程度，但是他没有一丝愤怒和痛苦，甚至看上去缺乏明显的关心，也没有任何相关的举动。

当我第一次读到这个病例，我立刻联想起了盖奇的故事。如果有心的读者也能立刻发现其中的共同之处，他就会意识到，一个人的身体和情绪，与他戏剧性的个人生活，尤其是社会生活之间的关系，将是我反复涉及的主要议题。

萨迪曼火山下的脚印

1976年的某一天，玛丽·利基在坦桑尼亚一处名叫莱托里的地方发现了一串脚印。确切地说，那是迤逦25米的三行足迹。乍一看，跟今天我们在海滩上散步时留下的脚印没什么区别。只不过，它们出现在奥杜威峡谷的一片沙地上，嵌入了火山灰形成的混凝土浅层中。灰烬来自远处的萨迪曼山，眼下那座火山已沉沉睡去。

利基对这些足迹一开始并不在意。作为一位古人类学家，她已有不少史诗级的考古发现。在奥杜威峡谷，距离脚印发现处50公里的地方，是她和丈夫路易斯的重点考察地。几十年来，他们在那里发现了大量距今十万年到两百万年的石器和化石。能人的首个骨骼化石，就是她在奥杜威发现的。然而出现脚印的地方却相当“贫瘠”，他们来过好几回，几乎一无所获。1972年路易斯去世后，利基又一次来到这里。当她第一眼看到火山灰里的脚印，她的反应是，“大概是几千年前三个穿越峡谷的当地人留下的吧？”可是等她终于抽出时间，来给火山灰层测定年份，结果却让她激动不已，距今360万年！这意味着，在那遥不可及的远古时代，我们的一支人科始祖已经可以用纯正的直立姿态行走了。

直立行走之于人类演化的意义非常巨大，这一点毋庸置疑。不过我在意的，却是这个重大发现透露的小细节。

经过测定，留下脚印的这三个生物，其中两个已经成年，另一个还是小孩。从步距看得出来，即使萨迪曼山还在喷吐岩浆，遍地的灰烬余温尚在，他们的情绪仍然平稳，步履十分从容。其中一个甚至还驻足暂停，转身向东回望那可怕的火山。可以想见，尚无语言的他们用肢体、音调，或者还有表情一路交谈，一路前行。

正是从这些细节里，我看到了身体、情绪与社会之间的紧密关系。它让我忍不住猜想，360万年后，人类对自身与社会的认识究竟多了几分。

身体损害对一个人造成的最大影响，不在个人的生存技能，而在于他与社会的有机联系。无论是盖奇的伤，还是奈特的病，其实都证明了这一点。情绪受损的他们，只能凭幸存的感觉做出有利于自身的短期决定，而需要更多预期、更多判断的长远决策，他们就难以做到了。一个人与社会的互动，显然更需要的，是后一种决策。

准备下周的会议资料，安排月底的一次旅行，为了演出放弃第二份提拉米苏，要做出这些看起来稀松平常的行动，就像萨迪曼山下的长途旅行，一点不简单。在这些决策过程中，情绪是身体的标记——眉开眼笑、提心吊胆、牵肠挂肚，这些都像是为此定制的词汇。当我们面临诸多选项，情绪不失时机地唤醒我们身体的感受，或愉悦，或厌恶，或愧疚，或痛苦，从而左右我们的判断、价值、选择和行为。它像不显眼的路标，立在交叉小径的入口，更像园丁手中的整枝剪，为了凸显目标明确的枝桠，修掉那些繁密杂乱的细枝。

当“整枝剪”的运作出了毛病，身体的内部平衡就会破裂。盖奇和奈特表现出来的，对社会互动的淡然冷漠，就是极端的例证。至于下文我讲到的病人玛吉（化名），她表现的却是另一个极端：对社会互动的过度热忱。

玛吉是一位漂亮的年轻女性，个子高窕，性情开朗。在医生看来，她的身体状况良好，智力水平较高，尤其是学习能力和记忆能力相当出色。她还具有相当不错的艺术鉴赏力，是一个优秀的业余画家。稍微有些不一般的，可能是她的社会交往。她遵守社会规范，工作受人赏识，还曾是一位称职的母亲，只是在待人接物方面过于积极。“她太热情了”，认识她的人都这么说。每当结识一位新人，玛吉都开心得不得了。她拥抱他们，乐意亲近他们。

所有人都喜欢玛吉，其中不乏流氓和坏蛋。她太容易交上朋友了，毫不费力就可以和异性发生浪漫，当然，这也导致她经常被人利用和欺骗。不过大家都认为，这就是所谓个性（即“人格”），“玛吉就是玛吉”，人们说，天性使然。

一次轻微的抽搐引发了医生对玛吉的关注。经过CT扫描医生发现，玛吉的脑部有明显的病变。准确地说，是她的杏仁核钙化了。这是一种染色体异常的隐性遗传病，它导致身体出现不正常的钙盐沉淀。皮肤和咽喉的钙沉积是该病的主要特征，但是脑部也不能幸免。玛吉就是如此，钙盐沉积在左颞叶和右颞叶的一对杏仁核中，造成了那次抽搐。

不仅是抽搐，由于钙盐沉积有一个很漫长的过程，医生有理由怀疑，玛吉的个性，或者说情绪风格也与这一病变有关。因为杏仁核对情绪的影响太大了。没有它的参与，消极的情绪根本无法产生。当一个人感到恐惧、痛苦和焦虑，或者察觉到危险，杏仁核就会迅速被激活。另一方面，大脑的左前额皮质会抑制杏仁核的活动，让人从激烈的情绪中舒缓过来——盖奇的受伤部位就在这里。正是通过这种双向交流，杏仁核在一个人的社会互动中发挥着关键性的作用。

心理学家的实验证实了医生的疑虑。阿道夫斯以玛吉为对象做了一系列的研究。他发现，玛吉无法辨认出恐惧或惊讶的表情，尤其当它们与别的表情混杂在一起的时候。她对事物没有什么畏惧心，也判断不了那些明显危险的情境。别人写在脸上的警告信号，她也察觉不到。让她以人脸为基础，判断一个人的可信赖度与可亲近度，那更是难上加难——她甚至没办法用笔画出一个表示恐惧的脸！就这样，玛吉一直活在一个盲目乐观的世界里，暴露在本可避免的风险之中。

情绪不仅形成身体内在的感受，还能在身体与身体之间交流，成为社会互动的重要纽带，这是个人悲剧给予神经科学的启示。

实际上早在1978年，心理学家戴维森就证实，十个月大的健康婴儿已有明确的情绪表达能力与情绪感受能力。当他们看到电视里有人大笑，他们会露出微笑；如果画面里的人在哭，宝宝们也会脸色阴沉，甚至嚎啕大哭。即使是那些刚刚出生，还待在医院产房里的婴儿，也能做出分明的情绪表达。当他们的舌头接触到糖水，他们就会露出笑容。如果是柠檬水，他们就愁眉苦脸，如果是蒸馏水，宝宝则处之泰然，毫无情绪波动。

当然，这并不是说，杏仁核与前额皮质的联系就是情绪的唯一回路。在身体的剧院里，在意识的舞台上，在社会互动的场景中，除了它们，还需要身体各方面的配合。

譬如梭状回，这个主导人脸识别的区域，它的病变与自闭症密切相关。譬如海马体，它不单是短期记忆加工成长期记忆的中转站，还是区分熟悉情境与陌生情境的功能区。当它出了毛病，一个人不光记忆受损，还可能出现情境紊乱的状况，创伤后应激障碍（简称PTSD）就是一例。还有伏隔核，这个地方的神经元能够释放和捕捉多巴胺与内源性阿片肽（简称EOP），乃是动机和奖赏感的关键区域之一——前一种神经递质有助于积极的情绪、动机和欲望的产生，后者则让你愉悦和兴奋。如果它的活跃水平长期偏低，一个人就有患上抑郁症的可能。下丘脑的作用也不可小觑。它分泌的催产素能抑制杏仁核的激活，从而减轻人的压力，缓解心理焦虑。忠诚、爱恋、从容与满足，这些情绪的产生离不了它。我想，萨迪曼火山下的那三个步行者，催产素的浓度一定不低。

如果以上说的还只是脑区之间的配合，那么身体的其他系统，例如运动系统、免疫系统、呼吸系统、内分泌系统、自主神经系统乃至消化系统，它们与情绪之间的双向联系，迄今还没有得到全面的研究。不过，360万年前的脚印已经给予我们清晰的提示：人的生理属性与社会属性乃是一体两面。很多情况下，身体嵌入社会的程度，与社会深入身体的程度，同样令人惊奇。

“传染”的身体

“身体嵌入社会的程度，与社会深入身体的程度，同样令人惊奇。”道理简单，却需要反复回味。

身体的病变会影响一个人的社会性，玛吉的故事不是孤例。1961年，新西兰医生威廉姆斯发现了一种奇怪的疾病，后来这种病就以他的姓氏命名，叫做威廉斯氏综合征。患有这种疾病的人，对任何人都无比信任，绝不设防。玛吉跟他们比起来，简直就是自闭症。患者多半是孩子，即便成年，仍旧一副小精灵的样子。他们极端活泼，热衷交际，具有超强的语言能力。随便问他们一个问题，他们都会异常兴奋，话多得不得了。譬如你问他们，你要是一只鸟会怎么样？得到的回答很可能是这样的：“这个问题太好了！我要在天上自由自在地飞。要是看见一个小男孩，我就停在他的头上啾啾地叫……”

第七号染色体上的几个基因不能表达，就是威廉斯氏综合征的病因。这是一种遗传缺陷，它不仅使患者呈现过度的社会性，还会给他们带来智力低下、主动脉瓣狭窄和高血钙。事实上当医生不知原因的时候，这种病又被称为自发性婴儿高血钙。

然而就像开朗的玛吉一样，患有这种病的人本该讨人喜欢，实则未必。因为他们根本分不清亲疏，辨不出敌友。他们理解不了友谊，不明白区别地对待每个人乃是社会互动的本义。故而他们没有真正的朋友，也得不到信任。

几个基因的缺失就导致一个人的社交异常，这足以说明，所谓人的社会性，必然存在生物学的基础。没有这个基础，身体与社会的交融不会有这么深。

那么，这是不是意味着身体“决定”了社会呢？显然，这样的思维仍属肤浅，且让我再举一种遗传缺陷的例子。

1934年，挪威医生佛林首次科学地描述了一种疾病，名叫苯丙酮尿症。这种基因缺陷会使肝脏缺少一种羟化酶。没有这种酶，食物中的苯丙氨酸就无法转化成人体必需的络氨酸，反而衍生成了抑制神经递质形成的苯丙酮酸，从而影响中枢神经发育，造成智力障碍，甚至癫痫。患有此病的人皮肤白化，头发变黄，尿液中有鼠臭味。

在英国，儿童患苯丙酮尿症的比例为四万分之一。在治疗严重精神障碍的儿童医院里，大约每 100个病人里就有一个是苯丙酮尿症患者。他们的智力发育通常只能达到同龄人一半的水平，社会交往更是无从谈起。

不过专家们很快意识到，苯丙氨酸不是身体必需的营养成分，络氨酸才是。只要潜在的患者避免食用含有苯丙氨酸的食物，同时在饮食中添加络氨酸，就可以摆脱这一遗传缺陷带来的伤害。实际的治疗就是如此：婴儿在出生后的几个月里就按照这样的饮食方案进行治疗，智力发育就能够正常继续。在他以后的日子里，不要吃添加阿斯巴甜的食物，例如可口可乐和口香糖，因为它的分解物含有苯丙氨酸。最近有报道，出于这样的考虑，百事可乐停用了这种人工甜味剂。

苯丙酮尿症的治疗，显然需要一系列的社会安排。瞧，身体与社会的交互关系，不是谁决定谁那么简单。就这样，我们每个独立的个体，都深深地嵌入所在的环境中。

透过身体的独立性，我们觉得自己拥有独立的个体。但是，如果误将独立视作封闭，那就大错特错了。还是以情绪为例，它的多重功能可以再一次帮助我们理解身体与社会的关系。诚如我所写，情绪既是躯体感觉的标记，也是点燃动机的助力。然而不要忘了另一个重要的事实，情绪能唤起一个人对自身的感受，还能“传染”给另一个人。通过姿态、表情、音调、语言，情绪可以由内向外输出，成为连结一个身体与另一个身体的手段。

没有什么比传染的哈欠更能说明问题了。人、猴子、猫狗、河马、蛇、鳄鱼乃至鱼儿都会打哈欠，它是动物古老的生理机制。尽管这种条件反射性质的深呼吸行为，其功能为何尚无定论，然而只有那些大脑皮质较发达的脊椎动物才能够辨识哈欠，从而被哈欠传染。生物学家认为，彼此传染哈欠，其实就是一种社会互动。

有人做过这方面的研究和实验。在社会关系紧密的人群中，比如亲人和朋友，哈欠更容易相互传染。而社交能力较差的人，则往往不为所动。有证据显示，相较于正常小孩，自闭症儿童不仅打哈欠的次数更少，对别人的哈欠多半也无动于衷。甚至那些与主人关系紧密的宠物，比如狗，也更容易传染上哈欠。

人与人之间的情绪交流正是这样，“感同身受”，假如我们对此有所领悟，就不难理解身体的社会性。

神经科学家认为，镜像神经元为身体的社会性提供了一个生理学的基础。不过在我看来，即使没有这个发现，那也是明摆着的事实。当一个人将他的情绪写在脸上，反映在他的身体或行动中，另一个人就能感受到，做出相对的回应。正是这种属性，把无数人黏合成了社会。反过来，也正因这种属性，使得社会塑造着每一个人。

德国心理学家李普斯创造了一个希腊语单词来表述感同身受，叫做“Empatheia”，直译过来就是“感觉进去”。他说，当我们看到杂技演员走钢丝，每个人的心都提到了嗓子眼儿了，仿佛我们已经钻进了演员的身体。这种情绪趋同的心理状态，就叫做“Empatheia”。后人将其移入英语，就成了“Empathy”，即心理学所说的共情，或哲学家所谓的移情。

身体的这种属性远不是秘密，很早人类就懂得用它做社会的黏合剂。利用感人的音乐、庄重的仪式，以及神秘的符号，对情绪施加影响，使我们的情感趋同，使我们的身体趋近，使我们的行为趋稳，从而达到某个共同的社会目标。如今，每时每刻，这样的事情都在进行。

身体荣枯与社会兴衰

一场骇人的震灾将世人的目光拽往高冷孤绝的喜马拉雅山区，投在珠峰脚下的夏尔巴人身上，这让我对身体与社会的思考多了几分现场感。

就在这个月，即5月29日，是人类登顶珠峰62周年的纪念日。1953年的这一天，埃德蒙·希拉里和丹增·诺尔盖一起登上8848米的世界最高峰，成为首度征服珠峰的人类。前者是新西兰的养蜂人，后者是尼泊尔的夏尔巴人。自那以后，夏尔巴人声名远播，被誉为珠峰守护神。

其实早在20世纪20年代，夏尔巴人就充当着各国登山队的向导或挑夫。在极度严苛的自然环境中，没有体质特殊、熟悉气候地形的夏尔巴人，任何攀登者都难以成行。每当登山的季节开始，夏尔巴人都是探险路线上的先行者。他们在海拔7000米的山上背负装备、搭建营地、架设安全索、插放路标、清理可能导致危险的冰裂缝，每年都有人死在为登山者服务的路上。迄今为止，喜马拉雅山的冰雪已经葬送了上百名夏尔巴人的性命。这次地震引发的珠峰雪崩里，18名遇难者中就有13个夏尔巴人。

自从1993年珠峰探险开启商业模式，夏尔巴人的社会有了更大的变化。他们获利增益的同时，付出的代价也更多。如今，6600多人次登上了世界之巅，其中大概有6000人次，是通过旅行社，经由夏尔巴人的手脚“送”上峰顶的。那些登顶者，与其说是运动家，不如说是观光客。他们既缺乏优秀的体质，也缺乏基本的登山技能，但他们愿意付出十万美元的报酬，来满足形形色色的虚荣。相比之下，一个时刻面对生死的夏尔巴向导，一年的总收入不过5000美元。

如果说登山运动是改变夏尔巴人的主要因素，那么这个因素所起的作用，远不止海拔7000米以上的区域。

夏尔巴人并非原始土著。几百年前，原本生活在甘孜地区的他们从东至西翻越高山，来到海拔3500米以上的喜马拉雅山南麓，过着与世隔绝的生活。夏尔巴，藏语的意思就是来自东方的人。他们聚居在索鲁昆布，也就是上昆布河谷。河谷向上绵延，直抵珠峰。河谷之中，杜江奔流而下。传统上，夏尔巴人笃信佛教，奉行一妻多夫制，以土豆、青稞和牦牛为主食。

对于迁居者来说，较之喜马拉雅山以北，南麓温暖湿润，更适宜生活，然而这里并非没有问题。由于海拔较高，水量充沛，矿物质流失严重，当地的食物中很少含有人体必需的碘元素。据说，这是世界上最缺碘的地方。自从西方的探险者到来，情形变得更加恶劣。夏尔巴人不再以耕牧为正业，搬运和导游成为主要的营生。游客们不喜欢牛粪上熏烤的传统食物，于是当地生长缓慢的森林顷刻化作柴火。环境破坏日益加剧，遭受融雪冰水反复冲刷的土壤更难保住稀缺的碘元素，致使夏尔巴人九成患有甲状腺肿大。

如果将人的身体比做汽车，甲状腺就是这辆车的油门。它位于喉的下端，分泌出的甲状腺素流入血液，决定着身体新陈代谢的速率。当这个油门踩得很深，或者说甲状腺素分泌得多，发动机就转得快，新陈代谢的速率就高。反之，油门踩得浅，新陈代谢变慢，慢到一定程度，身体这辆车就根本动不了，因为没有足够的能量来维持正常的生理机能。

甲状腺素由氨基酸和碘元素结合而成。碘元素来自食物，必须通过肠道才能被人体吸收。食物中缺碘，夏尔巴人的新陈代谢十分缓慢。一方面，这让他们相当适应高海拔地区的生活，例如克服缺氧造成的呼吸困难，或搬运两倍于体重的货物。另一方面，他们的身体不可避免地出现各种毛病，例如反应迟钝、尿潴留、高血脂和体温过低等等。

最明显的症状还是甲状腺肿大，不少人的腺体比脖子还粗——身体误以为，增大腺体就能够解决缺碘的问题。

可是假如食物中没有碘，再大的腺体也没有用。甲状腺素固然出自甲状腺，但是它的多少却由身体的另外一个系统在监控，那就是位于大脑底部的垂体腺，它会分泌一种名叫促甲状腺素的激素。假如血液中甲状腺素偏低，就会有更多的促甲状腺素分泌；如果甲状腺素偏高，促甲状腺素分泌就会较少。这个监控系统被称为消极反应循环系统，是身体保持体内平衡的一种方式。当身体的甲状腺素长期偏低，大量的促甲状腺素就会刺激甲状腺，使之变得越来越大。

到了20世纪中叶，八个夏尔巴人里就有一个人呈现出明显的碘缺乏症状。其中一些人还未出世就已经患了病——胎儿缺碘，大脑发育会受影响，一生下来就是呆小症。他们的发育极为缓慢，有的人只能长到1.4米左右。照此发展，夏尔巴人的社会必然走向崩溃。

转机就在1953年。希拉里和丹增等人运用他们的影响力，在当地建起了医院和学校，还发起了一项关于碘缺乏症的医学研究。他们给每一个夏尔巴人注射碘剂，一针花费十美分，就可以维系正常生理机能至少五年。

从那以后，夏尔巴人的社会有了良性的发展，直到商业登山模式的兴起，命运的指向再度扭转。

一个变动的社会，一群变动的身体，从夏尔巴人的故事中我看到的，是身体与社会的复杂性。的确，面对环境，特别是社会环境，人类的身体体现出惊人的可塑性。

然而可塑的身体终究也是有局限的。为了适应社会，身体付出的代价可谓不菲。为了容纳身体，社会也必定有着内在的张力，有着兴与衰的种种可能。

身体：必要的累赘

360万年前的直立行走意义非凡，帮助我们厘清了不少问题。在找到相关的考古证据之前，很多学者以为，就时间的顺序而言，脑容量的增加先于直立行走，因而才是人类演化的关键，如今这样的观点已经修正。现在我们有理由相信，在演化的过程中，先起变化的是身体，它才是人类意识的前提。而它们之间的联系，离不开一种至关重要的“催化剂”——社会性。

究竟是何等的环境压力逼着人类远祖站起身来，很多情况仍属猜测，但是直立行走的优势与风险都一目了然。身处广袤草原，双足直立显然更易于寻找食物和水，以及提防掠食动物的伤害。它强化了行走奔跑的能力，扩大了人类活动的范围——有人做过对比研究，双足行走的人类比四足着地的黑猩猩要少消耗三分之一的热能。直立行走还解放了上肢，使双手能够处理越来越精细的任务，从扔石块到比手势，从打造工具到涂抹艺术作品。这方面的能力，正是我们判断人类智力发展水平的主要标准。

可是，要达到直立行走的需要，身体的配置颇为局促。很显然，一切只能“因地制宜”。就像旧城改造，添置不了什么新材料。原来的弓形腿需拉直，膝盖骨要更大，承受重压的脊柱则要改成防震的S型，头颈相连的部位也得调整，这样当我们站立时目光才会朝向正前方；心肺功能必须加强，以配合活动范围的扩大，以及更加耗能的大脑；胃肠的比例则需做出缩减，才符合能效；相应的，骨盆必须变宽变扁变结实。如此，髋关节才能更好地撑起我们的上半身，而它附着的大块肌肉，也才可以稳定身躯，以及牵扯双腿运动。

表面上相当合理的改造，代价却堪称高昂。静脉曲张、椎间盘突出、关节炎、颈椎病、背痛等等，这些生理疾痛还算小事，最大的问题在于生育。重新配置的骨盆使得女性的产道变短变窄，原本轻而易举的生产，现在做起来却十分危险。为了应对这种窘境，人类不得不采用提前生产的方式，让骨骼、神经、器官都远未成熟的婴儿早早来到世上。换句话说，我们每个人类都是不足月的早产儿。对此，历史学家赫拉利有一个绝妙的比喻。他说，大多数哺乳动物生产就像从窑中取出一件上釉的陶器，而人类完全不同，我们出生之时，犹如火炉里一团熔化的玻璃。极其惊人的可塑性勉强帮助人类越过了生死线，可是就算这样，百万年间，死于分娩的母子仍然无计其数。

唯有群居，脆弱的个体才有依靠，这既是人类的起源，同时也是社会的起源。没有抚养、保护和教育，没有群体之间的合作，单一生命活下来的机会太渺茫。考古学家检视远古人类的骸骨也发现，一些患有严重身体残疾的人，活到了不小的岁数。显然，他们离不开别人的照料。事实上，为了社会生活，人体内部必须有相应的社会化配置。通过身体情绪的细化，合作意识的强化，演化出社会交往的行为模式，进而促使群体发展出类似家庭那样的社会单元。从这个角度看，我们的移情能力、正义感与羞耻心、道德意识以及语言，无一不是身体与社会相互作用的结果。

康德说："人性这根曲木，绝对造不出任何笔直的东西"，反之亦然。一个由"曲木"构成的社会，也决计造就不了笔直的人性。心理学家阿历克斯·乔丹就做过这方面的实验。他发现，当人们嗅到难闻的气味，看待道德问题的标准就会变得更严格。在回应社会议题时，刚刚洗手的人比不洗手的人更苛刻。如此奇怪的表现与大脑中一个叫岛叶的区域有关。岛叶位于大脑前部底层，属于皮质的一部分，原本是哺乳动物处理味觉信息的区域——鼻子和舌头获取的信息传到这里，动物靠它寻找正确的食物，远离危险的东西。然而人类对这个古老的食物审核中心进行了重新配置，赋予它新的任务。当我们觉得某人某事在道德上有疑问或瑕疵，行为上令人厌恶或反感，又或者看到不公正的现象，岛叶就会异常活跃。实际上很多社会情绪，包括羞耻、内疚、恶心、骄傲、补偿等等，都出自这一区域。

可见，身体与社会的相互渗透，并不保证万事如意。在彼此的关系里，既有和谐，也不乏乖谬——关键因素乃是时间，如果从直立行走算起，直到旧石器时代，人类处于狩猎—采集的生存状态长达数百万年，漫长的演化使得我们的身体与社会相对融洽。而人类步入农业社会的时间，最长不超过1.5万年，国家之类的社会结构6000年前才出现。至于对当代人类生活影响甚巨的科学革命和工业革命，则发生在几百年间。如此加速变动的社会，要身体在生理上，特别是基因层面上做出调整，实在太困难。

社会规模也是一个重要的因素。在漫长的狩猎—采集时期，社会多以血缘为纽带，人数少，规模小。同属一个社会的成员彼此熟悉，只要逃过野兽和外族的攻击，终其一生都与亲友相伴。进入农业社会以后，定居者的生活大不一样。粮食增加，营养单一；生育率上升，健康度下降；人口规模扩大，亲缘关系稀薄；社会更加复杂，身体与之的矛盾也愈发尖锐。有证据表明，农业社会的暴力程度远胜狩猎—采集社会，而工业社会的杀戮规模与动员水平更是有目共睹，难怪有人认为，所谓文明，其实就是一部身体与社会的冲突史。

那么，面对这样的冲突，身体如何调适？或者说，社会何以存在？老实说，迄今为止，没有标准答案。不过我认为，生物学家阿莫茨·扎哈维提出的理论颇有启发性。这一见解应用广泛，故而名目繁多。有时它被称为累赘原理，也译作不利条件原理，或者昂贵信号假说。其实道理不复杂，概括起来就一句话："风险越大，机会越多。"乍听起来，这话有些荒唐，但是现实世界为之提供了不少样本。

达尔文早在1871年发表的《人类起源与性的选择》里就注意到，自然淘汰的机制与性选择的机制存在矛盾。譬如华丽的尾羽显然极大地增加了雄孔雀的生存风险，但是这个累赘之物在性选择的过程中却是一大优点——雌孔雀就爱它。动物学家还发现，雄狒狒也有类似的累赘行为，它们在危险的打斗中会随意搂住一只幼崽，单手与对手较量。南美卷尾猴的行为更加怪异，它们会把尖利的手指插进对方的眼眶，不管同伴如何痛苦，时间长达一小时。

累赘原理可以解释这些现象。在一个社会之中，合作的收获有多大，背叛的风险就有多高。所以提前知晓合作对象的可靠程度，对于每个社会成员来说都非常重要。相较于那些代价便宜的合作信号，昂贵的合作信号更值得信任。便宜的信号很可能是伪装，因为随便一个个体都做得到。代价高昂的信号则不同，它需要发出信号的个体有足够的资源和实力，因而更真实，更值得信赖。

显然，那些奢侈或炫耀、效率低下、充满危险与痛苦的身体行为都属于累赘行为，也是代价高昂的合作信号。动物使出它们，根本目的就在于测试社会联系的牢固程度。雌孔雀以此测试性关系，雄狒狒以此测试等级，卷尾猴以此测试同盟。

人类也是这么做的。在建立朋友关系、浪漫关系、同盟关系、商业关系等社会联系时，判断一个同伴给出的承诺信息是否可靠，最有效的办法就是给对方施加一个高昂的代价，来评估对方“购买”这个代价的意愿。由于身体在社会关系中的地位，最常见的代价就是身体本身。古罗马的战士会彼此捏住对方的睾丸，来承诺对方不负生死，在公共法庭作证的男人则会抓住自己的睾丸发誓；即使有传染病菌的诸多危险，恋人之间仍旧坦然地深情长吻；匪徒用投名状的形式增强团伙的凝聚力；朋克则用纹身的法子寻找彼此的认同；人们对身体的种种使用，总是包含着一定的社会关系。至于权力如何利用你我的身体来建构他们所欲求的社会，看看政治宣传画就明白了。

人、虱子与吐痰

如果不是因为社会，因为种种复杂的群居方式，600万年的光阴也不足以让人类的行为和思维发生如此巨大的改变。事实上，生物的演化是偶然的，并没有既定的方向，但是人类的情形确有不同。关键在于人类身处的特殊环境——除了自然环境，群居生活所构成的社会环境，其复杂程度远非其他生物可比。想想绿藻和苔藓，再想想细菌和寄生虫吧，它们历经沧海桑田，却基本保持着千百万年前的模样和习性。用生物学家的行话来说，它们以不变的方式就能“适应”得很好。相反，社会环境不断变化，使得人类有朝着一定方向加速发展的趋势。这种趋势，在发展心理学家托马塞洛看来，俨如棘轮效应。任何人的身体要跟上如此变化，都谈不上轻松如意。

或许我们可以从虱子的故事里寻获寓言般的启示。

虱子没有耳朵，没有眼睛，尽管分化出了不少亚种，但千万年来体貌无甚变化。自始至终，它们都在为一种名叫“丁酸”的气体分子奔忙。那是哺乳动物分泌的脂肪酸，像廉价的香水一般萦绕在身体的周围。对于虱子而言，那就是食物，就是意义。

依靠光线感受器，交配后的雌性虱子背负着一团包裹在胶质中的精子细胞，盲目地爬上低矮树木的顶端。然后，它会耐心地等待。在这个期间，它不吃不喝几个月甚至几年。当一个哺乳动物，譬如野猪或黑猩猩，携带着一小团丁酸气雾，从树下经过，虱子就双手叉腰，穿过空气，从栖身处掉下去。运气好，它会落在宿主身上。运气不好，它就会掉到地上，不过没关系，它将抖抖身上的灰尘，按照以往的方式，再度爬上一棵矮树的叶尖。

交上好运的虱子粘附在宿主的皮毛下，它缓慢穿梭，寻找一块毛发较少的地方，一块温暖的皮肤，刺破表皮，饱餐一顿。感到刺痛的宿主有两个选择，要么找个地方蹭痒，要么互相帮忙，扒开毛发，把虱子抓住吃掉。幸存下来并吸饱了血的虱子，重重地掉回地面，这时候它才打开储存精子的胶囊，让卵子受精。接着，它把成千上万的受精卵产在泥土里，然后死去。虱子的生命就这么周而复始。

就个体而言，宿主们的生命似乎比寄生虫复杂一些，不过也就如此而已。有人猜测，恐龙的暴烈性子和肆虐的虱子有关，老鼠在捉虱子这件事儿上花费了三分之一的人生，一个生命适应自然环境的行为，既可能乏味，也可能繁杂，可是这又能说明些什么呢？它们都是本能，刻写在DNA之中。

人类与虱子的区别并没有想象的那么大，孤立的个体更是如此。我甚至觉得，假如没有“礼拜五”，笛福笔下的鲁滨孙跟虱子没什么两样。文学评论家瓦特将《鲁滨孙漂流记》视为现代小说的开端不是没有道理的。他说，小说的传统就应该始于一部消灭了旧的社会关系，并以新的自觉重建社会关系的作品。没有礼拜五，鲁滨孙的故事毫无现代意义。活在真实世界的人之所以有别于虱子，就在于这一点：人与人之间生生灭灭的关系。难怪社会学家埃利亚斯说：“对于单个的个体而言，没有独自生存的可能性，他没有这种能力或需要。”他还说：“人没有独立为自己做出决断，或者提出自己的想法而不必总是顾忌自己所在群体（的能力）。”

社会性动物，譬如灵长类中的某些种类，从清除虱子这样的行为中生发出新意，仍属演化的偶然。这有赖于大脑的可塑性。有研究证实，灵长类通过理毛传递信息，交流情感，建构关系。作家巴吉尼认为，猴子们理毛捉虱子，跟人类聊八卦没什么两样，都是“对别人进行道德评估，审视他的行为并讨论他的做法是好是坏，是对是错”。不久前我在闹市区还见过类似的情景，一男一女坐在洒满阳光的草坪上互捉虱子，神情既专注又快乐。

然而理毛终究不能等同于八卦。作为一种社会互动的机制，一对一的理毛既耗时又低效。八卦就不一样了，它包含着丰富的社会性事实，情感、道德、语言、规则，不一而足。这些事实，有相当部分没有镌刻在DNA之中，需要人们利用移情能力，进行后天的教育与学习。演化动物学家早就留意到，幼年黑猩猩经过父母的教育，能够学会用石头敲开坚果，且不会砸烂果肉，但是这一学习过程往往长达数月乃至一年。人类则不同，五六岁的孩子只需稍做指导，几分钟就能完成同样的任务。儿童惊人的学习能力，我曾在《给孩子定价》一文中多有描述。

如果将不同历史时期儿童学习的内容一一列举出来，我们就会发现，棘轮效应多么有力。埃利亚斯在《文明的进程》一书中就做了这样的事情。他对13至18世纪西欧儿童的礼仪教育内容进行了详尽的对比，令人信服地说明了棘轮效应如何在宏观与微观两个层面同时起作用。

比如他注意到，在13世纪的就餐礼仪中，尚在训诫成人将咬过的骨头扔回公用餐盘的行为与猪狗无异。到了15世纪，这条规矩针对的对象已经变成孩子，其措辞也相当婉转，“竖子谨记，无如是为：咀嚼之物，复与他人。”而在16世纪，儿童的就餐礼仪愈发细腻。就像伊拉斯谟在《男孩的礼貌教育》里写的那样，一切都是为了让人“慢慢习惯于控制自己的情感”。他细心地劝诫道：“坐在椅子上不要摇来摇去，这样做看起来是在偷偷地放屁，或者是想要偷偷地放屁。”

到了17世纪，就餐礼仪更加繁复。一个人就餐之时，须得留意社会等级较高的人是否已经先动手，每次动用自己的勺子去公盘取菜都要擦拭干净，不幸被汤水烫了嘴，必须忍住疼痛，不得显露，等等。

在漫长的人类历史中，社会塑造身体的棘轮效应一直存在，只是很少有人会像埃利亚斯那样去留意。正是因为遭人忽视，事实才更加惊人。如果不是霍布斯鲍姆在《革命的年代》里提到，200年前意大利成年男子的平均身高不足1.5米，有几人会注意到这个迅捷的趋势。

现在如果有人去问一个十二三岁的少年，记不记得一种叫痰盂的东西，答案可想而知。诺贝尔经济学奖得主托马斯·谢林在《承诺的策略》里也谈到，过去美国人随地吐痰乃是很自然的事情。后来在一些适合的地方，比如房间里剧场内，开始摆放痰盂。慢慢地，差不多两代人的时间，痰盂消失了，取而代之的是“禁止随地吐痰”的标志。又花了一代人的时间，吐痰现象基本禁绝，如今美国人基本没有了吐痰的习惯。而这整个进程，所耗时间不过70年。

傅高义在《邓小平时代》里写道：“在场的人看到，邓小平和撒切尔夫人会谈时，不时往痰盂里吐痰。”他觉得，邓小平是用吐痰来强调谈话的重点。然而撒切尔夫人会怎么想呢？

为什么花痴总是热爱大人物

“当伟大的统治者经过的时候，明智的农民会深深地鞠躬并且默默地放屁。”据说，这是埃塞俄比亚人的一句谚语。可是就像我曾经说到的那样，面对权力，一无所有的穷人选择的机会很少。他们要么盲目轻信，要么无奈依靠，很难保有一份“默默放屁”的明智。

权力具有极大的腐蚀性与支配力，这一点，不少著名的心理学实验足以证明。米尔格兰姆的服从实验，津巴多的监狱实验，都是经典。不过我觉得，即使没有这些实验，医生也能拿出一大沓病例。

我想起很久以前的一次闲聊。朋友忽然忆起她的一个大学同学。女同学顺顺利利读到大三，莫名其妙地变得异样。她成天精心打扮玩失踪，回到寝室坐在床边，眼神里闪着憧憬。不时莫名轻笑，偶尔又烦躁不安，一脸焦虑。室友们猜她恋爱了，最知心的那一位旁敲侧击，好像来真的。但很快大家觉得不对劲，既不见她与人出双入对，也不见电话消息鱼雁传书。正在私下议论，她忽然开诚布公，说某位大人物爱上了自己，百般示好，如今她终于坦然接受。未等大家从疑惑里醒来，娇羞中她再抛震撼弹："他就是校长某某某。"接着她解释，之所以公开，是因为有人对他们的坚贞爱情百般阻挠，还暗地里监视她威胁她，企图害死她。

"我不能死得不明不白！"她猛地掀开窗帘，指着对面黑黢黢的树林，"看见了吗？那一束激光，休想射死我！"我那朋友形容当时的情状，印象深刻。

不久那位女同学被家人送进了医院，我的朋友现在还记得，诊断结果为"克雷宏波综合征"。

我知道这病。病名很学究，为的是纪念法国精神病学家克雷宏波。此公一出生就很学究——他父母给他一口气取了六个名字，连起来是彻田·亨利·阿尔佛雷德·爱德华·莱昂·马力·加添·德·克雷宏波。不像学生雅克·拉康那么声名远播，克雷宏波的名气局限在医学领域。不过拉康称这位老师为"我们精神医学界唯一的大师"。

克雷宏波综合征有一个通晓的名称，"被爱妄想症"。更通俗的说法则是花痴。或者说，花痴之一种。在精神病学分类系统DSM-IV中，该症被列在代码197.1之下——妄想性障碍，被爱妄想亚型。

克雷宏波不仅是此病的命名者，也是此病的受害者。医院食堂里的一个中年女工，就因为脑子里一些臆想出来的暗示，不可遏制地爱上了他。克雷宏波发现，被爱妄想症患者几乎都是社会地位较低的女性。而她们的妄想对象多半则是社会地位较高的男性，例如官员、教师、牧师、军官，包括医生。

在克雷宏波的病例中，一个叫蕾雅的法国女人特别典型。一战期间，她坚信附近掌管军营的一个美国军官爱上了她。当那个不明就里的男人离去，她又笃信，英国国王乔治五世是自己的爱慕者。她向克雷宏波讲，从1918年开始，国王就通过秘密信使向她示爱，可惜两年来她从未注意。直到有一天她旅行时在火车上遇见一个使团的官员，而那个官员用极为谨慎的语言带来国王的问候，她才一下子明白，在自家附近出现过的那些水手、流浪汉和观光客，都是乔装打扮的国王密使。

为什么一个精神失常的女人，依然会臣服于权力，或者一直保持对权力的倾慕与向往？这让克雷宏波十分困惑。

克雷宏波没有结论，最终他带着困惑自杀了，享年62岁。有人把自杀原因归于关节炎、视力下降、抑郁以及火爆的天性。但是在我看来，权力的腐蚀性也起了作用。1934年的11月16日，那天本该由克雷宏波主持一场学术会议。然而他的助手一时粗心，竟然忘了贴出通知，也没有知会他人。克雷宏波到会场发现空无一人，误以为自己权力尽失。他怒气冲冲地回到家中，彻夜难眠。第二天清晨，他写了一封语无伦次的遗嘱，提着自己服兵役时的左轮手枪冲进花园，叮嘱管家听到枪声不得慌张。在花园里他朝天开了几枪，然后跑回楼里。他在卧室的床边放了把椅子，面对衣柜的镜子坐下，把枪管塞进了嘴里。

克雷宏波之后，不少医生也对这一疾病很感兴趣。他们一直在思考，男性不是天生的权力狂吗？为什么患有此病的却多是女人？

我认为演化论的解释颇有道理——人类男女的性选择策略是有区别的。相较于男性，女性对异性的权力更加看重。因为她们下意识地明白，权力就是控制资源的能力。越大的权力，意味着更大的领地、更多的食物、更好的卫生保健。而这些优越的条件，能够让她们孕育的孩子获得更大的生存机会。男性则不同，为了后代的健康，他们更看重女性的身体条件。在1986年的一项研究中，学者们对186个迥异的人类社会进行了调查，所有的结论都指向这一解释。

那么男性中的那些“穷鬼”呢？难道他们不会攀附权力地位更高的女人？不会患上花痴的毛病？不是的，学者们并不这么看。他们的结论依然基于性选择策略：由于绝大多数男性在择偶策略上更倾向于追求年轻、有性吸引力的配偶，因而那些潜在的病人还未成为花痴，很可能已经因为性犯罪而锒铛入狱了。

在权力面前，要像埃塞俄比亚的农民那样做到灵台清明，实在太难了。

来自身体的问候

2010年6月，在伦敦举行的一场学术会议上，灵长类专家苏珊·佩里向同行们播放了一段令人不适的视频：两只南美卷尾猴把尖利的长指头深深地戳进了对方的眼眶。画面中，两只卷尾猴一脸怪相，显得非常难受。它们时而翻着白眼，时而神经质地眨动眼睑，但是它们尽量保持身体不动。整个过程长达一个小时。偶尔，肮脏的尖手指会滑出眼眶，但一方会毫不犹豫地将其插回另一方的眼中。

正如我之前所说，这种惊悚的举动完全符合累赘原理：动物会利用代价高昂的身体信号来测试社会关系。当一个群体层级森严或竞争激烈，为了确认彼此在权力结构中的位置和相互关系，群体成员付出的身体代价往往会高到离谱——这正是卷尾猴面临的社会现实。佩里就指出，用冒犯行为周期性地考验盟友的容忍程度，是卷尾猴判断同盟关系是否延续的生存策略。

不要以为卷尾猴是唯一这么干的灵长类，想想我们自己吧。许多人应该都还记得，为了显示自己的忠诚，有人曾经把领袖的像章直接别在肉里。只不过在今天看来，由于社会地位的极端不对等，那些行为荒唐到难以置信的地步。

其实，在阿莫茨·扎哈维提出累赘原理之前，托马斯·谢林就已经在思考这方面的问题。他在《冲突的战略》一书中提到，要形成一个牢固的社会关系，或者达成一个意义深远的合作，关键在于怎么解决责任承诺的难题。采取“一报还一报”的策略，以及寄望于“日久见人心”的经验，都是行之有效的办法。然而，它们都是基于后果的决策，无法帮助人们提前判断对方的可靠程度。而事实上这才是重点：我们用什么来预判一种社会关系的前景，以及合作的可能性？

像扎哈维一样，谢林认为答案在身体里。无论是形成社会关系还是达成社会合作，还有什么代价比身体更昂贵的呢？当然，他的回答还略显含糊。换作扎哈维的语言，他多半会把累赘原理再强调一遍。他会说：获得关于对方承诺可靠信息的唯一方式就是给对方施加代价，以对他或她不利的方式行事。而代价高昂的身体，本身就意味着一种内在的诚实性。它很难被意识所操控，也不大容易配合有预谋的欺骗。

举个简单的例子我们就能明白何谓身体的诚实性。想象一下，当你与一个陌生人同在一架电梯里会是什么情形？你会让对方靠近你吗？你会盯着人家看吗？多半不会。真实的情形往往是，双方隔得尽量远，面对着电梯门，望着楼层显示的数字，或者茫然地看着天花板，以避免目光接触。当然，你还会有一些应激行为：抿嘴、摸鼻子、挠头，强迫症似的看手机，等等。总之，在那样一个封闭促狭的空间，你会不假思索地用身体语言维系与陌生人的距离。另一方面，不经思考你也懂得，除非想与对方形成进一步的关系，不然你不会有过多的身体动作，因为那样做不仅容易遭人误解，还很不经济。

从新陈代谢的角度讲，一切展示性质的身体行为都是奢侈的。孔雀在异性面前开屏，瞪羚在猎豹眼前跳跃，都是一旦失败就将付出生命代价的行为，当然有着高度的内在诚实性。那么生活在现代社会中的人呢？总不能时刻以生命代价为标准吧？

让我们再回到类似电梯的场景，看看猴子们是怎么做的。跟人差不多，两只素不相识的猕猴在狭小空间里相遇，焦虑是难免的。它们会小心翼翼地避免目光接触，神经质地抓挠自己，直到从那里面逃出来为止。不过，假如这种封闭的情形维持更长的时间，情况就会起变化。其中一只猴子（往往是个头较小的那一方）会放下身段，主动给另一只理毛，而对方则心安理得地享受服务。这中间，享受者偶尔会象征性地给服务者理毛。但是几秒钟之后，它就要求得到下一轮的享受。你来我往，两只猴子形成了一种相对稳定的关系。

不过，还有另一种情况。如果关在一起的猴子个头一般大，它们之间就会进行“一报还一报”的博弈，尽量拉开距离，互相不理睬。煎熬太久，双方也会有给另一方理毛以化解僵局的意图，却又不甘心主动妥协，因而理毛行为总是半途而废。如此频频试探，直到筋疲力尽。

可见，在没有交往经验的前提下，陌生个体之间的互动策略，判断依据就是身体。更准确地说，是身体发出的象征意义的信号，而非肉体本身。就“诚实性”的极端意义而言，身体互动是极其残酷的。譬如马蜂。有人做过考察，为了争夺社会地位，一棵无花果树上的54只雄性马蜂，有42只毙命于同类，它们的胸部与腹部布满刺伤的孔洞。然而多数动物，包括灵长类的猿猴和人，都无需像昆虫那样动辄以性命相搏。可能正是因为身体互动的代价十分高昂，所以不少物种转向了象征性的身体测试，就像群居动物中普遍存在的“啄序”——尽管在我们看来，这种象征一点儿都不抽象。

陌生者的互动依靠身体，熟悉者的社会关系更需要身体。比如结盟的雄狒狒。它们除了相互理毛，还用一种惊悚程度不逊于卷尾猴的方式来进行关系测试。具体方法是这样的：趁其他狒狒不注意，相隔甚远的两只雄狒狒先是目光接触，接着默契地奔向对方。相遇之时，它们像公狗撒尿那样抬起后腿，伸出前肢轻轻握住对方的睾丸。数秒之后，它们各自跑回原地，好像什么事情都没发生过。

灵长类专家将这种行为称之为“问候”。他们发现，具有稳定合作关系的雄狒狒经常相互“问候”，无论在这种关系中双方的地位对不对等。在关系糟糕的雄狒狒中，绝无问候行为。至于关系不稳定的雄狒狒，它们之间的问候则往往难以达成。芭芭拉·司马茨就统计过，她观察到的600多次问候，约有一半没有成功，甚至有7%最终以暴力或暴力威胁告终。

我曾经提到过，古希腊时期的法庭证人得按着自己的睾丸发誓，古罗马战士会捏住对方的睾丸来承诺生死。我们甚至能够从作证（testify）与睾丸（testicle）的关联中看到身体在社会关系里的中心地位。这两个词都源于同一个拉丁语“testis”，意思是目击、证明和见证。就连“圣约”（Testament）这个词，也与睾丸有联系。否则，亚伯拉罕不会要求他的仆人发誓的时候说这么一句：“请把你的手放在我的大腿底下。”

写在别人脸上的自己

有人在猫猫狗狗的脸上看到了微笑，这当然是误会。表情是灵长类独有的身体行为，别的动物没有控制皱眉或微笑的肌肉，要表达情绪，它们自有办法。还有人觉得海豚的嘴角挂着笑意，有经验的训练员才知道，海豚的情绪信号主要来自它们的叫声和游动方式，观众看到的愉悦，往往是沮丧或紧张的表现。

由露齿展示到微笑的演化经历，再次说明身体从来都不是一件“私人物品”。微笑浮现在一个人的脸上，体现自我的同时，也体现社会关系：从属、身份、地位、认同，以及背后最重要的东西——权力。很大程度上，我们可以把微笑看作社会关系的一个函数。换言之，你在别人的脸上看到的微笑，不仅体现了你在这个关系中所处的位置，也左右着你对自我形象的认知。一旦你无法做到这一点，你的微笑就会被人视作傻笑。

社会简单，微笑就简单。社会复杂，微笑也随之复杂。看看繁多的中文词汇就清楚了：含笑不语，不禁莞尔，满脸堆笑，倏忽嫣然……英语中类似的词也不少，smile（眉开眼笑），beam（开怀大笑），grin（咧嘴而笑），smirk（嘻嘻讪笑），如此等等。

一个英国学者仔细记录了吊唁者在英式葬礼上的微笑，可知英国社会的复杂性。凯特·福克斯写道，如果是死者的至亲密友，成年男性的表情是“偶尔湿润的眼眶”加上“勇敢者的微笑”，成年女性则是一两次抽泣，辅以歉意兼勇敢的微笑；如果跟死者的关系不甚亲密，男性多半面无表情，至多是庄重同情的微笑，女性则保持同情的表情，偶有“悲伤的关切的微笑”。

戴安娜王妃的葬礼上，她的两个儿子微笑着向吊唁者表示谢意，此举被英国媒体誉为勇敢、庄重和得体。而这样的微笑，在单纯的美国人看来简直就是冷漠，完全不可理喻。心理学家克特纳坦言，他曾客居英国多年，却仍然搞不懂查尔斯亲王究竟在笑些什么。

可能正因为社会关系的复杂程度类似，英国人对中国式微笑有一定程度的理解。哲学家伯特兰·罗素回忆他在中国讲学的时光，难忘轿夫的笑容。在他的印象中，那些辛苦劳作的人，稍有休息的片刻，就坐成一排，取出烟杆，相互逗笑，显得怡然自得。一点儿不像他在有些国家所见的那些锱铢必较的力夫，一旦有空，就跟雇主抱怨天气，要求多加工钱。

美国人不同。比罗素晚到中国几年的美国作家格雷厄姆·派克认为，中国人的神秘微笑不过是经受了太多折磨后的“唯一的生命反应”。当他们成了“无法控制之外力下的牺牲者”，就会经常“叽叽嗝嗝地怪笑”。看似洞悉世事，笑看一切，其实不过是儿童一般的自我放弃，一种“绝对的自我毁灭”。

那么中国人对自己的微笑又有什么看法呢？有人感叹，不懂得微笑，甚至拒绝微笑，简直已经成为中国的新传统。可是在我看来，此类现象何尝不是一种进步？要知道，在爱憎分明的年代，狂喜或狂怒才是正确的表情，暧昧的微笑显然包藏祸心，根本不允许出现。

当然，以上相互对立的看法皆属个人印象，谈不上对错。不过我们应该注意到，罗素赞美的微笑与派克批判的微笑，被拒绝的微笑或被禁止的微笑，都不会发生在同一种背景之下。而所谓“背景”，不正是以权力为核心的社会关系吗？

就如罗素所言，社会科学的核心概念是权力，一如能量乃物理学的核心概念。微笑的发生机制也应如是看，看它究竟怎样与权力相作用。

对此，我们的“亲戚”猕猴颇有参考价值。尤其是恒河短尾猴和汤基短尾猴，比较这两个猕猴亚种可以说明问题。恒河猴的社会等级森严，权力高度集中，露齿展示的运用范围非常狭窄，基本上只用于纵向交流：做出让步或表示顺从。相反，等级不那么严苛，权力分布较为平均，社会结构扁平的汤基猴则把露齿展示更多地用于横向的交流，其用途也大有扩展。在地位相近的同伴之间，打消疑虑、彼此妥协、安抚冲突、协调行动，汤基猴都会用到它。可见，为了适应社会关系的变化，露齿展示也可能逐渐偏离恐惧和服从，脱离跟权力的那种一一映射的关系。人类的微笑，其演进过程，大致也是如此。

社会规模很可能是微笑演进的动力之一，社会的冲突与合作亦然。如埃利亚斯所言，当“越来越多的人被迫或主动地更加频繁地关注越来越多的人”，当合作与冲突的规模、程度以及频率都大大增加，我们就不得不扩展社会交往的“老工具”，赋予它们新的功能——微笑这时候可以大派用场。

当然必须再次强调，由于权力的作用，合作不等于平等，冲突不等于异常。事实上我谈论微笑的起源以及复杂性，正是想从侧面来提示这一点：辨析微笑的同时辨析权力。更进一步，假如我们认识到，合作本身就是冲突的根源之一，就像平等有时候竟然意味着集权，那么我们就真的理解了微笑，理解了微笑背后的歧义与多元。

如果你觉得这话太绕了，那么就留意一下你的周围。说不定，就在身边的高墙上，贴着如下警示：

“您已进入监控区，请保持微笑。”

所有可能的身体

1969年，高中毕业的罗伯特·兰扎本想在家乡找到一份暑期工。他四处寄求职信，麦当劳、制鞋厂，还有贩卖甜甜圈的连锁店唐恩都乐，都在他的申请之列，却无一试中。忽然间他心血来潮，决定去波士顿的哈佛医学院碰碰运气。

兰扎不清楚自己怎么会冒出这样的怪念头。“我要亲眼见到一个诺贝尔奖获得者！”后来他回忆，那是因为他从小就有这个梦想。而很明显，离他最近的诺贝尔奖得主，很可能在哈佛。

他想到了詹姆斯·沃森，DNA双螺旋结构的发现者之一，诺贝尔医学奖的获得者，于是他想去沃森的实验室。可是等他乘火车到了那儿才得知，沃森最近刚离开哈佛，到纽约长岛担任冷泉港实验室的主任。

“振作点儿，难过没用”，一时不知所措的兰扎对自己说，“毕竟我来了呀！”他把自己知道的诺贝尔奖得主一一想了个遍。巴甫洛夫、班廷（人造胰岛素的发明者）和弗莱明（青霉素的发现者）肯定不在这儿，因为他们死了。汉斯·克雷布斯（三羧酸循环机制的发现者）也不在，因为他没离开牛津。那么乔治·沃尔德呢？对，他刚因为视网膜的研究拿到诺贝尔奖，他肯定在！

穿过一个有些霉味的昏暗走廊，兰扎来到沃尔德实验室的门前。一位女士出来告诉他："抱歉，沃尔德博士生病在家，明天可能会来。"沮丧的兰扎不禁想，诺贝尔医学奖获得者怎么可能生病？再说，他最多还能在波士顿待上几小时就得打道回府。

转悠了一阵，他踏上了返程。车刚开动，兰扎的脑子里又冒出了新念头。他想，波士顿还有那么多所大学，虽然没有哈佛那么有名，水平应该还是很高的，比如麻省理工。想到这儿，他立刻在肯德尔广场下了车，直奔麻省理工的校园。

到了问讯处，兰扎的第一个问题就是："这里有诺贝尔奖获得者吗？"得到的回答是："当然有啦。我们有萨尔瓦多·卢里亚，还有葛宾·科拉纳。"

"那么他俩谁更有名？"兰扎又问。听到这个怪异的问题，问讯处的人不再说话，倒是他身边的一个人搭了腔："卢里亚博士是癌症研究中心的主任。""那么我到哪里去找他？"那人翻了翻名录，在纸条上写下："萨尔瓦多·E. 卢里亚，E17楼"。

兰扎像拿着一份正式的介绍信一般捏着纸条，直奔卢里亚的办公室。正在前台整理文件的女秘书问他有没有预约，他说："没有，不过我想请教他一个问题。"秘书盯着他，眨了眨眼睛，说："他全天都有会。不过你可以试试午餐的时候去碰碰他。"

还有一些时间。兰扎在大楼里找到一个小图书馆，他得了解了解卢里亚到底在研究什么。长篇的论文没空看了，期刊什么的尚可翻翻。很快兰扎就弄明白了，卢里亚对噬菌体的研究为分子生物学奠定了基础，这让他拿到了1969年的诺贝尔奖。

午餐时刻，兰扎到办公室找到了正在狼吞虎咽的卢里亚博士。第二天，卢里亚带着兰扎走进一间办公室，对一个人说："嘿，给他一份他想做的工作。"转过身，他对兰扎说："你这个鬼家伙，麻省理工上百号学生梦想到这里工作。"

就这样，一个父亲是职业赌徒，三个姐妹没读完高中的穷小鬼，一个普普通通的高中毕业生，他的未来在这一刻发生了不可思议的变化。而这个包含了更多可能性的未来，最大的变化将是身体。

这么说似乎有些奇怪，为什么说身体的变化是最大的呢？人生、命运、观念，哪一个词都比"身体"二字合适。不过仔细想想未必，人生、命运、观念，无不附着于身体，有哪一个词比身体来得实在？可以想象，如果兰扎是一个制鞋厂的工人，或者甜甜圈店的店员，他的身体状态，修辞地讲，他的生命状态，肯定与一个神经生物学家大不相同。

偶然造就了身体，围绕这个话题，太多的东西可以谈。然而，假如我们不对人与社会的一元性多做思考，偶然就只能停留于感叹。所有的生命都“浸润”在它所处的环境之中，人类也不例外。就像埃利亚斯时时强调的那样，在这样的关系中，一个人的身体并不完全属于自己，而与别的生命共存。

然而毫不客气地讲，共存未必像兰扎的故事那般传奇，那般美好。有些形式的共存，根本就是逼不得已，难免包含着一些人利用强力对另一些人的支配。而在共存与共存之间，也不乏冲突、欺凌与竞争。

最近发生在德国科隆的大规模性侵案很能说明问题。在我看来，事件的实质就是，当一种高度强调共生的共存方式突然遭遇到完全相悖的另一种共存，他们就会惊恐地发现，首先遭到侵袭的，必然是自己的身体。

这时候，借用一下生物学家的视角或许不无助益。在学者们看来，人类的身体通常处在某种脆弱的平衡体系之中。这种体系，往往是由肌体、“微寄生物”与“巨寄生物”三者构成。微寄生物很清楚，就是病毒、细菌以及真菌等微生物体。那么巨寄生物是什么呢？对于别的生命来说可能是大型的天敌，对于人而言，则无非就是同类了。

像微寄生物一样，巨寄生物也能致命，但一般而言，它们更愿意与宿主形成一种比较温和比较稳定的关系，这对巨寄生物是好事，宿主也可忍受。但是这样的巨寄生模式需要充分的条件，例如有肥沃的土地和良好的作物，以便宿主有更大的产出供养巨寄生物。没有这些条件，巨寄生物对宿主采取的策略极可能是掠夺性的，乃至遍地血腥。早期的人类文明，兴衰更迭，无非如此。

随着生产方式、科学技术以及交换机制的长足进步，以及社会和政治的观念演变，纯粹单向的巨寄生模式可能逐步发生变化，转变为具有一定互惠性质的共生。现代文明不乏这样的特征，兰扎的故事可作如是看。

也许有人因此而辩称，共存的主要方式是共生而非寄生。这样的说法也没有错。只是，寄生与共生真的有明确的界限吗？我有些怀疑。或许只能这么讲，当共存的体系较为均衡，那么不能排除共生的可能性；反之，当这个体系存在激烈的冲突、严重的损害，甚至濒临崩溃，那么说它是以寄生为主，并不为过。何况，就像我刚才提到的，不少业已明确的寄生，也能够做到均衡而和缓。

面对外部的压力，均衡的体系也会发生补偿性的变化，借此最大限度地减缓全面的震荡。但是，变化本身也可能过了临界点，导致体系的崩溃。至于崩溃的受害方是哪一个，需要具体分析。然而脆弱的身体往往首当其冲，这也是常识。

早在20世纪初，细菌学家汉斯·秦瑟就在《老鼠、虱子和历史》里谈及了共存方式与身体的关系。受他的启发，作家夏衍在他的剧作《法西斯细菌》和别的散文里多次提到秦瑟的著作和观点，可惜点到即止。不过历史摆在那儿：无论是微寄生物带来的剧烈疫病，还是巨寄生物造成的掠夺和杀戮，对身体的戕害确定无疑。

幸运的是，共生的确在层层积累，意味着我们的身体在逐步赢得更具尊严的地位，而不再仅仅是他人的财产、食品或宿主，而成为埃利亚斯所说的相互联结的节点。我忽然想到两则轶闻，或许可以从侧面印证这一点。一个是马克斯·泰累尔，南非人。年轻时他一事无成，偶然间在朋友家的书架上翻到一本秦瑟的《感染与抵抗》，大为佩服决定发奋，1951年因发现黄热病疫苗而获诺贝尔奖；另一位更加神奇，名叫约翰·恩德斯。他曾经是一战时期的空军飞行员，后来做房地产，再后来进了哈佛大学主修英国文学。某天他的朋友邀请他去参加一个派对，恰好听到秦瑟聊了一晚上的生命哲学。第二天，他打电话给秦瑟说，我要放弃文学来追随你。1954年，他因脊髓灰质炎病毒的研究获得诺奖。

多么神奇的联结，多么神奇的生命。

被禁锢的身体

新生南路的一条僻静小巷，路面在濛濛晨雨中闪亮。第一次享受台北生活的我们，从酒店出来，去附近的咖啡馆吃早餐。转角没走几步，却意外发现巷里排成了车龙。走近一看，原来是一家私立幼稚园正在迎接小朋友。一溜的名牌轿车，车里出来与老师寒暄的家长，也都衣冠楚楚，多半非贵即富。他们的身姿举止，在我这个大陆人眼中，与周遭低矮的民居、狭窄的街巷相当地“违和”，不由让我想起电影《老炮儿》里的场景，尤其是胡同里六爷父子遭遇埋伏的那一幕。可见真实的未必协调，而刻意协调的，却又不真实。

每个人都有一副血肉之躯，但不同时空下的身体，总会呈现出不一样的社会属性。想想出身胡同的老炮儿，在他年轻气盛的时代，的确有可能跟大院子弟斗个天昏地暗。那一段历史，作家王山在《北京教父》里有很真实的描述。可是放在如今的时空，这个所谓的“六爷”真的有机会再一次与权贵们对峙？说实话，我不认为他的身体能够跨过那一面冰湖，和“小飞”们处于同一个场景。

衙内骑着高头大马，带着家奴在街市里飞扬跋扈，那样的年代，不同阶层的身体碰撞在同一时空，此乃中国传统的身体叙事。“彼可取而代之”的豪言，同样需要身体的时空共处。而在我们这个时代，除了官方媒体提供的图景，阶层差异极大的身体近乎完全隔绝，这就是秩序。寻常百姓只有通过深夜长安街上的离奇车祸，在小道消息里想象一番香艳与诡异——像六爷那样挨达官贵人的揍，那是多么奢侈的身体意淫！

习惯了隔绝状态的身体，自然觉得台北的街巷有些不平常。长期的隔绝，有时候还会闹出笑话。譬如发生在1936年的“帝都不祥事件”，一群日本军人发动兵变，冲进首相官邸，却误将秘书当首相予以处决，就是因为隔绝之故。起兵的这些下层年轻军官，自诩为精英，却都超过考入陆军大学的年限，也就没有进阶高级军官的可能，甚至连高层人士的身影都没资格亲见，难免杀错人。

种族隔离政策的要点之一就是隔绝身体，但是做法太过笨拙了。在媒体发达的今天，阶层的划分变得更有技巧，身体与身体的隔绝也就更加隐秘。如果说过去的隔绝基本上需要权力的强制，那么现在，隔绝在每个人的心里自动运行。高贵的身体在影像里表演，低贱的身体在幻想中跳着广场舞，似乎上下达成了某种默契。当然，这样的默契并不意味着无需国家暴力的加持。我甚至认为，这种默契有可能根本就是下层民众的一厢情愿，一只肥胖的食指就足以把这层纸戳破。

这让我想起最近发生在德国的事情。在如厕这个问题上，不少阿拉伯难民遇到了困难。按照他们的洁净观，西式的坐便器让人难以忍受，而不用水洗，以厕纸擦拭的方式“完事儿”更是肮脏到不可思议。于是，他们有的蹲上洗手间的马桶圈，有的干脆选择在公园、浴室或灌木丛解决。一位在中国待了很久的德国朋友认为，这种有别于西方人的对待身体的方式，正在成为一些人诟病默克尔难民政策的借口之一。说到底，反对者还得求助于隔绝身体。

对身体进行标签化的管理，也是巧妙的隔离手段。所谓“污名”，以及“刻板印象”，都是可资标签化管理的方式。最鲜活的例子发生在刚刚结束的奥斯卡颁奖礼上。黑人主持克里斯·洛克在抨击好莱坞有种族歧视之嫌的同时，自己也犯了类似的错误。他把三个亚裔小孩打扮成会计师的模样，列队站到台上，以此暗示亚洲人都是精于计算的书呆子，气得林书豪在推特上大呼“真让人受够了”。这种诉诸刻板印象的所谓笑话有时候就有区分隔离身体的效果。

当然，户籍政策更是明确的标签化。它首要的目标，就是限制大多数身体的空间运动，让大多数人看不到那些正在享受更大空间的少数人，包括他们的身体。

学者梁其姿在她的《麻风》一书中对身体隔离有非常精彩的叙述。麻风病本是一种由细菌引起的慢性传染病，杀伤力与传染性都远不及许多传染病，只需恰当治疗即能痊愈。但是过去由于这种病会对病人的身体和容貌造成明显的损害，其病因又长期难以确定，故而被世人视为不祥之征。历史上麻风病人被打被杀被烧，遭到迫害的例子举不胜举。对待他们最常见的方法就是身体隔离。有学者推测，孔子的弟子冉伯牛就很可能因患麻风（古称疠病）而被隔离。从20世纪50年代开始，对麻风病人有组织有计划的身体隔离在中国实施。很多病人在“麻风村”里与世隔绝长达半个世纪，直至人生终结。在我看来，就行事逻辑和思维方式而言，权力对待我们每个人的身体，其实与麻风病人并无二致。那就是将不同人的不同身体予以区隔划分，用强力与标签把我们限制于他所要求的秩序。

自有国家以来，身体就一直是权力的对象与目标。权力不仅把身体当作它可以支配的资源，更把身体的空间分隔当作一门分配的艺术。因为有了各个互不联通的封闭空间，禁忌、等级、规则和纪律才会产生，权力才能赋予一些人特权，或者剥夺另一些人的权利。麻风村如此，监狱也是典型。

当然，身体的隔离只是手段之一。除了隔离，训练身体，操纵它，使之如陶土般可塑，羔羊般驯顺，也都是权力的功课。

胡思乱想中，我们已步出小巷，来到忠孝新生捷运站。看着那些面容和善身体舒展的行人，安慰自己这个世界总有好的一面。

恐惧是生活的底色

还记得我提到过的那个对人无限信任的玛吉吗？因为杏仁核钙化，她不仅丧失了表达和感受恐惧的机能，也失去了辨识恐惧情绪的能力，以至于画不出一个表情惊恐的人脸。由于这样的病变，她没有畏惧，没有警觉，活在一个盲目乐观的主观世界。

可见，对于恐惧这一基本情绪而言，杏仁核的作用举足轻重。正如最早发现杏仁核功能的神经科学家约瑟夫·勒杜所言，在产生恐惧情绪的神经回路中，最关键的结构就是深藏在大脑之中的那一对小小的杏仁核。没有它们的参与，恐惧根本不会产生。

然而杏仁核再怎么重要，也只是神经回路中不可或缺的一环。作为一种基本的能力，恐惧不单人类有，很多动物也具备。科学家推测，早在5亿年前，恐惧就随着第一批脊椎动物的出现而出现。而那一批脊椎动物的后裔，不管是爬行类、两栖类，还是鸟类或哺乳类，都继承了这一能力。在这点上，包括人在内的灵长类并不特殊。特殊之处仅在于复杂程度——我们的调节情绪的神经回路比其他哺乳类动物可能更复杂一些。

比如勒杜就发现，与我们的杏仁核相连的神经回路实际上存在两条。外部环境传来的刺激，可以从感觉丘脑直达杏仁核，也可以从感觉丘脑传导到大脑皮层，再从那里转至杏仁核。前一条通道信号传递快，但容易出错。后一条通道信号传递慢，却相对准确。理想状态当然是两条通路相互协作，前者让我们对潜在的危险迅速做出反应，后者使我们对这一形势进行认真的判断，一旦觉得危险信号并不真实，则切断前一通道所引发的恐惧反应。然而有些时候，这两条神经回路却会产生冲突。譬如恐惧症患者，他们无端端的恐惧，往往是由于不正常的第二通道阻断不了第一通道的反应。

这并不说明健康的人就不会陷入过度的恐惧。在《脑中有情》一书里勒杜提醒，不经大脑皮层中继的第一通道，总是比第二通道更有力量。他说："从人类进化的历史来看，大脑布线的特点在于，从情感系统到认知系统的连接，远比认知系统到情感系统的连接更强大。"这就意味着即便关于恐惧的这两条神经回路都运转正常，也不能保证我们的反应得当，不会失控。换句话说，我们的大脑从基本结构上已经决定，感觉先于思考，情感先于理性。它们如同指南针，给出了我们行动的方向。难怪当年休谟会说“理性是也只应是激情的奴隶”，兰德尔·柯林斯指“情感是理性的公分母”，史蒂芬·平克则称，“情绪是给大脑确立最高级别目标的机制”，他们皆是洞悉人心之人。

关于恐惧，科学家做过不少实验，结果他们发现，实验室里从未见过蛇的猕猴，能够通过影视中的同类，学会对蛇保持警惕。可是，当画面中的猴子对一朵花或一只兔子显出害怕的样子，实验室里的同类们却毫不在意。心理学史上那著名的视崖实验，也能佐证这一现象。有人还调查过芝加哥的学生最害怕什么，结果他们的回答是狮子、老虎和蛇，尽管他们中的大多数从未真正见过那些动物。可见在我们的大脑之中存储着相当明确的“恐惧清单”，与之密切相关的恐惧，很容易被我们习得和记忆。譬如黑暗、高空、深水、悬崖、毒蛇、蜘蛛等等。平素里，第二通道很容易与第一通道保持协调。可是一旦危险信号与恐惧清单或恐惧记忆吻合，第一通道就会呈现压倒性的优势。

恐惧的“清单”并非千古不易。研究表明，除了清单上那些事物，人们很容易从那些不可预知或不受控制的事情上习得恐惧。不信？想想最近发生的问题疫苗一案就明白了。事实上这十年来，我们从苏丹红、毒奶粉、地沟油、塑化剂、毒胶囊等事件中获得的记忆已经改写了恐惧清单，再加一项疫苗不算难事。

种种社会事件提醒我们，由恐惧引发的，不是一种或几种单纯的生理反应。一只羚羊遇见豹子会惊慌地逃开，但是一个人遭遇灾祸，其反应却受制于复杂的情境。他可能会逃走，但更可能像是在坐以待毙。因为外在的条件约束着我们，促使恐惧的第二通道对第一通道进行压制。这时候，身体就会启动所谓的“行为抑制系统”，降低心率、保持警觉，绷紧肌肉，却不轻举妄动，而当这个系统处于长期激活的状态，恐惧就成了焦虑。

社会心理学家验证过一个显而易见的常识：一个焦虑的人或者人群，更愿意牺牲自由来换取安全。最近，香港导演尔冬升在金像奖片颁奖礼上引美国总统罗斯福的话说：“我们最需要恐惧的，是恐惧本身。”他明白其中的道理。

我将恐惧和焦虑视为中国人个人生活与社会生活的底色。唯有理解这一底色，才能理解中国。法学家凯斯·桑斯坦说：“只有在民主的国家里，政府才有权不屈从于公民的恐惧。”这话完全可以做进一步地延伸：充分理解并尊重民众的恐惧，这样的国家才有更多的可能。

愤怒的解剖

到目前为止，在人类共有的几种基本情绪当中，对恐惧的研究是最为详尽的。相形之下，愤怒的研究有些滞后。迄今为止，研究者发现了愤怒与攻击行为的关系，还找到了5—羟色胺（又叫血清素）这样的神经递质，以及睾酮（也即睾丸素）这一类激素与暴力之间的联系。但是它们都是相关性质的联系，却非因果关系。实际上，尽管人们已经找到抑制攻击冲动的神经机制，但是愤怒的神经解剖学知识还很不完备。人们很容易就能认识到恐惧与危险之间的因果联系，却不解引发愤怒的诱因何以如此多变。《惊声尖叫》的画面能让人不安，这很好理解。可是为什么一支出不了墨水的钢笔就能让你生气？这着实令人困惑，心理学家们也有同感。他们在实验室里用可靠的办法可以诱发受试者的恐惧感，但要准确地诱发一个人的愤怒，同时又不引起其他情绪则相当困难。

有时候，愤怒从不愉快不舒服的感觉中直接产生。疼痛、臭味，甚至燥热都有可能令人愤怒。科学家早就研究过，炎热的天气会导致暴力事件的增加。然而最容易发生也更容易理解的愤怒，还是源于你想做的事、想达成的意愿遭到种种阻难的状态，也即通常所说的挫败。

专门研究婴儿情绪的心理学家乔·康宝斯就注意到，假如你抓住一个七个月大的婴儿的双臂不让他动弹，他就会露出愤怒的神情。当你移开宝宝正在吮吸的奶嘴，他也会生气，眉头皱起，表情恼怒。成年人更不用说，当欲求之事无法达成，所处的情境或者事态发展的方向有违自己的意愿，挫败感往往就成了愤怒的源头。

有意思的是，恐惧和愤怒经常一起出现，因为它们往往都是对同一种挫败的反应。区别在于，当事态彻底脱离自己的掌控，恐惧就会胜过愤怒。反过来，愤怒有时候会帮助你减少恐惧，为你应对挫败提供能量。想想你在高速路上开车的情形吧。一辆小车突然高速从右侧冲到你的前方，还得意地甩着车尾，你会有什么反应？很可能，一开始你会被这种危险的举动吓一大跳，接着，觉得相对安全的你肾上腺素飙升，大声咒骂，拼命摁喇叭。研究表明，驾车的人之所以比步行者更容易愤怒（以至于出现了“怒路症”这个词），其中一个原因就是人们觉得车里很安全，不用担心报复。

这难免让我想起另一种情形，也就是赫希曼所讲的“退出—呼吁”机制。当一个人无法退出所在的群体，或者退出成本很高的情形下，愤怒既是无奈，也是必须。譬如家庭、政党、教会、国家，还有垄断性质的公司，这些组织的成员在退无可退的前提下，一方面不得不宣示自己的忠诚，另一方面也会表达自身的愤怒。

一旦不能确定愤怒起到何种作用，会带来什么样的后果，人就会在愤怒与恐惧之间犹疑不决，“色厉内荏”往往成为描述这一心态最准确的词。为什么有人爱借酒发疯？因为这种人只有用酒精抑制内心的恐惧，方敢把淤积的怨愤宣泄出来。动物学家发现，猫玩耗子也是同样的道理。那其实不是戏弄，也不是残忍，而是因经验不够老到而产生的犹豫，一种介于攻击与逃避之间的行为。如果给猫注射了抑制恐惧的镇静剂，它就会立刻捕杀老鼠，毫不迟疑。

这一事实显然与奥尔森所谓的搭便车理论相悖。奥尔森认为，由于每个人都是追求自身利益最大化、精于算计的“理性人”，故而个人利益与集体利益常常不一致。在这样的情况下，大规模的集团往往沦为少数人剥削多数人的工具，大规模的行动则因有众多潜在的搭便车者而难以开展。然而正如我们看到的，在现实世界里并不缺乏集体行动者的身影。可见搭便车理论固然深刻，仍有补充的余地。关于这一点，可以参阅《“气”与抗争政治》。在那本书里，作者应星借社会学家贾斯伯的概念，指出了愤怒在集体行动中的催化作用——当突发的事件或披露的真相激发起愤怒，根本无需动员，人们就会战胜恐惧，不计得失地投身集体行动。这个激发愤怒的过程，叫做“道德震撼”。

心理学家和社会学家一样重视情绪与道德之间的关联。例如乔纳森·海特，他就把愤怒视为道德的情感基础之一。他认为，基本情绪是早期人类对社会生活中长期存在的威胁或机遇的适应，是进化而来的心理模块。一旦攸关生死的情况出现，这些心理模块就会像电源开关一样启动。它会将我们的注意力投射到特定的事物上（譬如背叛、欺骗、不公等），并立刻触发直觉反应，或者激发具体的情绪，例如愤怒、恐惧、厌恶等等。因此所谓道德，就是在这些心理模块的基础上，以文化的方式建构起来的道德矩阵。

从演化的角度看，情绪当然有适应性的价值，现在也一样。愤怒会促使我们阻止或者改变使我们感到愤怒的东西，对黑暗、不公和残酷的义愤会带来改革的行动。没有愤怒，就没有合作、集体以及信任。然而情绪的局限也相当分明。保罗·艾克曼说：“大自然并没有赋予我们这样的能力，能让我们在不需要的时候关掉自己的情绪系统。”对现代社会来说，这就是问题所在。艾克曼认为，因受阻碍而愤怒的人，往往有试图伤害对象的冲动。事实上，制造伤害的冲动对每个人来说都是愤怒的核心内容。康宝斯也从儿童身上发现了这一点。他观察到，新生儿会

“用力抽打或鞭打”，以为这样有助于清除障碍物。有证据显示，打人、咬人、踢人等行为在婴儿中相当普遍。要到两岁左右，这种行为才开始得到一些控制。孩子们要通过学习才知道应该怎么控制这些愤怒的行为，并采取别的方式来制止他人的干涉、侮辱或其他攻击。或许我们可以进一步认为，控制或转换像愤怒恐惧这些情绪的表达方式，体现的正是文明的进程。

记忆的复杂与天真

现在的小朋友拥有几个汽车玩具想必不算稀奇，那么70多年前呢？埃里克·坎德尔当年就有那么幸运。他至今都非常清晰地记得，1938年11月7日，九岁生日的那天，父母送给他一个梦寐以求的生日礼物——一辆蓝色的电动小轿车。坐上它，把控着方向盘，他在家里的客厅、饭厅和卧室里兜了无数的圈儿，开心得忘乎所以。

他完全不可能料到，愉快的童年将在两天后结束。傍晚时分，两个纳粹便衣警察敲开了他家的大门，命令坎德尔一家立即离开公寓。数天后当他们被允准返回，家里已遭洗劫，所有值钱的东西都了无踪影，包括那辆闪闪发亮的蓝色小汽车。

后来坎德尔才明白他经历的事情，德国人称之为“水晶之夜”（Reichskristallnacht），像他家那样的奥地利犹太人则私下里叫它“calamitous night”，意思是灾祸之夜。大屠杀幸存者、著名的纳粹猎人西蒙·维森塔尔后来说过，“与维也纳相比，柏林的水晶之夜简直就是圣诞节。”

开着小车在家中游玩的情景、纳粹便衣重重的敲门声、仓皇出行的恐惧感以及痛失玩具的沮丧心情，这段深刻于心的记忆，成为坎德尔展开人生最强劲的动力。当他们一家人分批陆续逃离奥地利，逃往比利时，逃往荷兰，最终重聚于纽约的布鲁克林，坎德尔开始想了解那段记忆，理解那场灾祸之夜发生的原因。是的，他遭遇了比柏林更可怕的灾难，但是他也亲眼目睹了20万维也纳市民欢迎希特勒入城的那份狂热。一个热爱艺术和音乐的民族，为何心甘情愿地成为纳粹的拥护者，甚至沦为暴徒？

在哈佛大学，坎德尔专攻现代欧洲历史和文学。他在自己的论文中比较了三位德语作家看待国家社会主义的态度。卡尔·楚克迈耶是自由主义的坚定支持者，汉斯·卡罗萨保持距离与中立，而恩斯特·荣格参加了两次世界大战，为反犹主义和军国主义大唱赞歌。坎德尔认为，如果当时的知识分子没有那么急切地屈从于种族主义和纳粹主义，希特勒未必会得到大多数民众的支持。

可是，为什么那些自诩独立清醒的头脑最终会投降？在难解的行为背后，到底存在怎样的动机？坎德尔觉得，文学、历史和哲学固然有助于理解，却没有直接面对这一问题。因此，他先是转向精神分析，继而开始研究大脑，特别是大脑最重要的功能之一——记忆。2000年，坎德尔因其在“神经系统的信号传导”方面的贡献获得诺贝尔生理学或医学奖。

坎德尔的儿时记忆让我联想起哲学家伯林。同为犹太人，他的祖父、外祖父、一个叔叔、一个婶婶以及三个侄儿都死在纳粹的枪下。同样的，在与坎德尔相仿的年龄，他的心中也留下了邪恶与暴力的记忆。数十年后他仍旧清楚地记得八岁那年，他看见暴民们围攻一个沙俄政府的警察，把那个濒死的人在大街上拖行。伯林说：“那是我永远忘不掉的可怕的一幕，给我一种终生不灭的对肉体施暴的恐怖感。”我相信，正是这段记忆使他对任何狂热的信众都保持警惕，无论他们是绕行伊玛目墓地的宗教徒，还是在巴黎街头筑起街垒的大学生。

对他们的人生而言，童年的记忆为什么具有如此惊人的推动力？没有简明的答案。

作为心智的一部分，记忆指的是脑获取、储存及提取信息的能力。然而，记忆的内涵远比它的定义复杂。首先，单个神经元并无记忆的功能，神经元之间的联结（神经回路）才是关键；其次，不同类型的记忆在脑中各有存储的区域。关于人物、地点、事件和事实的“外显记忆”（也被称作“陈述性记忆”），暂时会保存在额叶，之后经过海马体的加工，转换为长时记忆，分别存储在相对应的感觉皮层。譬如运动记忆存在顶叶，视觉记忆存在枕叶，听觉记忆则存放在颞叶。另一方面，与技巧、习惯以及条件反射等相关的“内隐记忆”（亦称“程序性记忆”）则储存在小脑、纹状体和杏仁核里。

且让我举一个简单的例子来说明以上文字。比方说你跟教练学游泳，没有记忆这种心智显然是不可能的。教练讲的要领、比划的动作，会由外显记忆加工为长时记忆，分别存储在不同的脑区。当你开始训练时，这些记忆就会被提取出来，指导你的动作。经过长期的训练，关于游泳的内隐记忆就会建立起来，经久不灭。以后就算意外落水，你也无需回忆才想起自己原来是会游泳的。其实，我们说话、骑车、打字、弹琴，还有某些直觉式的反应，都需要内隐记忆。哲学家迈克尔·波兰尼早年提出的“默会知识”，其实就是内隐记忆的一部分。当然，如果读者还记得，参与内隐记忆的脑结构中，包括我经常提及的杏仁核，就不难意识到，情绪对于记忆功能有着重大的意义。坎德尔和伯林的童年记忆，恰好可资证明。

不仅如此，神经科学家托克尔·克林贝里的研究还证明，儿童的短时记忆能力尚未成熟，然而长时记忆的能力却比成年人强得多。比方老师说“拿出你的铅笔、橡皮、草稿纸和数学课本，翻到第25页，从第四行开始做题”，除非重复几遍，八岁的小学生几乎不可能只听一次就立刻做到，因为这一长串抽象的指令已经超过了他们的短时记忆的容量。可是，要孩子们记住具体直观的东西，比如家里放糖果的柜子，凑成一对的扑克牌，或者某种特定的颜色、气味和情绪，却相当容易。而且，正如坎德尔、伯林直接经验的那样，童年时期的长时记忆，即使过去数十年仍然可能保持明晰。

然而我们也要看到记忆的矛盾之处。很明显，相较于外显记忆，内隐记忆更容易支配我们的行为。更进一步讲，比起有意识的行为，习惯、直觉和条件反射式的东西，往往更强势。我甚至在想，当年的坎德尔和伯林，如果不是及早地从那种恐怖的环境中脱逃，而是长期浸淫其中，那他们对记忆的筛选，对人生的希冀、规划和评价，都会大不相同。想想那20万欢迎希特勒的维也纳市民，他们后来怎么回忆当年的行为?

坎德尔说："记忆是人类行为中最引人注目的一个方面，它使我们能够在一瞬间汇集需要的信息，并立即解决日常生活中遇到的问题。从更大的意义上说，记忆使我们的生活具有连续性，它能给我们提供一幅与现在脑海中的体验连贯的过去的画面。这幅画面可能并不合理、精确，但它能够持续存在。没有记忆的联结功能，人的经历将会分裂如生活中的瞬间一样繁多的片段。我们因为记忆而成为我们自己。"我也曾经写道，记忆是决策的基础。唯有真实而连贯的记忆，方有正确而周翔的行动。

记忆意味着选择

英国导演克里斯托弗·诺兰拍过一部很著名的影片叫《记忆碎片》。在片中，主人公因遭袭击而记忆受损，随之发生了一系列扑朔迷离的事情。有人想帮他，也有人想利用他的失忆症，而他自己则想尽办法，试图克服记忆的障碍，找到真凶。

诺兰具有极强的叙事能力，把一个原本老套的失忆故事讲得格外精彩。他对失忆症状的刻画也相当专业，显然做足了功课。可惜不少观众忽略了导演的努力，轻易接受了电影简介里“短时记忆丧失症”这一似是而非的概念。

从表现来看，电影主人公患上了典型的“顺行性失忆症”，这种失忆症的主要特征就是患者会忘掉失忆之后发生的事情。与之相对的叫“逆行性失忆症”，这一类患者遗忘的，是失忆事件发生之前的记忆。

两种不同的失忆症充分显示了记忆的复杂性——不同的记忆有不同的加工机制、储存区域与提取方式。然而就像《记忆碎片》揭示的那样，只要一个人的记忆能力没有彻底丧失，故事仍有发展下去的可能。

与似是而非的概念相悖，电影里主人公的“短时记忆”看来并无大碍。顾名思义，所谓短时记忆，是指在有限的时间内头脑记住信息的能力。一般而言，这有限的时间以秒计。研究表明，顺行性失忆症患者短时维持信息的能力基本正常，时间可长达30秒。只是这样的记忆，患者无法将其加工为新的“长时记忆”——我之前谈到的外显记忆与内隐记忆皆属此类。

容量是限制短时记忆的关键因素。早在1956年，心理学家乔治·米勒就在《神奇数字7±2：我们信息处理能力的局限》一文中指出，人们为什么喜欢说世界七大奇迹、七大洋、七宗罪、北斗七星、人生的七个阶段、七重地狱、七种主色调、七声音阶以及七天为一个星期，无非因为人类的短时记忆大概只能容下“7±2”个组块，无论这些组块是数字、字母、单词还是别的什么单位。米勒把这种信息处理能力的局限称为信道容量的限制，如今看来，他说的其实就是短时记忆的主要特征，长时记忆不受此限。

前额叶和顶叶是与短时记忆相关的主要脑区，而与长时记忆有关的脑区要多得多。从生物化学的角度看，短时记忆与长时记忆的区别也很大。要把信息加工成长时记忆，需要合成新的蛋白质，而短时记忆只涉及几种神经递质（例如5—羟色胺、环磷腺苷以及谷氨酸）的释放和浓度变化，无需合成蛋白质。

正如电影表现的，长时记忆的缺失固然让主人公的人生化作碎片，沦为悲剧，但这个人仍有运用他的逻辑能力予以弥补的希望与可能。而这种运用逻辑解决问题的能力，最重要的基础就是短时记忆。正是因为主人公拥有短时记忆，他才能够用纸、笔、纹身和宝丽来快照的方式记录下那些稍纵即逝的东西，来标识自己的行动线索和计划目的。

短时记忆就像一个摆放着几种材料的操作台，以供我们的心智进行信息处理。有些学者把这个处理过程与短时记忆区别开来，叫它“工作记忆”。为此神经科学家托克尔·克林贝里讲过一个小故事：他的一位朋友某天晚上在酒吧里邂逅一位年轻貌美的女士。走出酒吧相互道别之时，女士把她的电话号码告诉了那个朋友。然而当时既无名片又无纸笔，朋友也不放心把这串至关重要的数字交由自己的长时记忆保存，而是求助于工作记忆。他将号码留在短时记忆里，在步行回家的路上不断默念它，同时尽量避免去看车牌号、公交车号以及其他可能令人分心的数字。20分钟后，他到家的第一件事就是把那个号码写在纸上。如今，克林贝里的朋友不仅和那位女士组成了家庭，还有两个可爱的孩子。

这则小故事形象地说明了短时记忆与工作记忆的区别和联系。短时记忆往往只涉及信息的保存和重复，但工作记忆则需要更多的操作，譬如规则的运用，以及注意力的控制，等等。不过，这二者很难完全区分开来，因为它们激活的脑区都在额叶和顶叶。鉴于这些区域在计划、知觉和注意等认知功能中的重要作用已经得到广泛的研究，我愿意再次强调，短时记忆或工作记忆与逻辑能力之间的紧密关系。没有短时记忆，我们解决不了任何问题。

阿根廷作家博尔赫斯在短篇小说《博闻强记的富内斯》里塑造了一个绰号“活钟表”的乡下小伙富内斯。自从这个19岁的小伙子落马摔成瘫痪，记忆力更是达到极致。他记得五年前的4月30日黎明时分南面朝霞的形状，并且在记忆中同他只见过一次的一本皮面精装书的纹理相比较，或者与一年前他在某条河泛舟时船桨激起的涟漪相比较。他记得所有书籍的所有内容，记得每一座山林中每一株树的每一片叶子。非但如此，他还记得每次看到或回想到它们时的感受。他对“我”说，他一个人的记忆就抵得上开天辟地以来所有人的记忆总和。

“我”对富内斯的记忆力无比佩服，但同时又认为他的思维能力不强。因为思维是忘掉差异，是归纳，是抽象，而富内斯的世界里满是琐碎的细节。事实上“我”觉得富内斯的不幸就在于此。事无巨细的世界涌进他的记忆，使他夜夜失眠。而睡眠对于他而言，本是摆脱对这个世界无休无止的牵挂的唯一办法。他仰躺在床上，整晚想到的却是房屋的每一条缝缝和龟裂。他试图把夜晚想象成黑色、致密、均匀的黑暗，可是铺天盖地的细节将他的头脑变成了垃圾倾倒场。在记忆的折磨下，他的身体很快就垮了，21岁时死于肺充血。

这个人物当然出自作家的想象，但我不得不承认，博尔赫斯的思辨是非常有力的。没有任何人可以将所有的短时记忆加工成长时记忆。那既不可欲，也不可能。正如神经科学家坎德尔总结的那样，不是所有的经验都能成为长时记忆。只有重要的事件才能通过两种相互拮抗的蛋白质构成阈限，并形成新的神经突触。归根结底，记忆意味着脑的选择。

无与伦比的H. M.

在神经科学领域，“H. M.”是一个极其重要的名字。毫不夸张地讲，没有H. M.，我们对记忆的认识不会达到今天的水平。以至于有人说，H. M.乃上天赐予认知神经科学的礼物。

H. M.不是科学家，不是医生，而是一个病人，一个被癫痫长期困扰的患者。1926年2月26日，他出生于美国康涅狄格州首府哈德福特。七岁那年，他被一个骑自行车的人撞倒，头部受伤，后来发展为癫痫。病情一年比一年严重，几乎每周都会发作，还会出现致命的暂时性意识丧失。到27岁的时候，H. M.一周昏厥两三次，完全无法维持基本的生活。

在其他治疗手段无效的情况下，1953年H. M.接受了神经外科医生斯科维尔的建议，进行了双内侧前颞叶切除术。之所以这么做，是因为医生推断，H. M.的癫痫起源于颞叶中部的异常放电。手术的结果证明，他的推断不无道理。尽管斯科维尔切除了H. M.大脑两侧颞叶的内表面，以及位于颞叶下面的海马体和杏仁核，但H. M. 恢复得很好。他的癫痫发作明显减少了，善良幽默的天性还依然保留着。

然而问题很快来了。H. M.不记得照顾他的医生和护士，不记得自己的病，也不记得那场手术，甚至记不住去洗手间的路。实际上，手术后每一天发生的事他都不记得，他的记忆停留在手术前的几个月，或者更早。他只记得自己的父亲来自路易斯安那州，他的母亲是爱尔兰人，他们还告诉过他，就在他三岁那年，股市发生大崩盘。他也记得，1939年是第二次世界大战的起点。他还记得自己很喜欢舅舅，可他忘了几年前舅舅已经过世。更有意思的是，他没有忘掉自己的摩托车维修技术。

1955年，斯科维尔医生看到神经心理学家布伦达·米尔纳的文章中提到过类似H.M.的病例，于是向后者求助。听闻此讯，米尔纳连夜从加拿大赶到康州，从此开始了对H. M.长达50年的持续研究。后来获得诺贝尔奖的神经科学家坎德尔说，每一次重读米尔纳有关H. M.的论文，他都会深深为之感动，因为那些研究对于我们对记忆的认识做出了巨大的贡献。当然，这些贡献是由米尔纳和H. M.共同做出的。

通过对H. M.的研究，米尔纳总结了四个关于记忆的原理。首先，记忆是一种独立的心智功能，有别于感觉、情绪、语言等其他认知能力。其次，记忆可分短时记忆与长时记忆，它们是分开储存的。第三，颞叶内侧，尤其是海马体是加工长时记忆的场所之一，而不是存储记忆的地方。最后，长时记忆可分为外显记忆与内隐记忆，它们各有不同的加工和储存机制。

米尔纳发现，H. M.的短时记忆能力很强。也就是说，H. M.的思维保留了较强的逻辑能力。事实上在智商测试中他的表现超过一般人。他还热衷于填字游戏。只不过，填字的时候他运用的都是手术前的记忆。

由于短时记忆很难形成新的长时记忆，H. M.的意识是点滴式的，碎片化的，就像他自己说的那样："时刻都如大梦初醒，每天都与过去毫无关系"。与他相处了数十年的米尔纳说，每次她走进H. M.的房间，他都不记得之前见过她。正如我们了解的那样，摘除了杏仁核的H. M.友善地对待每一个"陌生人"。如果有人问："吃饭了吗？"他会幽默地回答："不知道，我正和我自己争论这事儿呢。"

然而当H. M.通过镜像，学习用笔在一个五角星的双线条轮廓里画线，一个新情况让米尔纳激动不已。练习的第一天，H. M.画得不好。第二天，他的技能似乎有所提高。第三天的第一次尝试，他就画得相当完美，但他并不记得自己之前的几天都在描画同一个图案。米尔纳意识到，尽管H. M.很难形成长时记忆，却并非毫无可能。

某些感觉、习惯和肢体技能，经过反复练习，无需海马体的参与，也可以加工为记忆——外显记忆与内隐记忆的区分，就始于H. M.的绘画练习。坎德尔说：“这是脑神经科学研究的伟大里程碑。它为研究外显和内隐这两套记忆系统铺平了道路，为今后研究人类记忆打下了基础。”

H. M.也能感觉得到神经科学家们的兴奋，以及他们对自己的尊重。50多年来，来自世界各地的神经科学家和心理学家参与了对H. M.的研究，人人都在讨论他为神经科学做出的巨大贡献。然而究竟是怎样的贡献，H. M.并不清楚。米尔纳回忆道，一个访问学者当着H.M.的面对她说，这位病人真有意思。一旁的H. M.有些害羞，红着脸轻声说：“我不觉得我多么有意思。”说完就溜走了。后来他对米尔纳说：“知道他从我这里学到的东西可以帮助别人，我很开心。”

2008年12月2日，82岁的H. M.因呼吸衰竭在康州一所老人院去世。直到这一天，世人才从米尔纳的学生苏珊·柯金口中得知H. M.的大名：亨利·古斯塔夫·莫莱森。而这一天，距离H. M.首次出现在神经科学的文献中已有整整52年。

20世纪90年代，在监护人的监护下，莫莱森已经签下捐赠大脑的协议。去世一年后，他的大脑被做成2400多个切片，并经数字化后储存在加州大学圣迭戈分校。2013年，柯金为H. M.写了一部传记，名为《永远的现在式》。她这样评价道：“H. M.具有无与伦比的价值。我们拥有他50多年的实验数据”。即使爱因斯坦的大脑，也没有享有如此高规格的待遇。是的，作为神经科学史上最重要的被试，H. M.继续在为我们理解记忆做出贡献——现在，永远。

不可信的记忆

一个七岁的美国小女孩死在自家的游泳池，所有的人都以为那只是一场可怕的意外。这时候小女孩六岁的弟弟出来作证，说是母亲阿曼达杀死了姐姐。他说，淘气的姐姐把清洁剂撒在了家里的地上，于是妈妈把姐姐拖出屋外，摁进了游泳池。

为了确认证词的可信度，警方对男孩进行了详细的询问。孩子的记忆似乎完全准确。当时电视正在播出的节目，空中飞过的一架直升机，附近传来的伐木声，种种情节都一一吻合。就这样，尽管阿曼达坚决否认杀人指控，并且通过了测谎实验，儿子的证言还是把她送上了法庭。

在法庭上，作为唯一的证人，儿子望着母亲，哽咽地说出令所有人心碎的证词："是我的妈妈，杀死了我的姐姐。"尽管有儿童证词方面的专家认为，前后不一的说辞证明孩子的记忆有问题，并暗示存在有人误导的可能，但是陪审团仍然得出谋杀罪名成立的结论。阿曼达被判30年徒刑，不得假释。

宣判后，阿曼达的律师愤怒地向媒体表示，这是他平生遭遇的最大的司法不公。他甚至表示，他再也不想干辩护工作了。

那是2007年的案子。如今，阿曼达在狱中服刑了8年，她的儿子也已15岁。一位电视主持人在采访了阿曼达之后说，他仍然无法确定，她是不是真的杀了自己的女儿。不过可以肯定的是，在事件发生的那一年，阿曼达失去的，是两个孩子。

没有人知道真相到底如何，不过我们可以看到，主导事情发展方向的，是一个孩子的记忆。如果有人对整个事情心存疑虑的话，那么他首先需要审视的，也一定是那个孩子的记忆。

记忆可靠吗？在从事记忆研究25年后，心理学家洛夫特斯的看法很悲观。她说，一个孩子的记忆就像一块没有边框的黑板，以及数不清的粉笔和板刷。成年人的记忆也好不到哪儿去。她喜欢这样比喻："想象成年人的脑子是一盆清水，而每一个记忆就是一勺牛奶，大脑就是这样一盆水乳交融的混悬液，没有人能够将一勺牛奶和另一勺牛奶，或者水和奶分开。"

洛夫斯特在实验室里让成百上千的被试者回忆起各种从未有过的情节和事物。人们会把面容白净的人记成满脸于思，把直发记成卷发，把示意停止的标志记作示意通行。经过她的诱导，人们可以在回忆里为空旷的田野平添一个马厩，也可以让生活经历里真实存在过的人消失得无影无踪。

假如这些实验不能说明记忆的弱点，那么现实世界还有更黑暗的事例。洛夫斯特被学界誉为“记忆研究领域卓越的研究者之一”，同时也是最受社会尊重的目击者证词分析专家。可是她在《被压抑的记忆之谜》这本书里，列举了不少她的科学结论败给大众心理的案例。其中，尤以第六章介绍的案子最典型。

一位名叫伊琳的女人20年后指控父亲乔治·富兰克林杀死了她的小学同学苏珊。据她叙述，之所以20年后才记起父亲曾经犯下的暴行，是她6岁女儿带有疑问的双眼唤醒了她的记忆。在那一瞬间，她的脑海中忽然闪过苏珊无辜而疑惑的眼神，让她相信自己和遗忘的过去建立了联系——她目睹了自己最好的朋友死于父亲之手。

在以后的大半年里，尽管伊琳努力想摆脱这个想法，但记忆缠住了她，让她欲罢不能。她先是向心理医生透露了这个秘密，后来又把它告诉了兄妹、母亲和丈夫。最后，她的丈夫鼓励她报了警。

警方从伊琳的口中得知了整个事件的过程。她和苏珊如何坐上米黄色的大众商务车，跟随父亲去郊外的；车子如何从高速路下来，拐过一个半月形的小丘，驶进旁边的灌木丛；父亲如何性侵苏珊，并从背后用巨石砸死了她。

当探员继续询问，伊琳甚至能说出一些令人瞠目且准确无比的细节。例如苏珊手上戴着的镶着小石头的银色戒指，父亲当时喝过的啤酒罐，旁边排成之字形的三棵小树，等等。而这一切，都与当年犯罪现场的调查相符。

三天后乔治·富兰克林被警方逮捕。他的律师找到洛夫斯特，请她作为专家证人参与此案。没有凶器，没有体液，也没有别的旁证，唯一的证据就是伊琳的证词。这让起诉方与辩护方不得不围绕着一个至关重要的问题展开攻防，那就是记忆的真实性。

检方认为，伊琳提供的诸多细节，除非亲眼目睹不可能得到。因此，她的记忆十分真实。辩方则认为，那些细节都来自报纸、广播和电视等公众信息，只不过经过伊琳的想象，虚构成了记忆。实际上伊琳证词中的几处错误也证明了这一点，譬如苏珊左右手都戴了戒指，但伊琳提到的那一枚银色的，并没有镶嵌石头，而是另外一枚金色的。当时一份报纸误报了这一信息。她在证词中指出的作案时间也不确定，先是说上午，后来又改称下午。她还说起车里的弹簧床垫，六个月后她将其修正为椅垫，因为床垫根本塞不进那一款商务车里。而这个相互矛盾的说法也出自当年不同的两份报纸。

伊琳承认，20年来她都没有想起过这起命案，再加上证词的矛盾不一，这让洛夫斯特相信，她的表现证明了心理学上一个确凿的事实：记忆具有极强的可塑性。但是控方反驳说，伊琳对证词的修正，属于合理的范围。她之所以20年后才记起此事，是压抑记忆导致的结果。而在洛夫斯特看来，这个所谓的“压抑记忆”，根本没有科学依据。很显然，她的观点直接否定了在大众中流行深广的弗洛伊德学说。

洛夫斯特说，伊琳的记忆是由个人幻想、对朋友之死的负疚感以及对父亲的负面记忆这三个因素导致的综合效应，一如愿望、恐惧、梦境和欲求混合而成的蒸汽。她坚持认为，在这一切的背后，是大脑玩弄的把戏。

然而判决结果证明，以潜意识为关键词的弗洛伊德学说已经嵌入了大众的心理结构，不容改变。陪审团判定谋杀罪名成立，1990年11月30日，乔治·富兰克林被送进监狱。

阿曼达的遭遇，或许只是重复了这个故事。

用熟悉的口哨唤回一只你从未养过的狗

洛夫斯特不是第一个认识到记忆不可靠的心理学家。20世纪30年代，著名的发展心理学家让·皮亚杰就谈到了这一点。他说直到15岁他都记得幼年时的惊人一幕：“有一天，保姆推着童车里的我在靠近大皇宫的香榭丽舍大街上散步，突然一个男子走过来，想把我从童车里抢走。幸亏我扣着安全带，再加上保姆拼命反抗，才得以幸免。路上的行人围了上来，一个警察也跑了过来，那个男子不得不逃走了。那一幕至今历历在目，我甚至还依稀记得保姆脸上的抓痕。”可是就在15岁那年，那个已经离职的保姆寄来一封信，在信中她向皮亚杰的父母承认自己撒了谎。她说她之所以那么做，只是为了让雇主对自己心存感激。而皮亚杰本人只是听父母反复讲起，才把一件子虚乌有的事件当作了活灵活现的记忆。他解释说：“很多不真实的记忆就是这样保留下来的：由于被人时常提及，它们顽固地占据了记忆。”

与皮亚杰同时代的心理学家弗雷德里克·巴特利特也表达过类似的意思。他说："记忆不是对一成不变、死气沉沉的无数零碎痕迹的再激活，而是一个运用想象力实现重现的创作，它源于我们对大量往事的回应或感受进行有效组织时采取的态度。因此它永远不可能准确无误。"

这很像洛夫斯特说过的话："当一个人回忆一件事情时，并不能准确地再现它。相反，回忆是一种对实际发生的事件的一种重构。回忆式记忆是用新信息和现存信息去填补某种经历时所出现的遗漏的结果。"不过很显然，她对记忆可靠程度的怀疑比她的前辈们更加强烈，因为在如今这个时代，有着过去无可比拟的大量心理学实验。

其实，一个非常简单的实验就可以验证记忆的可靠程度。实验是这么设计的：实验者先向被试者呈现一系列单词，隔上几分钟，再向被试者逐一读出那些单词，看被试者能不能确认，那些单词是否全都属于那个系列。1995年的亨利·罗迪格就是这么做的。他向被试者展示了一组单词，包括thread（细线）、pin（别针）、eye（眼睛）、sewing（缝纫）、sharp（锋利）、point（尖端）、haystack（干草堆）、pain（疼痛）、injection（注射），然后让被试者一一回忆它们。结果证明，他们中的大多数都没有发现，needle（针）这个单词并不在刚才展示的那组单词当中。换句话说，当一个事物与另外一些熟悉的事物存在某种相关性，即使它从未发生过，人们也有一种强烈的倾向，把它当作记忆中真实存在的东西。

这不是重构的记忆，这根本就是虚假的记忆。到底是怎么回事？是我们没有辨识真假信息的能力，还是说我们的记忆机制出了问题？2001年，罗伯托·卡贝萨用罗迪格的原理再次做了回忆单词的实验。只不过这一次，他对被试者的大脑进行了功能性fMRI（核磁共振成像）扫描。结果在我看来相当有趣，原来人们辨识一个信息的真假时，或者说判断自己某段记忆的可靠程度时，并不依靠一个固定的脑区，一个单一的机制。

比如在海马体这个记忆加工的场所，海马与海马旁回就各司其职。前者参与语义信息的提取，后者参与感觉信息的提取。在已知的前提下，错误信息与正确信息在语义内容上没什么不同，因而它们在海马引发的神经活动也几乎没有区别。但是由于错误信息与正确信息在感觉内容上的不同，海马旁回会对正确信息产生更大的反应。

那么，海马旁回的“感觉”以什么为判断标准呢？通过比对，卡贝萨发现，它对错误信息的反应与对新异信息的反应其实是一致的。也就是说，海马旁回判断对错的标准不是信息的真假，而是信息的熟悉程度。当一个信息足够熟悉，哪怕它完全虚假完全错误，我们也可能把它当作真实的记忆予以保存。反之，如果那个信息显得很陌生很特别，我们就会把它当作新鲜事物对待，而不认为它是记忆中的东西。

几年后，卡贝萨和他的合作者对这项研究做了扩展。他们找了16个志愿者作被试，先给他们看分别画有鸡、马、绵羊和山羊的卡片。十分钟后，他们问被试者卡片上是否有牛，居然不少人说看到了。

除了印证了过去的实验结果，fMRI还透露出更多有趣的东西。卡贝萨等人注意到，当被试者自信的回答本身是真实的，海马体的神经活动会增加。可是，当被试者自信的回答本来是错的，譬如坚定不移地相信卡片中的确有一头牛的存在，大脑额叶和顶叶的特定区域也被相应地激活。而这个地方，并不负责记忆的加工，而是负责熟悉感的脑区。

卡贝萨说："熟悉是一种空洞的感觉，它与回忆不同，没有真实的记忆细节。"可是就像实验证明的那样，正是这种"空洞的"熟悉感，让人自信，心情愉悦，从而进入认知放松的状态。它给人简单而强烈的暗示，暗示我们熟悉是经验的一种直觉反应，暗示熟悉与真实存在着必然的联系——尽管从逻辑上讲荒诞无比。一旦我们把熟悉当作真实，记忆就难免出现拣选、扭曲、填补和虚构的可能。作家马克·吐温说："过去的事情虽然未必会重演，但是我们总能在过去找到和现在押韵的例子。"其实反过来道理也是成立的，人们倾向于用熟悉的韵脚来衡量过去，就像用一支熟悉的口哨去唤回一条狗，即使你并没有养过它。

记忆的七宗罪

杏仁核有多重要？一个“怪咖”乐队可以告诉你。这个乐队的名字就叫“杏仁核”，由情绪研究的领军人物约瑟夫·勒杜担纲主唱。他们还发行过一张专辑，标题长得惊人，名为《重金属、我的心智理论和脑中万物》。

然而杏仁核绝不是“脑中万物”的唯一重点。我们的脑有多重任务需要完成，而不同的工作需要不同的核心结构。因此，没有任何结构或脑区称得上唯一重要的东西。比如我最近谈到的海马体，它在记忆机制中的地位，不比杏仁核逊色。与勒杜的乐队相映成趣，也有一个音乐组合名叫“Hippocampus”，即“海马体”。

解剖学家将杏仁核和海马体都归入边缘系统。这个术语描述的是脑半球中间凹陷下去的那部分大脑皮质，以及与之联系密切的皮质下结构。边缘系统包括的部位相当广泛，除了杏仁核、海马体，还包括扣带回、丘脑、乳头体、嗅球、纹状体等等。这些结构和它们的连接通路，围绕着间脑形成了一个环。有兴趣的话，大家可以看看《奈特人体神经解剖彩色图谱》，直观明白。但是边缘系统的复杂功能，迄今未被学者们彻底搞清楚。

从结构上看，纹状体跟杏仁核不仅是邻居，而且纹状体的尾状核与杏仁核直接相连。因此，它们在功能上的联系值得关注。就在不久前，我还读到一则科技报道，谈到了纹状体与海马体之间相互抑制的效应。当海马体激活，纹状体就会失活；反之，纹状体兴奋，海马体就迟钝。这自然让我再次想到记忆机制，想到熟悉感对记忆的影响。因为纹状体在形成程序性记忆方面扮演着关键角色——它是“习惯回路”的协调者。就像我们在H.M.身上看到的那样，尽管他不会记得自己是如何学会画画的，但是纹状体让他的确画出了漂亮的五角星。

习惯让我们喜欢熟悉的事物，愿意和熟悉的人打交道，乐意呆在熟悉的环境中，在演化生物学家看来，这种心理倾向是先天形成的适应偏好。这种适应偏好的神经生理基础就是习惯化，我们可以把它理解为生物最简单的记忆机制。通过习惯化，生物记住了无害的刺激，从而在确保自身安全的前提下对它们置之不理。它让你不会对周围的行人大惊小怪，也让你对自己的心跳和胃肠蠕动安之若素。它消除了我们对世界的过度反应，从而给更有目标的行为打下基础。

习惯化会让大脑转入自动运行模式，也就是卡尼曼所谓的系统1，而让耗神费力的系统2处于放松状态。在这种认知放松的情形下，额叶和顶叶的特定脑区就会产生熟悉感，让你我有如海滨休假的游客，落日曛曛，和风习习。

可是，如果我们的熟悉感不是对真实刺激做出的反应，而是特定脑区发出的错误信号，问题就来了——它诱使我们的大脑用毫无关联的细节搭建出子虚乌有的记忆。

相信很多人，尤其是十六七岁的年轻人都遇到过这样的怪事。忽然一刹那，你觉得眼前的一切好像以前发生过，尽管你知道这个地方你从来不曾来过，这些人和事你也完全没有经历。这种似曾相识的奇妙经验，往往就是熟悉感暗示出来的幻觉记忆。由于人类的神经系统要到20岁左右才大体完备，所以在青少年的大脑中，信号传导的失误率要比成年人高，出现幻觉记忆的几率也高得多。

熟悉感只是造成记忆错误的一种因素。心理学家丹尼尔·夏克特罗列了记忆的七宗罪，分别是遗忘、心不在焉、阻塞、错认、易被暗示、偏见和纠结。如果说记忆是“凶手”，很难说这些“罪”只有一个动机，然而因记忆而导致的错误可以列出越来越长的清单。洛夫斯特在《辩方证人》一书里讲述的不少与记忆有关的司法冤案，着实令人沉重。最有意见的心理学家大概是唐纳德·汤普森，因为有一次，他突然因一名在家中遭人强暴的女子指控而被逮捕。结果警方一调查，发现汤普森根本没有在场的可能，案发当时他正在接受电视台的采访。原来，受害者遭侵害前汤普森恰好出现在她观看的电视里，惊恐中她就把他的面容记成了凶手。汤普森是幸运的，想想看，如果当时电视上不是直播而是录播，他就有罪受了。

不久前，生物学家利根川进用一个惊人的实验彻底确认了记忆的不可靠，“尤其是在处理影响重大的刑事案件之时”。他比坎德尔更早获得诺贝尔生理学或医学奖，而从事记忆研究则相当晚。2013年，他和麻省理工学院的同事们把一种光敏分子置入小白鼠脑中与恐惧相关的神经元，然后用光激活它，结果让小白鼠产生了一段从未经历过的恐惧记忆。之后，他们用同样的方法修改了这段虚假记忆，让原本对某个环境心生畏惧的小白鼠转而爱上它。最近，他们又用类似的思路找到了激活丢失记忆的办法。

对纹状体素有研究的大卫·林登曾经说，神经科学家的终极梦想就是梦见自己可以逐个刺激人脑中的几千亿个神经元，再以毫无限制的组合方式进行研究，遗憾的是人类要实现这一美梦还有很长的路要走。但是利根川进使用的这种名为“光遗传学”的新技术让科学家的美梦成了真，同时，也使我对记忆这一心智产生了更大的怀疑。如此不可靠的记忆，对我们而言到底有什么意义呢?

哲学家丹尼尔·丹尼特说：“只有为了增加适应的可能性而提取信息的生物体，方能享受记忆所带来的任何好处。”事实的确如此。通常情况下，我们的记忆还是值得依靠的。一方面，事无巨细的记忆与完全真实的记忆都没有必要，除非这些记忆有利于我们的生活；另一方面，虚假的记忆本身也没有对我们的人生造成太大的损害。相反，它很可能有助于我们更好地面对现实与未来。

加扎尼加也赞成丹尼特的看法。他说尽管记忆在很多方面达不到我们的期待，但是归根结底，我们都不得不依靠记忆来编织我们对自己对他人对世界的看法。只有记忆，才能让我们的自我感觉以及世界观处于一个持续的融合状态。

这反倒提醒了我，对记忆机制的理解，不正为我们审视自我以及种种社会观念提供了有效的路径么？

“自我”是记忆讲述的一个故事

心理学家夏克特将遗忘列为记忆七宗罪之首，他的同行吉仁泽可能不会同意。吉仁泽认为，遗忘本就是记忆的题中之义，它可以帮助我们从大量的生活细节里挣脱出来，防止那些细节损害我们的概括、推断和学习的能力。

儿童心理学家早就认识到遗忘对于语言学习而言有多么重要。凭借直觉，爸爸妈妈们也是这么做的。他们不会给婴儿朗读《战争与和平》，而是无师自通地使用“婴儿式的语言”跟宝宝交流。婴儿有限的记忆像一个过滤的筛子，父母们懂得把语言掰碎来适应它。用吉仁泽的话讲，这就叫：“少即是多。”

其实很早之前威廉·詹姆斯就表达过类似的意思。他写道：“如果我们能记得发生过的每一件事，我们早就病入膏肓了。”

正如我写到的那样，记忆是脑的选择。我们记住什么，忘掉什么，是极富创造力的大脑的选择。尤其是关乎个人经验的自传性记忆，往往都是选择的结果。面对不确定性的世界，忘却和记住就像两片刀片，组合成一把修枝剪，帮助我们修剪掉诸多繁杂的信息，而把注意力集中在那些对我们的生活有价值的少数信息上。没有这把剪刀，我们的大脑将陷入细枝末叶的泥淖，无法把个人经验转换成有意义的故事。同样的道理，假如遗忘和记忆的刀片长短各一，不相匹配，这把剪刀也会出大问题。

还记得博尔赫斯笔下博闻强记的富内斯吗？那样的病例现实里就有。一位具有超强记忆力的俄罗斯人承认，他的头脑总是被儿时的各种影像占据，大量的细节更是让他无法进行抽象水平的思考。他还抱怨自己辨识面孔的能力很差，因为些许的表情就会使人脸变幻不定，让他难以记住。另一位记忆力超群的美国女士在一封给心理学家的信里写道："我今年34岁，从11岁那年开始我拥有了难以置信的回忆过去的能力……每当在电视上或者别的地方看到一个日期，我就会自动地回想起那一天，记起我在哪里，在干什么，那天之后又发生了什么事。回忆无法停止也无法控制，让人筋疲力尽。每天都在头脑里回顾一遍我整个的人生，这简直把我逼疯了。"

有人做过实验。他们让被试者观看两组照片，同样的景观，一组照片由被试者拍摄，另一组由实验人员拍摄。fMRI扫描发现，当被试者观看第一组照片时，激活的脑区远比观看第二组照片广泛。具体来说，当他们看到自己拍的照片，激活的脑区除了与情景记忆相关的内侧颞叶和与情景加工相关的顶叶皮层，与自我信息加工、视觉空间记忆以及回忆相关的脑区，甚至杏仁核等结构都会激活。

可能正是因为自传性的记忆要调动更多的脑区，心理学家德拉埃斯马才认为，在所有类型的记忆中，自传性记忆最容易遭到破坏。即使在健康的前提下，自传性记忆也就是一个为你记录人生，却明显缺乏责任心和领悟力的秘书。不过我觉得这不奇怪，因为这位秘书服务的对象不是真实，而是自我。

那么自我是什么？长期关注自我和记忆问题的奈瑟尔曾经总结过各个领域顶尖学者对自我的看法，列出了一个不短的清单。另一位心理学家布鲁纳把它精简成了12项，在此我将其再度浓缩，罗列如下：

1. “自我”是有目的的行动者，充满对目标的欲望、企图和渴求。它具有强烈的占有欲，可以不断扩展、挑拣目标、价值或信念来满足自己的需要；

2. “自我”以“参照群体”和“重要人物”为导向，设置行为标准，并根据这些标准对自身做出判断；

3. “自我”对实现目的的条件，譬如障碍、现实和环境很敏感。它对目的的达成，例如成功或失败也很敏感；

4. 它能通过改变自己的欲求，或者行为标准，来对成功和失败做出反应；

5. 因为对达成目的的诸多因素敏感，所以它的行为惊人地多变，且高度情绪化；

6. 但它有一套心智为自己的行为辩护，其动机是保持感觉上的连续性、维系经验上的一致性，从而回避事实上的不连贯和矛盾；

7. 最后，要达成上述几点，它必须依赖记忆的选择性，通过不断地调整过去，来满足自身连续性和一致性的信念。

可见，要让这样的“自我”满意，记忆不能满足于做一个循规蹈矩的秘书，它还得是一个擅长讲故事的律师。它为“自我”全力辩护，而“自我”则坚信，律师描述的那个人正是自己。

按照“自我”的上述要求，一个好的故事应该怎么讲呢？这让我想起诗人弗罗斯特的名诗《未走之路》。我觉得这首诗被不少人视为人生的最佳写照，就因为它讲了一个关于“自我”的好故事。在这个故事里，自我作为行动的主体，有必然的障碍，知道驻足思考，也敢于做出抉择。同时，这样的“我”总能借助记忆，饱含深情地对自己的行为作出解释：“也许多少年后在某个地方/我将轻声叹息把往事回顾/一片树林里分出两条路/而我选了人迹更少的一条/从此决定了我一生的道路。”

有人说：“个体失去构建叙事的能力，就失去了他们的自我。”我认为这句话要成立，前提是记忆——不管它有多么不可靠。神经医学家萨克斯在《错把妻子当帽子》一书里生动地阐释了记忆与叙事以及自我的关系。他发现患有严重科尔萨科夫综合征（又称健忘综合征）的病人不记得自己是谁，不记得任何事，却有着病态的叙事能力。他写道，每个人都需要一个内在的、不间断的故事，来维持他的自我信念，记忆的一大功能即在于此。然而丧失记忆的人无力做到这一点，因此他们只能不停地编造连续的情节，以此弥补自我感觉的破碎与断裂。

最终他们成了故事狂，无休止地创造着虚假的新世界与新自我。萨克斯写到，在他们闪闪发亮不断变换的虚构之下，是“一团没有深度的幻想和精神错乱”。我不知道，还有什么事情比这样的人生更可怕。

以记忆的名义制造神话

当我们了解，记忆是脑获取、储存、提取信息的一种心智能力，我们就能对市面上流行的各种以“记忆”命名的观念保持警惕。譬如历史记忆、文化记忆，再譬如社会记忆或者民族记忆。群体没有整全的心智，社会没有硕大无朋的脑，哪儿来什么记忆？可见，如果这些“记忆”不是“记录”的同义词的话，那它们就不过是一类修辞，一种隐喻，其目的是用“记忆”这个看起来很亲切的概念去“激活”历史、文化、社会以及民族等概念。隐喻的一大功能正是如此——用一个我们熟知的字眼去激发出一个陌生词汇的意义。

因此，当我们看到近乎“群体+记忆”结构的词组，不要想当然地把它们与真正的记忆挂钩，而应首先想到，它们和“时间河流”“人生巅峰”等一样，都是隐喻。

也许我这么说有人会生气，说我曲解观念，对大师不敬。他们会引用哈布瓦赫的话，把集体记忆定义为“一个特定社会群体之成员共享往事的过程和结果”，或者援用韦尔策的话，将社会记忆定义为“一个大我群体的全体成员的社会经验的总和”。可是在我看来，他们的努力终究白搭，什么共享往事，什么大我群体，不也是隐喻么？隐喻与隐喻叠在一起，得到的还是隐喻。如此空疏无物的定义又能说服谁呢？

自从20世纪20年代哈布瓦赫创造出“集体记忆”这个概念，经过三四十年的冷寂，忽然之间，类似的“记忆”花样百出屡见不鲜。可是就像一个研究社会记忆的学者所说，有些人会怀疑，社会记忆的概念只是在集体记忆、文化记忆等本来就定义得很糟糕的概念之后再增添一个“定义得很不充分的概念”。坦率地说，我就是怀疑者里的一个。我承认，不管是对过去、现实以及未来，一个特定群体的成员的确存在某种类似的态度、近似的想象和趋向一致的心理倾向。但这种群体现象，根本就与记忆沾不上边。集体没有大脑，故而无法记忆。它所拥有的，至多是个体记忆的集合，而这种集合里的个体记忆互不隶属，互不通约。

哈布瓦赫是哲学家亨利·柏格森的学生，他将集体记忆置于个体记忆之上的做法，分明是跟老师唱反调。甚至，他对记忆的理解，因直接得益于柏格森而同样荒谬。

柏格森在《材料与记忆》里明确宣称，他就是要为声誉不佳的身心二元论辩护。在他看来，记忆不是大脑的功能，而是独立于大脑之外的精神性的东西。于他而言，像“大脑中储存回忆”这样的话，简直是奇怪的假定。他认为，人是由身体与心灵两部分构成的。身体属于物质世界，大脑也是。连带的，大脑对外部刺激做出的反应，譬如知觉也属于物质世界。那么，人的精神性的一面体现在哪里？柏格森认为，这得靠记忆，尤其是纯粹记忆。它可以让原本只有空间性的身体呈现为时间性的心灵。照我的理解，他所谓的纯粹记忆，颇像中国传统观念中的“气”，贯注人体，人就神采奕奕。反之，身体一旦失去它，意味着死期已至。

问题是，如果记忆是独立于大脑的东西，它又从何而来呢？柏格森说，关键在于“durée”（绵延）的时间。记忆也罢，意识也好，甚至自由意志，都是连绵不断的时间的一个面向。

时人把他的这套理论夸上了天，说苏格拉底加上柏拉图才凑得上一个柏格森，还说他是笛卡尔、康德之后最伟大的思想家。因为这套深奥神奇的言说，柏格森获得了诺贝尔文学奖。也部分因为他的理论，诺贝尔奖的评委们不敢谈论相对论，只能以发现光电效应的名义给爱因斯坦颁奖。第二年，在巴黎的一个学术会议上，柏格森花了半小时批评相对论。接着上台的爱因斯坦则用了一分钟来回应，其中最著名的一句话是：“哲学家所谓的时间并不存在”。

哈布瓦赫对集体记忆的阐释，正是基于柏格森的时间观。只不过，他用更通俗的“延续性”替换了绵延一词。就此，集体记忆获得了类似“纯粹记忆”的至高地位。在他看来，是集体记忆定义了集体以及集体中的每个人。这构成了一个逻辑上的莫比乌斯环，让一些社会学家痴缠了半个世纪。不过我想，如果爱因斯坦听说他这套东西，估计仍然会冷冷地说：“你们所谓的集体记忆也只是幻觉。”哈布瓦赫把节日、仪式、纪念碑、图书等种种事物当作体现集体延续性的记忆固着点，作为一个犹太人，爱因斯坦完全可以告诉他，纳粹是怎么构建这些记忆固着点的。有兴趣的读者也可以看看周海燕教授的著作《记忆的政治》。在那本书里，你会发现，所谓集体记忆，无非是统治者为了政治需要玩弄的权术。

有些天真的学者竭力收集个人记忆，试图用它们来填补集体记忆的空虚，或者修正社会记忆的谬误。但这些努力终究无用，因为群体记忆之类的概念，最大的问题尚不在于个人记忆的不可靠，而在于它与历史的对立。妄想用共识来取代真相的逻辑，本身就大可怀疑。我认为，同样是隐喻，与其滥用记忆这个比喻，还不如直接用罗兰·巴特的“神话”取而代之。起码，神话的定义很明确：“一个社会构造出来以维持和证实自身存在的各种意象和信念的复杂系统。”

修辞学家认为，隐喻可以让一个词语脱离常见的语境，把它的意义转入新的语境。反过来，透过隐喻，我们也能看出创造这个隐喻的人处在什么语境，想要制造什么语境。他究竟在想什么，正在干什么。还记得我反复讨论的那种让人产生虚假记忆的“空洞的熟悉感”吗？还记得记忆在构建自我故事中的重要作用吗？是的，借助记忆这个概念，某些人或某些组织可以用种种手段让人们产生类似的熟悉感，并利用这种认同，讲述关于集体的神话。前不久，一家法院以损害“民族共同记忆”为由，判一位追寻历史真相的学者败诉。那个案例颇能说明，所谓的集体记忆，是谁为了何种目的在制造、在维护。

当一种修辞缺了权力的维护就不能成立，我只能认为它行将就木。“群体+记忆”的概念就是如此。哲学家尼采把隐喻比作一枚硬币，在长期的流通中表面磨损渐失生动。那么，假如这个隐喻本来就是一枚伪币，不知情况又将如何？知道真相的使用者会不会心虚？

辑三：退守的人生

危险的讨论

讨论国民性是一项高风险的思想作业。风险高，原因很多，重大者二：一是难免犯笼统概括的毛病，一竿子打翻了全船人；二是得小心特殊国情论者的棍子。

国民性一词，看上去很神秘的样子，其实概念不复杂。它也被翻译成民族性，通常指的是一个国家或一个民族长期以来反复呈现的心理与行为的模式。个人以为，心理不易考察，重点在于行为，又因为心理和行为密不可分，所以我在这里所谈的国民性，主要指的就是行为模式。

如果把“人性”二字和人类普遍的行为模式挂上钩，国民性与国家民族是什么关系就很清楚了。打个比方，直立行走是人类共有的行为模式，乃是人性的特征之一。然而“踱方步”就不一样了，它只是某一部分人的行为模式。说不定，还是某种国民性的表现呢。

国民性很像生物学家常说的习性。不是与生俱来，却根深蒂固，特别稳定，但非一成不变。例如20世纪80年代，一群红嘴鸥在飞往西伯利亚繁殖地时偏离了原来的路线，意外地降落在昆明地区。20多年来，由于市民长期投喂食物，它们的少数后代就逐渐放弃了候鸟迁徙的习性，成为滇池翠湖里的常客。据说这部分红嘴鸥的规模还有扩大的趋势。生活在日本北海道的丹顶鹤更是如此。因为当地人长期有组织地投喂食物，它们已经完全放弃了过去每年在繁殖地与越冬地往返迁徙的习性，成了名副其实的留鸟。

有人将习性称作“第二天性”，相当准确。当年严复说：“华风之弊，八字尽之。始于作伪，终于无耻。”今日看来，要改变这种第二天性，还得费些工夫。

啊，扯远了。我们还是继续讨论国民性吧。

生物界从不存在只有天性而无习性的物种。同样的道理，世上也不存在只有普遍人性，却没有特性的国家或民族。这使得国民性研究基本上只能采取比较的方式进行。比较的优势在于鲜明生动，往往一针见血，可是这个方法也有短处。流于印象，失之偏颇，过度诠释，还有按捺不住的价值判断，都是对比较研究的有力批评。这些批评如此严重，以至于在经历了20世纪四五十年代的兴盛之后，整个国民性研究都走向了低谷。

谈不上复兴，不过最近我发现，西方的国民性研究在方法上已经有了很大的更新。比如美国社会心理学家阿历克斯·英格尔斯的著作《国民性》就大量运用了像统计学一类的定量分析方法。英国社会人类学家凯特·福克斯在《英国人的言行潜规则》一书中采用的方法更“笨拙”，也更有趣。她采用了一种极端经验主义的方式来观察英国人的性格特征。为了研究英国人如何说对不起，她可以每天上午去火车站假装不小心地撞上行人，然后记录对方的言词和反应。她甚至记录了70万个抱怨天气的例子，用来分析英国人谈论天气与社交拘泥症的内在联系。

就像学者们那样，如果我们更新了自己讨论事物的眼光和手法，大可不必对国民性的讨论谨小慎微。实际上，只要我们留意到国民性跟习性一样，既受限于天性，又受制于环境，总能发现一些特定的行为模式。至于这些行为模式的利与弊或对与错，那是另一个问题。

需要明确的是，我这里所说的环境，当然不再仅仅是孟德斯鸠谈论的地理环境。很早，这位哲学家就敏锐地意识到，环境与国民性之间有着紧密的关系。但他还是犯了不小的错误。他把环境的含义窄化为地理和气候，显然是错误的。没有意识到社会、制度、文化等因素在环境概念中的重要性，则是更大的遗憾。

英国一位著名的社会人类学家艾伦·麦克法兰坦言，他差点儿就犯了类似的错误。当他动念头去研究日本的国民性时，几乎本能地想到了日本与英国在地理环境上的相似性，从而想当然地把日本当作“全世界主流文明体系中的一个变体”（《日本镜中行》）。直到他再三深入到日本社会中去，才发现根本不是那么回事。不过，麦克法兰没有气馁。因为他从另一个人的著作中获得了探知未知世界的巨大勇气。这个人就是法国政治思想家托克维尔，而那本著作则是不朽的名篇《论美国的民主》。

为什么一位社会人类学家可以在一位政治思想家那里获得探讨国民性的勇气？多么迷人的问题。

见鬼的布尔乔亚

越难定义的事物越暧昧，“中产阶级”就是典型。有此感慨缘于《福布斯》一篇题为《2013年中国大众富裕阶层财富白皮书》的报告。该报告称，2012年年末，中国的中产阶级人数约为1026万。报告又称，预计到2013年年底，中国的大众富裕阶层将达1202万人。报告还称，所谓大众富裕阶层，指的是个人可投资资产在10万美元至100万美元之间的中产阶级群体。看到一个事物在一篇文章中数度变身，犹如活见了鬼。

通常情况下，中产阶级在现代传媒里被中性地印刷为“中间阶层”，似乎这才是真身。其实这种政治正确，倒回去几十年是不可想象的。很长一段时间，中产阶级与资产阶级共享一个概念“bourgeois”，即布尔乔亚。英国人三四百年前从法国引进这个单词时，并没有细究它的分野。大约在中世纪的晚期，法国人从意大利人那里舶来“bourgeois”以及它的复数形式“bourgeoisie”

时，也没有考虑它的来历。更早的意大利人将希腊语中的“pyrgos”（村庄）转化为“borgo”（城镇），再发展出自己的“borghesia”（城里人），似乎亦是自然而然。因此说到底，无论概念上发生了多大的历史变化，中产阶级与资产阶级本属同根，他们都是“住在城里的自由人”，也就是我们常说的市民，包括商人、作坊主、手工业者、律师、学徒等等。只是在18世纪晚期到19世纪，他们才逐渐从剧烈震荡的“布尔乔亚”大家庭中分离出去。

从词源的追溯我们发现，中产阶级的肖像在两千多年前已经由希腊人勾勒了轮廓。当时的哲学家亚里士多德就提到过中产阶级的行为特性以及社会意义。他在《政治学》里给自己规定的中心任务是消除或弱化富人与穷人的政治冲突，而要调解城市中的这种冲突，离不开中产阶级的作用。他这样写道：“巨富者倾向于傲慢和自负的卑鄙，赤贫者则倾向于恶毒和下贱的卑鄙；而不正义的行为要么通过傲慢产生，要么通过恶毒产生。”骄奢淫逸者从不习惯于被统治，一贫如洗者要么忍气吞声，要么奴颜婢膝。他们避免统治和希望统治的过度渴求都会对政治产生危害。相反，那些拥有中等数量财产的人不一样。他们在行为上更倾向于理性，无论被统治还是统治，都有充分的准备。

不过亚里士多德认为，中产阶级在数量上应该保持少数。他们的作用是限制而非强化，故而不可能成为美德的源泉，而只能做美德的温床。言下之意，中产阶级与其说具有美德，不如说没有恶德——他们是平庸者。

不管怎么说，以财产而不是荣誉、血缘、权力等“高贵”的事物为标准，这意味着中产阶级这一称谓从一开始就带有明显的贬损含义。直到18世纪晚期，随着数量上的急剧膨胀，这幅线条粗鄙的肖像才变得色彩斑斓起来。一时间，在旧有的社会精英，譬如贵族眼中，中产阶级成为觊觎权力的野心家。在底层民众眼里，他们则是好高骛远的势利眼。而在越来越有自我意识的中产阶级看来，他们代表着前进的方向，乃是时代的象征。例如英国哲学家约翰·穆勒就高调表扬过中产阶级。他说：“这个国家的中产阶级其价值、与日俱增的人数和重要性，是受到普遍承认的。这阶级长久以来都被他们的上级视为英国的荣光。”

可是到了19世纪中后期，分化为多个阶层的中产阶级已经不再有强劲的攫取欲和进取心。这幅肖像的头顶逐渐升入云层之中，脚却陷进泥泞里，凸显在外的，是一段包裹在矫揉造作里的呆板身躯。以至于他们中的异类，特别是艺术家们对这一形象咬牙切齿。在这些人里头，法国作家福楼拜骂得格外卖力。他在书信中曾经署名“仇布者”，还专门写了一本名为《庸见词典》的小册子来挖苦中产阶级。1867年5月，在写给女作家乔治·桑的一封信里，福楼拜更扬言：“铁律：仇恨布尔乔亚是一切德行的开端。”

其实从那时候起，中产阶级的自我感觉也不佳，他们变得忧心忡忡、神经兮兮。19世纪后期，他们常用歇斯底里、神经衰弱之类的专门术语来描绘自己内心难以名状的压抑和焦虑。很快，席勒所谓的碎片化、马克思所谓的异化、涂尔干所谓的失范等等，各种怪异的笔触纷纷涂抹到了中产阶级的肖像画上。其实事情没那么复杂，无非是因为中产阶级的现实与他们的想象之间出现了越来越大的反差。

有人情愿自我毁灭，也不愿忍受这种焦虑。作家莫泊桑就怀着这样的心情给朋友写信：“我得梅毒了！终于得了！货真价实！不是不入流的性病，不是，不是，就是要了弗兰西斯一世命的那一种……我感到骄傲，无比的骄傲。”

最后他还不忘添一句：“布尔乔亚见鬼去吧！”

“连我们都谈政治了”

说起中产阶级的焦虑，离不开神经衰弱、歇斯底里、精神抑郁等一堆专门术语。不过这些东西跟历史上的布尔乔亚沾不上边。200年前，布尔乔亚还是尚未分化的大家庭，人丁兴旺朝气蓬勃。彼时，布尔乔亚是法国大革命的中坚。彼时，布尔乔亚不仅活跃在社会活动的诸多领域，也战斗在议会、广场与街垒。一直到1830年，在推翻波旁王朝的七月革命期间，布尔乔亚仍有很强的战斗力。今天我们仍然可以从画家德拉克洛瓦的名作《自由引导人民》里看到，当时的布尔乔亚到底包括哪些成员。甚至在十几年后，马克思恩格斯也承认，历史上的布尔乔亚是最具革命性的社会组成。

德拉克洛瓦不是唯一为布尔乔亚造像的艺术家。如果说他描绘的1830年，布尔乔亚正由热血青年转向稳重中年，那么作家丹尼尔·笛福在1719年所做的，则是为布尔乔亚的青少年时期画像——出身中产的鲁宾逊·克鲁索浪迹海上时，只有19岁。可是如果我们随时光倏然进入20世纪就会看到，小说家米歇尔·图尼埃笔下的鲁宾逊，已然符合现代中产的条件：神经兮兮、耽于玄思。

由此我们发现，中产阶级的历史面貌变化很大。差不多到19世纪初，资产阶级从布尔乔亚大家庭分离出去，而家庭的名誉遗产大体归中产阶级所继承，他们的形象才逐渐满足今天的认知。这一转变如此漫长，足足用了100年。历史学家彼得·盖伊还给出了具体的时间：起点是1815年拿破仑兵败滑铁卢，终点为第一次世界大战爆发前的1914年。

检视那一百年的历史，很明显，与身体一起成熟的，还有中产阶级的头脑——也就是他们对于美好生活的信念。他们用这套信念，一步步将自己与别的阶级分开。他们对道德的极力追捧，对自然的温情想象，对时间的恪守态度，尤其对秩序、理性、克己、家庭、科技以及勤奋等字眼的高度认同乃至深度痴迷，其他阶级难以比肩。

抱持着这套信念，中产阶级到处给事物划定界限。他们将洁净与肮脏分开，将自然与社会分开，将公共空间与私人领域分开，将成人世界与儿童世界分开，将卧室、客厅、书房、厨房、卫生间分开。他们怀着对无序混沌的深切恐惧，强调着隐私的无比重要，克制着自己的身体、情感与性爱。他们在吃鱼的时候羞于吐出“尾巴”这样“粗俗”的字眼，而将“尾端”当作“恰如其分”。他们甚至不肯用“双脚”这样“模糊”的复数形式，而要用“我的左脚和右脚”来精确指称。在中产阶级看来，除非赋予了一个事物以秩序上的意义，否则根本不应该开口——只有下层人才会粗鲁地把一把铲子叫做“铲子”，更不要说性爱、怀孕、生产、大小便这些与“脏乱差”分不开的事情了。一位女士在回忆录中写到，在1900年代，人们从来不会使用助产士、产婆这类称呼，迫不得已，他们会以交头接耳的方式，婉转地名之为“必需夫人”。

中产阶级与工业文明的联系相当抢眼。就像社会学家诺贝特·埃利亚斯所说，一个以工业文明为基础的现代社会，必然要求它的社会成员理性、热爱秩序，善于精细而稳定地自我控制。毫无疑问，中产阶级比其他阶级都更符合这一要求。换句话说，现代社会鼓吹的主流文化，必然是中产阶级的文化。

问题是，过度寻求秩序的保护，过度追求琐细的克己，就会产生高浓度的焦虑。特别是一战之后，经由鼓吹出来的中产阶级文化，焦虑四下扩散，像巨大的雨云包裹着矛盾的现实。人们误以为中产阶级正在扩大规模，然而社会学家大前研一就提醒道，中产者所占的社会比重不仅持续降低，而且濒临结构崩溃。随着贫富分化的加剧，M型的社会结构已在多国出现——逐渐趋近于1的基尼指数已经指明了这一点。与此同时，硕大无朋、空无一物的中产幻象还裹挟着大多数的人。面对如此提问，你为房贷担心吗？你害怕结婚生子吗？你操心子女教育吗？如果你的任何一个回答为“是”，那么你就不要自以为是中产。

然而如同作家J. K.罗琳所言，长期浸淫在中产幻象里的人不仅惊人的势利，并且自命不凡，要他们重拾布尔乔亚的社会热情很难。不过有趣之处在于，当中产阶级濒临消失之时，他们却会掀起巨澜。这种“消失的力量”，曾经涌现于1933年的德国，以及1947年的中国。

在那样的时刻，一个典型的中产者往往会坐在咖啡馆里，看着乱哄哄的游行队伍从街上走过，然后对朋友说：“连我们都谈政治了。”

秩序的幻觉

与中产阶级比例下降的事实形成对照，中产阶级的观念反倒成了时代的“云意识”，甚至可以用“意识形态”这样的老词来替换。英国历史学家E.P.汤普森曾经说，当一些人因为共同的经验，一起感受到他们有别于他人的共同利益，并且能够清楚地表达出来，阶级就诞生了。然而具体到中产阶级的观念而言却并非如此。因为细心的人已经发现，当充满活力的中产阶级世界观蜕变成一种过度专注于维稳的意识形态时，这个“阶级”共同的经验、整体利益或者表达方式，每个环节都可能被动了手脚，变成可疑的幻觉。

专注于稳定，意味着对秩序的过度仰赖。持有这一观念的人，往往反对复杂和偶然，喜欢简化与分类。在他们的词典里，规则、精确、均衡、安全、洁净、和谐、优雅都是秩序的同义词。如此之人历史上并不罕见，但是只有到今天，这样的观念才成为整个社会推崇的主流。

日本平安时代的女作家清少纳言千年之后能收获知音无数，背后就有这一层心理逻辑——《枕草子》热衷于分类的趣味，简直太现代了。她把事情分为“可憎的事”“让人瞧不起的事”“稀有的事”“快心的事”“无聊的事”“难为情的事”等等，而把东西划为“高贵的东西”“不相配的东西”“听去与平日不同的东西”“名字可怕的东西”“清洁的东西”“肮脏的东西”“没有品格的东西”“画起来不怎么样的东西”和“画出来更好的东西”。表面上看是简单的罗列，骨子里流淌的，却是对秩序的渴求。

清少纳言憎厌一切不确定的事物。复杂的、暧昧的、模糊的、不洁的、无序的，都令她感到“烦杂”：刺绣的里层、猫耳朵里面的毛、刚出生的小老鼠、早上起来迟迟不洗手的人、白色的痰、吸着鼻涕走路的小孩、盛油的瓶子、小麻雀、大热天长久不曾洗澡的人、破旧的衣服……就连白天里叫的狗都会触碰到她内心的秩序，让她不安，令她扫兴。难怪与她同时代的女作家紫式部讥讽她，说万事都那么刻意的人，没有好结果。

不独东方，关于中产阶级的观念，两百多年前的德国诗人席勒也有过独到的描述。他在给歌德的信中这样评价作家斯塔尔夫人：“她想要解释、理解和衡量一切事物，她拒绝接受一切模糊不清、不可理解的东西。对她来说，任何事物只要不能被她的火炬照亮，那就是不存在的。”

在一场讨论中我意识到，如今不少持有中产观念的人，眼光与清少纳言无异，手执的仍是斯塔尔夫人的“火炬”。讨论缘于艾晓明教授抗议女权工作者叶海燕被拘的那张半裸执剪的照片。我觉得照片非常沉痛，也十分震撼。但我的一位朋友不这么认为。相反，一向敬重艾教授的她对照片有一种本能式的反感。为此，我们争论了很久，谁也说服不了谁。我的意见是，抗议本质上就是一门充满争议的艺术。换句话说，争议性是抗议活动的生命。朋友的原话是：“她完全可以选择另外的抗议方式。”

我明白她的言下之意：艾晓明此举越过了某种世俗伦理的底线，如此决绝的手段，极易被扭曲被消遣被利用。难道，没有更从容更优雅的抗议方式吗？作为女性，朋友的意见不无道理。不过我提醒她，反省自己的第一观感很重要。因为我隐约觉得，她那种近乎本能的反感未必与中产阶级的观念无涉。

具体来讲，是中产阶级的审美观在起作用，其基础还是秩序。一旦秩序被人为地抬升到超越任何价值的高度，可以想见，审美就变成了伦理，形式就等同于内容，而思辨和创造都将彻底被摈弃。文化学家尼尔·波兹曼开玩笑说，在中产阶级审美观的影响下，“不上镜”的人已经失去了播报新闻的权利。像塔夫脱（美国第27任总统）那样的大胖子则根本不可能参加选举，因为他有重达300磅的身体以及满脸的赘肉。当然，身有秃头、羸弱、干瘦等

“不健康”特征的人也将被挡在大选的门外，即使他们的才华本可以给整个社会带来进步。

对形式的刻板强调，不仅生产出无数没有价值的道德禁忌，还使得丧失了思考和行动力的人们活在虚假的中产世界里，且只对这个幻觉做出反应，甚至那些从这些幻觉中捞取到好处的人可能也会反受其累。譬如理查德·尼克松，他曾经郑重地向爱德华·肯尼迪建议，提醒他减去20磅体重，否则总统竞选根本没戏。当他因水门事件黯然下台时，还私下抱怨他被民众抛弃，跟电视台的化妆师使坏不无干系。可见，幻觉就像流水线生产出来的牛仔裤，每个人都有。

风雨欲来的感觉

“昨天，华尔街股市暴跌，狂跌”，莫里斯·萨克斯在他的笔记本里写道：“所有的股价都在下跌。我的舅舅理查德自杀了。我给纽约的经纪人打了电话，我们已经一无所有……我肯定再也不会有时间写日记了。”

如果没有特别注明，我会以为这段文字写于2008年。而事实上，标注的时间是1929年10月30日。萨克斯笔下的“昨天”，就是全球证券史上最黑暗的一天，大萧条来临的标志日——“黑色星期二”。那一天，140亿美元人间蒸发，11个华尔街金融家自杀，数以千计的人从高楼跃下。绝大多数在1929年入市的股民，将不得不耗尽他们的后半生才能赢回票面。连大名鼎鼎的经济学家欧文·费雪也未能幸免。他在一周之前还信心满满地宣布，美国经济已经登上了一个“永久的高地”，一周之后他就损失了将近800万的资产。三年后，美国的国民收入缩水一半，费雪到死都一文不名。

没有多少人预见到“黑色星期二”的到来，遑论这一天对未来有何意义，也没有多少人抱怨像费雪那样的以经济学之名预言未来的人。巴黎的纨绔子弟萨克斯只是阖上了他的笔记本，赶紧去找一生中第一份可以养家糊口的工作。多年后，他以日记为底稿写了一本书，来缅怀自己从1919年到1929年的锦绣年华，书名叫《充满幻觉的浮华时代》。而他本人的悲剧似乎在他结束日记后才上演：身为犹太珠宝商的儿子，却受雇于盖世太保，从事黑市交易。后因弄虚作假被捕入狱。1945年德国战败前，在监狱的一次转移行动中他手脚略有迟缓，即遭看守击毙。

1919至1929年，那是一战结束后的十年，以中产阶级为主流意识形态的社会生活似乎焕发着晚霞一般耀眼的余晖。可是，“幻觉，幻觉”，萨克斯不时嗫嚅的字眼，像挥之不去的噪音，构成了他所追忆的时代背景。

如果说第一次世界大战嘲弄了人们的政治理性，那么，第二次世界大战还将嘲弄一次。然而，被大萧条嘲弄的经济理性，受到嘲弄的次数远不止一两回。不甘失败的经济学家发明了“经济周期”之类的概念，试图用它来给混乱套上秩序的辔头。但没有人能够借助这样的“规律”准确地预知未来。1987年的股市崩盘，1997年的亚洲金融风暴，2001年的网络泡沫，2008年的全球金融危机……“规律”是安慰创伤的致幻剂，除了产生更多的幻觉，对未来毫无意义。

经济学家无能，历史学家也没用。他们掌握的数据无疑最多，面对一次次失败的预言却丧失了自信。所以他们分化成了两类：一类是借古讽今的寓言家，另一类是擅写故事的说书人。概率论者和统计学家或许有些用处，可惜，在他们看来，就数据收集而言，现代社会的失败和成功都不够多。心理学家干脆重复，幻觉，幻觉。哪儿有什么未来？根本全是偏执造成的幻觉（《一个幻觉的未来》，弗洛伊德著）。他们的重复不无道理，对正常的痴迷，对反常的焦虑，使得人们格外迷恋钟形曲线的对称性，波峰波谷的节奏感，而这些很可能全是幻觉。

在今天，在你我周围，预言的失败已经造成两大后果：一个是对未来的麻木不仁，另一个是对现实的疑神疑鬼——过于剧烈的社会变化，让人误以为每一个事件都像是导火索。不约而同地，几位教授朋友都对我说，最近有“风雨欲来的感觉”。我忍不住就反问，这种感觉是不是年年都有？

在预言未来的领域，人类的知识是不是彻底缴械了？并非如此。一门新的学科正在走向预言的前台，它叫“社会物理学”。望文生义，所谓社会物理学，就是用物理学之类的“硬科学”方法来研究社会学政治学这样的“软科学”。

其实严格来说，这门学问并不新。早在17世纪，像霍布斯、笛卡尔都设想过用物理法则解决人类问题，他们算得上最早的社会物理学家。所以，现代的社会物理学家新在技术，而非思路。他们有不错的工具可用，除了概率论和统计学这样的数学，热力学、量子力学这样的物理，还有博弈论、自组织、临界、相变等新奇玩意儿。我是在读托马斯·谢林的《微观动机与宏观行为》时注意到这一新动向的。谢林是诺贝尔经济学奖获得者，他在研究20世纪70年代初期的美国城市时发现，种族隔离现象并非像人们想当然的那样，是种族主义作祟的结果。他借用物理学中常见的水—油两相的小模型证明，只要一个社会存在两种不同的“元体”，例如黑人与白人，就算最初他们是均匀混居的状态，随着时间的推移，也会演变出相互分立的区域。他的这一研究思路给后来者极大的启发：即使将人看作没有七情六欲的原子，只要他们聚在一起，构成了团体或社会，仍然有正确预测他们行动的可能。

所以，风雨欲来的感觉不重要——只要找准风雨的模式。

谣言与谎言的对抗

《别对我说谎》是以心理学家保罗·艾克曼的真人真事为蓝本的美国电视连续剧，讲述莱特曼博士运用他在肢体语言和面部表情方面的专业知识，帮助病人治疗精神疾患，协助联邦机构拆穿犯罪谎言的故事。连续剧刚播时非常火，不料后来收视率锐降，拍了三季就草草收场了。很多观众表示，这部戏一开始很新颖，到后来情节多有重复，难免心生厌倦。他们的感觉很准确，根本问题就在这儿。拍一部以科学家为原型的故事片不难，拍一部新意不断的连续剧则很不容易。因为科学家的职业与生活贴得太近，而且二者都离不开重复：重复的工作，重复的测量，重复的数据以及重复的计算。毫不夸张地讲，没有重复，就没有科学和科学家。

所以，正是对新鲜感的要求限制了《别对我说谎》的可能性。本来，观众可以多了解一些关于谎言的知识——毕竟，我们时时刻刻活在其中。艾克曼曾经说，诚实之所以是普世价值，在于谎言乃是普世现象。这是真话，尽管不新鲜。

不管在哪种语言里，谎言的近义词都多于真话。一部词典，与谎言相关的词条往往多达好几页，留给真话的却少得可怜。有人做过一个粗略的统计，英文中含有说谎之意的单词不下50个，相信汉语里这样的词语也不少。掩饰、隐瞒、搪塞、虚伪、两面派、夸张、歪曲、不实、捏造、伪造等等，它们既是谎言的近亲，也是欺骗的变体。

从定义的角度看，说谎就是欺骗，一种隐瞒真实意图的误导他人的刻意行为。大多数谎言无需动口即可实施。譬如在考试中作弊，满脸堆笑地接受老板的呵斥，甚至不满周岁的婴儿也会有意扮出笑脸，以取悦他人。相比之下，用嘴说谎的成功率似乎低得多，尤其在面对面的情形下。长期研究表情的艾克曼就发现，谎言之所以常被戳穿，是因为真实的情绪难以掩饰，伪装根本没有的情绪更加困难。比如一个人要假装生气，就得准备一整套相应的动作、神情和声调，即便是经过专门训练的演员也难免露马脚。如果要用假装生气的方式掩饰另一种情绪，比方说恐惧，那就难上加难了。因为生气时人的眉毛会不由自主地上扬，害怕时眉毛会下垂，两种矛盾的表情同时呈现，奥斯卡影帝也未必办得到。

在不少人的词典里，谣言是谎言的近义词。这一个严重的误解导致我们既对谎言缺乏深刻的认识，也对谣言缺乏足够的理解。实际上，这二者在概念上只有部分的交集，完全不可画上等号。说谎是以隐瞒真相与捏造事实的方式进行的刻意误导，而谣言要暧昧得多。假如一定要给它一个定义，其含义必然偏向于中性的“信息”，而非负面的“欺骗”。换句话说，谣言更像是一个漂流瓶，至于它的内容物是什么，打开才知道。

在特定的条件下，谣言是谎言的潜在对手，而说谎者往往以消除谣言为终极目标。下面这则故事就很能说明问题。

1981年5月，密特朗赢得大选，成为法国历史上第一位左翼总统。刚一上任，总统患有癌症的谣言就在巴黎传开了。谣言越传越盛，密特朗不得不亲自出面澄清。他换上便装外出散步，还打破常规公布了自己的体检报告，并向公众保证，今后每三个月公布一次体检结果。公开透明的举措打消了国民的疑虑，谣言逐渐散去。1988年密特朗连任总统，这一事实彻底消除了人们的担心。

不料1992年9月，密特朗突然被送进了医院。消息见报，爱丽舍宫的发言人称，总统正在做一个前列腺手术，这重新唤起了公众的怀疑。不久，密特朗又做了两次手术，官方承认，总统被确诊为前列腺癌。然而，这只是部分事实。直到1996年密特朗病逝，他的私人医生古柏勒才在《大秘密》一书中透露，15年前的谣言就是真相，1981年密特朗上任不久就已得知他患了绝症，并且癌细胞已经转移。

真相让民众震惊，却使政界感到愤怒。一时间，无论左翼还是右翼，所有政治人物都一致抨击揭秘的医生逾越了“一定的界线”，甚至涉嫌泄露国家机密。很快，法院发布禁令，禁止《大秘密》出版发行，并以泄露医疗秘密的罪名判处古柏勒四个月徒刑。

可见，在体制化的谎言面前，谣言的力量正在减弱，但没有失去生命。作为人类最古老的传媒，谣言天生具有反体制反权威的特质，这使它仍然可以充当真相的替代品或安慰剂。如果说，谎言视真相为死敌，那么它必然将谣言看作真相的盟友。当真相不易察觉，于是我们常常看见谣言与谎言的频繁对抗。

这时候，谣言与谎言，你会站在哪一边呢？

节节退守的人生

在电视机从娱乐生活的中心淡出的今天，似乎借助了某种神秘的传播术，日本电视剧《半泽直树》不可思议地火了。在日本，它最高录得46.7%的瞬间收视率，成为2001年以来日剧的收视冠军。在香港，TVB买下了播放权，还兴起了翻拍的念头。在微博上，谈论半泽直树这个另类白领，是一件既时髦又不失格调的事情。半泽效应甚至溢出影视圈，成为东亚地区的社会现象。据报道，随着电视剧的热播，日本银行的求职者人数猛增，连金融板块的股市行情也随之看涨。聪明的政客在议院里引用剧中的对白来赚取注意，顾客在商店里效仿剧情冲动发飙的事情也偶有发生。尤其是那些在职场上饱受压抑的白领们，好像突然间找到了宣泄不满的渠道，“以牙还牙，加倍奉还”的经典台词就算没有直接爆发在上司面前，也时时体现在他们的言行中。

然而平心静气地讲，堺雅人和香川照之等人的精彩表演改变不了一个事实：《半泽直树》只是一部由真人扮演的热血卡通。如果将社会心理比作一个个日积月累的情绪沙堆，那么这部电视剧无非是沙堆尖顶上的一粒沙子，在结构与性质上都与其他沙粒没有区别。它可能打破了某个情绪沙堆的临界状态，使之崩塌。但是，沙堆不会一塌到底，总会形成一种再平衡的状态，并在这个基础上，重新开始情绪的积累。

一个情绪沙堆的累积和崩塌，在任何社会，说不定就在你我身上，随时都在发生。不过就像《半泽直树》所表现的那样，日本人以及日本文化，为我们理解这个具有普遍意义的人类现象提供了最精致的社会样本。

要深究这个样本，可以有不同的角度。1959年，法国哲学家科耶夫在考察了日本后提出，“snobbism”（势利）乃是这个社会的根本特征。他是尖锐的，也是正确的。然而，经过现代汉语的转译，“snobbism”丧失了它的底蕴，演变成好慕虚荣、暴发心态乃至装逼的同义词，实在辜负了哲学家的苦心。要知道，那时候的日本刚迈出战后重建的时期，直到1959年春天，仍在经历所谓的“锅底萧条”。那样的社会状况，缺乏以金钱和阶级为标准的心理土壤。就我理解，科耶夫所针砭的势利，其实可以用中性的词来代替，那就是“level”。

如果用“level”作为切入日本社会的角度，我们获得的启迪将会更多元。与势利一样，“level”的内涵相当博杂。把它定义为“一个系统在结构或功能上呈现出的等级秩序”固然准确，但更应看重的，是它蕴含的那种集客观与技术于一体的细腻感。它可以是水平，也可以是标准；既能翻译为程度，也不乏级别的意思。汉语要体现这种丰富的细腻感，我想唯有“层次”一词称得上微妙而贴切。

在《半泽直树》中，最能体现这种层次感的，毫无疑问是日本人的道歉礼仪。何种情况下微微点头，什么时候侧身而立，哪些场合弯腰鞠躬，在电视剧里都有相当详尽的刻画。尤其是传统的谢罪方式“土下座”，也就是我们常说的叩头，更是其中频频掀动观众情感的一大要点。当老辣骄横的银行大班在董事会上逼不得已向一位执拗的中级职员下跪磕头时，导演花费了无数镜头来展现“层次感”被破坏造成的震撼效果：像锈蚀的机器人那样僵硬而缓慢的伏地过程，董事们如同目睹活体解剖一般的惊恐表情。当然，还有那位中级职员彻底宣泄下的涕泗横流。

就像弗洛伊德在《文明极其不满》里指出的那样，当一个社会把稳定可靠当作理想时，做为交换，这个社会必然要以个人的束缚为代价。而这种束缚，通常是用礼仪来完成的。具体来说，礼仪能够强化每个人对自我身体及意识的管理——它建构起一整套集中注意力方能完成的繁琐程序或者优雅层级，以此来控制人们的焦虑与恐惧。这样的礼仪，很像传统日式房屋（和室）中层层叠叠的隔扇和拉窗。尽管它们大多是纸糊的间隔，却能够对狭小的空间进行精细的分割，从而在视觉上营造出多变的格局。而电视里那个逼着上司当众谢罪的下属，对于循规蹈矩的观众而言，就如同无视隔断、穿破层次的卡通野兽，带来身心释放的少有快感。

然而随着镜头的转动，观众们不无伤感地发现，再鲁莽的野兽也摧毁不了礼仪，一切又恢复了常态。犯错的上司略受薄惩，逆袭的下属反遭贬黜。但这就是现实——人间的礼仪，野兽无法理解。对于统治者来说，这当然是极为精巧的管理术。对于现代的普通人来讲，礼仪也是必需品。在没有多少转圜余地的真实世界里，它设立的诸多层次，帮助人们维持着一个节节退守的体面生活。

难怪醉心于茶道与能剧的科耶夫在批评了日本人的势利之后，紧接着表示："这就是人类的未来。"

婚姻大事

最近几年，有两件大事正在我身边发生。一个是移民，一个是离婚。老熟人老同学老朋友，还有旧同事，忙活或忙完这两件事儿的，实在不少。偶尔一场酒会，一次家宴，甚至街头巷尾，也都能听到相关讨论。

难道它们已经是普遍现象了？我不确定。毕竟，个人的经验，不具统计学的意义。不过，和缺少权威数据的移民相比，离婚的全貌倒是看得到。民政部公报显示，中国离婚率已连续七年高增长，2012年的增幅首度超过结婚。因此相对而言，讨论离婚似乎比讨论移民更靠谱一些。

就本质而言，离婚是和一夫一妻制紧密相关的自由，不能跟传统社会的休妻混为一谈。在这一点上，英国哲学家休谟这个苏格兰老光棍有过妙评。此人自诩“好与女子调情，而绝不使未婚姑娘的母亲发急，或令已嫁女子的丈夫吃醋”。孰料经历了好几场无疾而终的爱情，到死也没娶上老婆。他说，离婚绝不是解决家庭冲突的良策，却是保障婚姻的良药，“更是保持爱情鲜活的唯一秘密”。

时过境迁，如今的经济学家听到休谟的话，多半会耸耸肩说：“什么爱情婚姻家庭？一切都是为了效率。”在他们眼中，婚姻不过是一种劳动力组合，用来生产其他方式很难生产的东西。比如曾获诺贝尔经济学奖的加里·贝克尔在《人类行为的经济分析》中就认为，婚姻主要生产一类很特别的耐用消费品——子女。在此之外，才生产爱情、声望、健康等副产品。这套经济学说辞令人道德上不悦，却非毫无道理。离婚的原因千奇百怪，但多数调查表明，没有子女的家庭更容易分崩离析。用经济学的行话来讲：“当婚姻这种劳动力组合缺乏效率时，它就不大有存在的理由。”

然而经济学家犯起错来也相当可怕。当他们说一夫一妻制是典型的婚姻形式时，笑话就闹大了。像贝克尔那样把它称为“最有效率的婚姻形式”，更是满嘴跑火车。事实上，现代人的婚姻方式，也就是一夫一妻制，信史以来纯属特例。人类学家对有案可稽的社会做过一个统计，大大小小1154个人类社会，980个都实行一夫多妻制，占了总数的85%。可见效率这个标准，要结合具体的历史条件来看。

一般情况下，最重要的历史条件莫过于经济环境。当整个社会都在生存线上挣扎，一个人拥有多个配偶的可能性就会大大降低。这叫做“经济强制型”的一夫一妻制。

然而贫富总会分化，社会迟早出现等级，这种婚姻形式很早就崩坏了。《圣经》所记，3000多年前的所罗门王已拥有“妃七百，嫔三百”。据说他宣布：“I had all the women a man could want.”意思是，凡男人欲得之女人我都得到了。显然，他的“高效”是以大多数人的“低效”为代价的。

任何一个肉体凡胎的男人，要实现所罗门那样的宏愿，都少不了血淋淋的争斗。人类学家劳拉·贝茨发现，大约在八九千年前，当人类从采集狩猎时代转向农业时代时，一夫多妻制就诞生了，而这种制度的施行，离不开两个要素：极端的等级政治以及绵绵不绝的暴力杀戮。

在如此制度下，印加国王可以把他的官员划分为四个等级，规定他们迎娶女人的标准为7个、8个、15个和30个；祖鲁国王可以独占一百多个女人——这些“妻子”随时可能会因为在饭桌前咳嗽喷嚏被“丈夫”下令处死。越是暴君，通常子嗣越多，而这些后代肯定不会出自三两个妻妾之腹。在学者的研究里，埃及的拉美西斯法老，中国的隋炀帝，还有纵横亚欧的成吉思汗，都是践行一夫多妻制的典范。还有人做过基因测定，估算出全世界约有1700万人是成吉思汗的直系后裔。稍有常识的人都会懂得，在这个骇人的数字背后，掩藏了多少草原变坟场的悲惨故事。

少数统治者慢慢意识到，一夫多妻制跟其他等级制度一样，有着重大的缺陷——它摆脱不了以暴易暴的特性，江山往往坐不稳，嫔妃转眼成了别人家的。于是他们发明了“社会强制型”的一夫一妻制，用来掩饰赢家通吃的特权。奇妙的是，这往往能够迎合社会中下层的心理需求。他们以为，这里面包含着某种道德上的价值：平等。在这个历史进程中，基督教的伦理观帮了不小的忙。

然而事实是，这种社会强制型的婚姻形式从未真正彻底地实施过。在中世纪的西欧，一夫一妻制与“初夜权”（直译过来就是“领主的权利”）并行不悖；差不多同时期，宋朝人把自己的妻妾出租给光棍或和尚的事情时有发生。它更像是一夫多妻制的修订版，只是打上了好几个“补丁”。

重大的补丁有二，一个叫爱情，另一个与之匹配的，就是离婚。而它们的普及，距今不超过400年，和现代政治的出现大约同步。这正是休谟把婚姻制度与离婚问题放在《论政治与经济》一书里讨论的深层原因。

当“补丁”本身不再稳定，这套程序就会露出原初的轮廓。居高不下的离婚率产生的正是这个效果。它使现代社会已经没有单纯的一夫一妻制，而是由一系列不同形式的婚姻所组成。坦率地讲，至少对居于社会等级上层的人士而言，这就是一夫多妻制。

物欲的发明

日本导演宫崎骏极其讨厌眼下流行的智能产品。在接受吉卜力工作室免费杂志《热风》的采访时，这位动画世界的黑泽明尖刻地把苹果用户称为“自渎者”。他说，那些人在地铁里用微妙手势触碰iPad的模样，像公开手淫一般令人嫌恶。

极端的话语当然会激起公众极端的反应。我在一个电子消费品网站上就看到，有人骂宫崎骏老糊涂了，“你忘了自己的名声从哪儿来的吗？还不是电影、电视、DVD。没有科技，就没有你的未来。”

后面立刻有人跟帖，毫不留情地反唇相讥：“真是俗人！人家生在造飞机的家族，自己是东京大学政经系毕业的左翼青年。他就是彻底放弃动画事业去非洲种地，也比你这可怜的俗世人生有意义得多。”

很鲜活的网络对话。不过老实说，这两种反应都不算击中靶心。宫崎骏多次表示，他创作的主要目的就是给孩子们传递一个信息："这个世界值得活下去。"这一点，他毕生没有改变。可见导演的尖刻并非针对这个难以抽离的、以"物"为主要特征的世界。他忧心的，只是在人与物的关系中孰主孰从的问题：如果我们制造出来的物品反过来控制着我们，这样的事情，宫崎骏觉得断然不能忍受。然而，事实很可能就是如此。

相较于艺术家的尖刻，哲学家的哀叹更显悲凉。波德里亚在他的《消费社会》里写道，在一个被物品围困的时代，所谓生活，只是在配合商品更新换代的节奏。除了功能，各种物品似乎还具有某些超越的意义。它们互相映衬，互相暗示，连接成一个完整的整体，强制我们的大脑产生一系列复杂而有序的动机。

如果有人觉得这种哀叹过于玄虚，那么就看看消费者为了购买新发售的电子商品排起的长龙吧。或者，审视一下物品与人生的肯定而荒唐的关联。

然而这种审视仍然属于某个重大问题的谜面——我们甚至做不到把整个谜题描述完全。假如问题仅仅是物品通过奇妙的方式控制着我们，解决方案可能要简单许多。要命之处在于，我们好像的确心甘情愿。我们觉得，物品对心灵的抚慰，效果远胜于任何高雅的允诺。这是多么复杂幽深的物欲！

从谜面往下挖掘，有人也许会说起物品的社会炫耀功能。但是它们种类太庞杂，花样太繁多，并不能为大众提供一套类似于等级制度的清晰象征。还有人拾起弗洛伊德的牙慧，说这就是所谓的本能。然而本能列不出一个详尽的清单，欲望也不存在高低有序的型号。再高明的神经科学家也无法在人脑里找出BMW或者LV的对应物。物品分明是人造的，所对应的物欲可能也是，尽管宛若天成。

有人评价苹果，说这是一家“发明了你自己不知道会需要的产品的公司”，无心中泄了密。一方面，活在眼下的每个人都被不断告知，你是自由的，你有选择的权利；另一方面，每个人也被不断提醒，这个才是你的需要，那个不是。这就像给一堆金属构件装上程序，使其按照指令行事，却可笑地命名为“自动机器人”。

再往深处挖掘，说不定我们会陷入一个观念的迷宫。不过，假如有人偶尔读过《激情与利益》这本小册子，他会惊讶地发现，原来这个迷宫正是现象世界的支柱。

在书中，作者赫希曼用一种观念史的方法讨论了我们现在的处境。他说自古以来人们一直在思考，究竟什么样的人性会给世界带来致命的危险。传统上他们认为，人类行为有三大根本动力：激情、理性和利益。很早哲学家就意识到，激情的力量最强大，也最任性。比如对权力的追求、对荣誉的渴望、对情感的向往等等。这些强烈的激情，也就是我们通常所说的欲望，创造世界的同时也毁灭世界。到后来他们又意识到，理性不过是激情的奴隶，不具决定意义。最后他们发现，唯有利益很特别。这是一种目的性很强的特殊激情，同时兼具理性的冷静。它格外持久，格外稳定，还容易预见。更特别的是，它是一种疗效可靠的抑制剂，可以用来克服其他任何欲望。经过哲学家几个世纪的改造，大约到17世纪中叶，利益基本上被窄化成了物质利益，即物欲。赫希曼总结道，对利益观念的大幅改造，与社会控制以及国家管理密不可分，只是现在很少有人这样去想而已。

当物欲填满人心，世界一片和平。故而孟德斯鸠颇有几分欣喜地说："欲望促使人们成为坏人，但利益却阻止他们这样做。"

大卫·霍克尼似乎早就想通了这一层。五年前他就开始用iPhone作画。前不久，这位76岁的英国老画家还在旧金山展出了150件用iPad创作的大幅作品，在我看来不乏精品。假如宫崎骏撞见同为艺术大家的霍克尼用手触碰iPad的模样，他会不会叹气？

阿尔塔米拉的失明症

在西班牙城市桑坦德以西约30公里的地方，有一个举世闻名的洞穴，名叫阿尔塔米拉。洞内的壁画距今至少有12000年的历史，属于旧石器时代晚期的人类遗迹。洞顶的壁画更加久远，据最新研究证实，应该作于25000年以前。

壁画上的那些动物，无论野牛还是猛犸，线条肯定而流畅，色彩明丽夺人，甫一发现，就颠覆了人们对艺术的传统认识。壁画的艺术水准如此之高，以致于有人因此把艺术史看成一个由盛而衰的过程。欣赏过这一奇观的毕加索就感叹道，现在的我们再也不可能像那样作画了。他断言："阿尔塔米拉之后，一切尽颓。"

按照他的意思，人类数万年的艺术创造，仿佛有一条因果相扣的铁链，从今天一直延伸到阿尔塔米拉洞的深处。可是反过来，假如照同一逻辑设问，那么是不是意味着，阿尔塔米拉的壁画已经包含了艺术走向衰落的原因呢？想必不管怎么回答，都会显得矛盾。

到底是哪儿不对劲？在鲁迅看来，问题出在艺术观念上。他认为，阿尔塔米拉洞的原始人不会摩登地为了艺术而艺术，“他画一只牛，是有缘故的，为的是关于野牛，或者是猎取野牛，禁咒野牛的事”。总之，洞中的壁画，为的是实用，而不是好看。至于实用的壁画何以好看到举世皆惊的程度，鲁迅没有答案。那些壁画中的动物，以天马行空的奇异姿态，困扰了笃信规律的世人百余年。

直到有一天，一位不相干的女士提出了一个显而易见却又被人们熟视无睹的问题，使得充塞在阿尔塔米拉的疑云才一夜消散。她问，画里的动物为什么没有正面像？人们仔细一看，哎呀，真是如此。所有的动物，无论种类大小，或站或蜷或奔，均侧身示人，无一例外。接下来有人做出令人信服的推论，壁画记录的都是死去的猎物，洞穴人共享的食粮——原来，它们的姿态是“摆拍”的！

表面上看，这种视而不见的情形很像心理学中所说的“无意视盲”。由于注意力过度集中，另外一些不被注意的事物即使闯入眼帘，人们也未必真正看见。心理学家曾经做过一个相关的著名实验，证实了视盲现象既惊人又普遍。他们让参加试验的大学生观看黑白两队相互传球的一段视频，并要求学生仔细计算白队运动员的传球次数。在全神贯注计数的情况下，学生们完全忽视了场景中发生的“意外”——一个扮成大猩猩的家伙朝镜头捶打着胸膛，大模大样地从队伍中间穿过。魔术师往往就是借助无意视盲的手法，在众目睽睽之下完成隔空取物大变活人之类的把戏。

然而，发生在阿尔塔米拉的故事有所不同。引人失察犯错的，与其说是注意力过度集中造成的无意视盲，不如说是因为过分执念导致的观念视盲。在错误的观念指引下，它使得人们忽略眼前的事实，一条路走到黑。艺术史家阿拉斯在论文集《我们什么也没看见》里列举了不少观念视盲的例子。比如文艺复兴早期的意大利画家科萨，他在表现圣母领报的画作《天使报喜》中画了一只硕大的蜗牛。而绝大多数观众按照约定俗成的说法，将这只缓行在画框边沿的蜗牛当作一种象征性的装饰，却轻易忽略了画家把它突兀地摆在画里，以期引导观者目光的初衷。

阿拉斯说："看的方式不一样，看到的就不一样"，的确如此。假如我们对卢梭所谓的"高贵的野蛮人"，以及高更、马蒂斯等现代艺术家的追求有所理解，我们就会明白，在大自然高于一切的观念笼罩下，灵性强于知性，激情高于理智，野蛮胜过文明的逻辑走到极端，在阿尔塔米拉的问题上犯错几乎是必然的。

这让我想到了近几年颇为时髦的灵性教育，不也是在刻意制造观念上的失明症吗？我曾经近距离观察过那样的教育机构，也接触到其中的办学者、家长和学生。他们把自然神化成至高无上的上帝，把儿童看成尚未遭遇工业污染的完美造物，把成人当成染上文明病的病人。他们教孩子们栽花种菜，做手工做木活儿，太阳出来晒太阳，雨天到了玩泥巴。相应地，他们用神话取代真相，以故事替换规则。电脑被视为禁忌，塑料被当作毒疫。在这样的教育观念下，孩子们的确天真无邪。但是说不定哪一天，他们就只得住进阿尔塔米拉的洞里。维基解密的创始人阿桑奇在自传里说，小时候父母曾把他送到一所类似灵性教育的学校里，去“学习充分表达自己”，于是他用做手工的小榔头去“表达”对霸占跷跷板的女童的愤怒，结果给开除了。

当有人夸赞哲学家G. E. 摩尔像儿童一样天真时，摩尔的同行维特根斯坦认为这种评价是极其肤浅的。在他看来，未经世事的天真一文不值，而饱经沧桑的天真又决不会与童真等价。所以他有一句名言：“要看不要想。”他的意思是，一个没有观念的人是无法行动的，但这个人必须自问：“我是否看见了所有的事实。”如此，可以降低观念视盲的可能。

时代的四类分子

海峡对岸的“太阳花学运”平静落幕。就像所有重大的社会运动那样，人们对此事的讨论持久热烈，一时不见歇止的迹象。运动的短期效果怎样，长期影响如何，其积极的价值在哪里，消极的后果有哪些，都必然有一个深入讨论和评估的过程。我相信，在一个言路自由的环境中，人们的不同态度，包括赞誉、反思乃至批判，都终将得到时间的检验。

然而有一种社会态度很暧昧。它试图用“走着瞧”的心态，躲过时间的目光，那就是沉默。

这不是我想当然的感觉。实际上，在现代社会中，利用统计学的方法，公众舆论或者说“民意”的沉默和喧嚣，都是可以量化的。

就拿这次运动的民意调查来说吧。据比较权威的“指标民调”显示，无论支持或反对两岸服贸的民众比例有多少起伏，“未明确表态”这项指数总在10%~25%左右。

而这，就是经过测量的沉默。

在一件涉及公共利益的事情上保持沉默，就理性的分析无非三类原因。觉得事不关己，或者觉得事不由己。又或者，觉得无论事态如何发展，皆可搭便车，坐享其成败。可是在现实世界里，这种理性的分析未必成立。因为说到底，人类从来不是纯粹的理性机器，而是依循着心理逻辑的情感动物。

早在20世纪70年代，德国学者诺尔·纽曼就注意到，那些害怕被孤立受排斥的人会小心地观察众人的反应，并以此为参照，来决定是否对某件事发表自己的看法。在这种恐惧心理的支配下，人们自我审查，自我束缚，使得所谓民意其实反映不了公众的真实意见，反而呈现出此消彼长的虚假格局——声音大的一方闹得越来越厉害，声音小的一方势力越来越单薄，最后陷入长久的沉默。这种社会现象，纽曼称之为“沉默的螺旋”。

不少民意调查的结果颇能佐证这一现象——就以此次服贸争议为例吧。依“指标民调”的数据显示，2013年9月，支持服贸的比例为31.8%，反对的比例为44.1%，未明确表态的比例为24.1%。总体而言，民意格局与6月份的调查相差甚微。直到2014年3月13日，也就是学运爆发的前一周，这一格局也没有多大的改变。然而学运爆发后，不仅反对与支持服贸的比例差距明显扩大，而且未明确表态的比例也有下降，从26.9%跌到了15.4%。可见，心理逻辑的确发挥着不可小觑的作用。

然而，考虑到人性的复杂，沉默的螺旋当然不可能解释一切。照理说，在主流意见的压力之下，少数派最佳的对策是放弃沉默，心甘情愿地加入多数的一方，这是每个人都有的从众心理，心理学家称之为“乐队花车效应”或者“羊群效应”。那么仔细想来，一直沉默的人必然另有保持沉默的理由，使得他们依然坚持了某种程度的反抗，没有彻底屈服。

这样的沉默，我觉得是有价值的。

另一方面，我又觉得，这样的沉默也是危险的。因为相较于语言，沉默的人显然更热爱行动——看看发生在乌克兰的事情就知道了。那些端着AK47，脸蒙黑布的壮汉，估计不少就是沉默者吧？

沉默的危险还在于，它使得我们更难通过公众舆论去把握民意。沉默，使得民意成为与现实差异甚大的幻觉。

美国的专栏作家沃尔特·李普曼很早就指出，现代人生存的世界实际上是一个经过舆论加工的“拟态环境”。本质上而言，那不是现实，而是人们关于现实的看法。他在《公众舆论》的开头讲了一个颇有启示意义的小故事：一群友善的朋友住在大海中的孤岛上。他们中间，既有英国人，又有德国人，还有法国人。1914年的某一天，一艘邮轮经过小岛，带来一则六个多星期前的旧闻——第一次世界大战爆发了。这时候岛上的朋友们才意识到，他们在两个月之前就互相成了仇敌。

我很好奇，之后他们的看法发生了什么改变。其中，沉默是不是一种选择？可惜李普曼没有往下说。

既然拟态环境不是现实世界的镜子，而是一个重构的图像，那么，我们何不跳过它去把握真实呢？答案是绝无可能。归根结蒂，万物必须经由我们的大脑加工，才能成为我们可以理解的世界。也就是说，我们每一个人都不得不生活在自己的看法当中，也不得不生活在别人的看法之中。而沉默，使得所有人的生活都充满了不确定。

一个人的看法决定他的态度和行为。假如沉默掩盖了真相，可不可以从这个人的态度和行为反推他的真实看法呢？美国学者洛厄尔说可以。他按照态度和行为的倾向，将人分为四类：一类是鼓吹改革，而对改革前途持乐观态度的人，他名之为“自由派”；一类是鼓吹改革，而对改革前途持悲观态度，主张施以激烈手段的人，他称其为“激进派”；还有一类人主张维持现状，且对未来持乐观态度，洛厄尔把他们称为“保守派”；最后，则是那些主张保持现状，却对未来持悲观态度，欲以激烈手段维持现状的人，他谓为“反动派”。

我认为，这不失为击碎幻觉贴近现实的方法之一。